CHARACTER

【オリビア】

商業ギルドを束ね、
イルゼとは
昔からの友人関係。
むっつりスケベ。

【イルゼ】

領民の幸せを願う、
ウィメの優しい女領主。
スケベ好奇心が豊富。

【アリスト】

男なのに魔法が使えない
貴族の息子。
急死して転生した
コウイチが入れ替わった。

【エフィ】

元気で健気な
巨乳メイド。
ふだんはマジメだが
実はとてもスケベ!

【ルナ族の店長】

獣人族の商人。
こう見えても大人。

【ロセーヌ】

心も体も
スケベな書店主。

【ミミ】

『レテア』の元気な
ウェイトレス。

【リオナ】

『レテア』の料理人。
引っ込みがち。

【リジェ】

鍛錬を怠らない
脳筋メイド。
真面目スケベ。

左《さ》遷《せん》先は女性都市！

～美女達と送るいちゃラブハーレム都市生活～

著／一夜澄

イラスト／アジシオ

SASENSAKI HA JOSEITOSHI

BIJOTACHI TO OKURU ICHARABU HEAREM TOSHISEIKATSU

VN
Variant Novels

TAKESHOBO

✕CONTENTS✕

プロローグ

気づくと俺は、黒い壁に覆われた室内にいた。

「えっ……？」

慌てて周囲を確認すると、どうやら俺は座っているらしいことが分かった。

赤いふかふかの座面の椅子——というか三人がけくらいのベンチだろうか。その左右は黒塗りの壁に小さな窓。そこからは青い空が見え、明るい日差しが差し込んでいた。

「おはようございます」

と、いきなり正面から女性の声がする。

ぱっとそちらを見ると、白いシャツにグレーのスカート姿の美女が座っていた。

「うわぁっ!?」

降って湧いたように見えた彼女に驚き、俺は椅子から転げ落ち——

「っと！」

——ることは無かった。件《くだん》の彼女が、俺の腕を掴《つか》んでくれていたからだ。

「えっ……あっ……すみません……！」

急いで姿勢を立て直すと、女性は穏やかに微笑《ほほえ》む。

「いえいえ。突然のことですからね。むしろ驚かせてしまって申し訳ございません」

肩ぐらいまでの艶《つや》のある黒髪に、ぱっちりとした垂れ目。清楚《せいそ》なＯＬを思わせる彼女は立ち上がり、綺麗なお辞儀を見せた。

「コウイチさん、このたびは誠に申し訳ございません。私共の手違いで、貴方《あなた》の人生は終わりを告げてしまいました」

「じ、人生が終わり……？」

「はい、貴方はもう亡くなってしまったんです」

……えっ!?

「な、亡くなったって……。お、俺がですか？」

いやいや、さっきまで俺は自宅にいて、楽しみにしていたゲーム『どきおさ3』をまさに始めようとしていたところだったはず。仕事で疲れてはいたけれど、さすがに死んじゃうようなことはないだろう。

と、思いながら身体を見下ろすと。

「な、なんだこれ!?」

寝間着であるＴシャツにハーフパンツ……それごと身体がうっすらと透《す》き通っていたのだ。

慌てて肌の出ている部分を確認すると、そこもやっぱり透けていた。

「悪い夢かと思われるかもしれませんが、まずは事情を説明いたします。どうか落ち着いて聞いてください」

えっえっ、と慌てる俺に彼女はゆっくりと話を始めた。

「私は貴方の一生を担当している者です。一般的に言えば、『神様』というところでしょうか」

「か……神様、ですか……？」

すぐには信じられないと思いますが、と女性は苦笑いを浮かべた。そりゃあそうだ、いきなり神様だなんて言われて信じる人はいないだろう。

とはいえ今、俺の身体が透けているのは事実だ。

そして座っている感触や、肌に感じるやや籠《こ》もった空気。これらが現実のそれとそっくりに感じられているのも事実である。

神様を名乗る女性の独特な雰囲気も相まって、俺はこれが夢だと断じられない状態だった。

「まずは……コウイチさん、貴方はついさっきまで『どきどき☆おさわり店主3』というゲームを始めようとしていませんでしたか？」

そ、その通り。

店舗経営シミュレーションと、可愛らしい店員さんへのエッチな悪戯《いたずら》や、いちゃラブエッチシーン。

この二つが売りのアダルトゲーム、『どきどき☆おさわり店主3』をまさに始めようとしていたはず……っていうか女性にそれをずばりと指摘されると恥ずかしいな……！

「コンビニのお仕事を終えた後でしたよね。明日はお休みを取っていらっしゃった。明後日からは正社員として働くことが決まっていました」

「え、ええ……」

そうそう、『どきおさ3』を遊びたくてわざわざバイトのシフトを空けたのだ。

俺がこくこくと頷《うなず》くと、彼女は更に続ける。

「男子高校、工業大学と進学したコウイチさんは就職活動に失敗。コンビニでのお仕事に就《つ》かれました――」

美女の話は、俺自身の近況といえる内容から始まり、そのまま中学生時代、小学生時代と時をさかのぼっていく。

初恋が幼稚園の先生であったことや、限界までトイレを我慢したが玄関でお漏《も》らししてしまい大号泣したこと。密《ひそ》かに好きだった子が仲の良い友人と付き合っていたと知って、三日三晩泣いたことなど……。

「ってなんで恥ずかしい記憶ばっかり!?」

女性の口からそれらが明かされるのは大変居心地が悪いんですが……！

「まだまだありますよ？」

話は俺が覚えてすらいないほどの些細《ささい》なことや、誰にも言っていなかったちょっとした悩み、人生の様々な局面で感じた心情にまで及んだ。

そしてそれがほとんど物心つく前の頃にまでさかのぼった時、俺は不思議と納得していた。

多分この人が言う『俺の一生を担当』というのは本当なのだと。

「普通の人間ではない、と納得していただけました？」

「は、はい……」

ぎこちなく俺が頷くと、女神様はふわりと笑みを見せてくれた。

神様が、いわゆる閻魔様みたいな怖い見た目でなくてよかった。本物の神様は清楚なＯＬさんみたいだったよ、ともし伝えられたら皆安心するだろうか。

「あ、この姿ですか？　コウイチさんは女性経験がありませんし、あまり緊張なさらない程度の見た目にしてきたつもりですが……いかがしょう？」

こ、心を読まれた!?　さらっと童貞ということもバレている！

悲しいかな、二十八にもなって童貞なのは事実。いわゆる『魔法使い』一歩手前なのだ……。

「神ですしね、お考えは分かりますよ」

柔らかい表情を見せる女性に、俺は肩の力がすっと抜ける。

改めて周囲を見回すと、俺が今いるのは黒い艶のある壁に囲まれた空間であった。電車のボックス席のような構造で、二つの幅が広い座席が向き合っているような感じだ。俺は神様の正面に座っているので、それなりに距離も近い。

これでスーパーモデルのような女性とか、極道の組長みたいな男性が現れてしまったら、たしかに落ち着いて居られなかっただろう……。

「それで、あの……俺どうやって死んじゃったんですか？」

「ゲームを始めるために、マウスをクリックしたことで静電気が発生。その後お使いの有線マウスが発火してしまいました。それが有線をたどって……」

大きな火災になって、焼け死んでしまったらしい。我ながらなんと不運な……。

でも、それなら家族は大丈夫だったのだろうか。

『ご両親はご無事です。全焼火災となりましたが、貴方の死を乗り越え幸せに一生を送る予定になっています」

「な、なるほど……そんな予定が……」

神様が『予定』と言うのなら大丈夫なのだろう。とりあえず家族が無事であること、その後も健やかに暮らしていけそうなことに俺は胸をなでおろした。

みんな俺の死を悲しんでくれて、お葬式もしてくれたらしい。

何の取り柄もない男だったけど、両親は俺を急《せ》かしたり非難したりすることなく、温かく見守ってくれていたと思う。親孝行できなかったのはごめんよ……。

「いいえ。コウイチさんには『真面目』という大きな取り柄があったじゃないですか」

「いやいや……」

『真面目』……そのあまり嬉しくない特徴を神様にまで言われてしまうとは思わず、俺はつい苦笑してしまう。

なんのことはない。何かのリーダーになったり、会話の中心になったり……そういう立派な力が俺にはなかったのだ。

となればやれることは与えられたことを粛々とやるだけ。そんな面白みの無い俺を指して『真面目』というところだろう。

「結局良いように使われてしまったってとこかなあ……」

できることが少ない自覚があっただけに、頼られたりお願いされたりすることが嬉しかった。

コンビニでは休みがちな学生や、主婦のパートさんの代役をよくやった。実働十二時間の二十連勤なんていうのもさほど珍しくなく、転職活動の時間も体力もなかなか残らなかった。

そんな中ようやく正社員になれたのに。

バイトも童貞も卒業は叶わぬまま、手違いで死んでしまうとは。

最後までぱっとしない人生だった――と悲しい総括を出そうとした俺の思考を遮ったのは。

「いいえっ！　そんな風にコウイチさんの人生を終わらせはいたしませんっ！」

「わっ!?」

ぐいっと身を乗りだした女神様であった。

「コウイチさんは一生懸命に生きていました。本来なら正社員になってからしっかりと道が開けるはずだったのです」

ふんす、と鼻息荒く彼女は続ける。

「それを担当外のクソ女神が、ぶち壊してくれました……！　本当にお詫《わ》びのしようもありません……！　当然神格を剥奪し、ひどい目に遭《あ》わせてやりましたが」

どうも手違いを起こしてしまったのは彼女ではない女神様らしい。

言葉の端々《はしばし》に強い怒り――と若干の闇――を滲《にじ》ませながら、俺の境遇について憤ってくれる女神様を見て、俺はなんだか胸が温かくなった。

「これらの状況を鑑《かんが》みて、コウイチさんには『継承転生』の権利が付与されることになりました」

「け、けいしょうてんせい……？」

要は生まれ変わり、というようなものだそうだ。

通常の死ならこのまま胎児にまで戻り、新たな生を享《う》ける。

しかし、今回は手違いのお詫びとして特別に、知識や意識を引き継いで、別の世界に生まれ変わる権利をもらえたらしい。

「『細かな差異』はありますが、遊ばれようとしていたゲームに近い世界がありまして。そこの貴族のご子息として転生されるのはいかがかな、と」

「ど、どきおさ3の世界ですか……!?」

「ええ。コウイチさんの元いた世界からすると、ちょっとファンタジーな世界ですね」

『どきおさ』シリーズ三作目となる『どきおさ3』は、舞台を現代からファンタジー世界へ移したもの。石畳にレンガ造りの街はもちろん、竜や獣人なんかも公式プレイ動画に出てきたはず。

経営できるお店も武器屋やアイテム屋、ギルドまである異色のものだったと思う。シリーズ通じてファンの俺も最初は面食らったものだ。

「争いや戦いの恐れはありません。当然魔王と戦う勇者になれ、みたいな話もございません」

「そ、そうなんですか……よかった……！」

戦いとかはないのか……それは助かるなあ。俺のような地味な男からすれば、冒険者になって八《はち》面六臂《めんろっぴ》の大活躍は見るだけで充分だし。

「ただし……一点ご留意いただかなくてはなりません」

非常に申し訳なさそうな表情で、美人な神様は続ける。

「コウイチさんには神の決まりで魔法の能力をお授けできない、ということです」

どうやら転生先として紹介された世界には、魔法の概念があるそうだ。しかし転生の際に魔法の能力をもらえるのは『三十歳を過ぎた童貞』だけ……。

そして俺は今二十八歳、ギリギリ魔法使いにはなれないらしい。

「だ、大丈夫でしょうか。みんなが使える中、俺だけが使えないとなると……」

俺が心配になって聞くと。

「不安はわかります。けれど誰もが使える世界というわけではありませんし、コウイチさんならきっといい方向に進むと思います」

美人な神様は強い確信を感じさせる声色で話す。

俺ならいい方向に進むっていうのは、ちょっと買いかぶりすぎじゃないかなぁ……。

「コウイチさん、どうされますか？　もちろん断っていただいてもよろしいのですが……」

継承を断った場合は、元の世界に記憶を失って転生するそうだ。

「……転生……」

まさか死んだ後になってこんなことが起きるとは思わなかった。だからだろうか、俺は自身の『ぱっとしなかった人生』を自然と振り返り、一つの考えが浮かんでいた。

それは……そんな人生を送ることになった最大要因は俺自身にあったのではないか、ということだ。

積極性に欠け、『安易な普通』や『なんとなくの安心』を選び続けたのは、他ならぬ俺自身であったのだから……。

しかし今、そんな俺に継承転生という選択肢が与えられた。これは『普通』でも『安心』でも無い方に飛び込んでみるチャンスかもしれない。

そこまで考えた時、俺の口は勝手に動いていた。

「継承転生をお願いします……！」

美人な神様が目の前にいたことで、俺のちっぽけな見栄にも背中を押してもらったのだと思う。けれど俺は初めて、安心の外側へ進んだような気がしていた。

「コウイチさんの心意気、確かに承りました」

俺の言葉に女神様は嬉しそうに頷いてくれる。心持ちも汲《く》み取ってくれたらしいその表情に、俺は元気づけられた。

すると、急に部屋が揺れ始めた。なんだか電車に乗っている時のような、断続的な揺れ方だ。

「それではご用意ができました。最初は世界の違いに戸惑うとは思いますが、どうか第二の生を楽しんでいただければ」

女神様がそう言うと、今度はぱかっぱかっと馬の足音のようなものも聞こえ始める。

窓の外から入ってくる日差しは少しずつ強くなり、車輪が回るような音も耳に入ってきた。

「こ、これは……？」

「コウイチさんの転生が始まったのです。貴族のご子息が馬車の中で発作を起こして人生を終えるのですが、そこを引き継ぐ形でコウイチさんの魂が入ります」

「ほ、発作……!?」

「あ、でも安心してください。魔法を授けられない代わりに、病気とは無縁の身体を勝ち取りましたから！　コウイチさんが入り次第、身体もそのように書き換わります。ちょっと元気すぎるかもしれませんが……きっと楽しめるかと！」

そういえば貴族の子息として転生するって言っていたな……。しきたりとか難しくないといいんだけど……。

「ではコウイチさん、これにてお別れとなります。今のコウイチさんのお気持ちを忘れなければ、きっと素晴らしい人生が開けますよ」

応援していますからね、と彼女が微笑みを見せた途端。

馬の歩く音と、車輪の音が急に大きくなった。揺れも急速にリアルになっていく。

「……っ！」

続いて唐突に世界が光り、強烈な眩《まぶ》しさに目がくらむ。思わず瞼《まぶた》を閉じると、そのまま俺の意識は温かい闇に溶けていったのだった。

――ッ――……――スト――さ――


「アリスト様っ！」

肩に感じる衝撃と、男性の大きな声に驚き俺は急速に覚醒していく。

「んん……」

ゆっくりと眼を開けると、そこには少しホッとしたような表情を浮かべる老紳士がいた。

白髪に白ひげ、黒を基調としたかっちりとした服装の彼はまるで執事のようだ。

「良かった……！　急に苦しそうになさって……大丈夫でしょうか？」

「あ……は、はい」

転生した……のかな？

状況が分からないままに、ひとまず俺は曖昧に頷いてみる。

身体を見下ろすと、上下黒のスーツのようなものが目に入った。衣装には金色の刺繍《ししゅう》が入れられており手触りもいい。おそらく高価なものなのだろう。

「……そっか」

こっそり言葉を漏らす。どうやら無事に転生ができたらしく、もう身体も透けていない。

声が前の俺より随分と高いし、身体つきも華奢《きゃしゃ》だ。もしかしたら現代の年齢より若くなったのかもしれない。鏡みたいなものがないから確認できないけれど……。

ここは黒塗りの壁に、赤い座面のソファが向き合って作り付けられたキャリッジ――四輪タイプの馬車――の中らしい。女神様と話をしていた場所ととても良く似ている。

違いは左右が大きな窓のついた両開きの扉になっていることと、進行方向にも小窓が開いていることだ。小窓の向こうに見えるのは御者《ぎょしゃ》さんだろうか……黒いマントを着た人が手綱を握っている。ことが分かる。

扉の窓からは開けた林と青空が見え、明るい木漏れ日が馬車の中にも入ってきていた。

「念のため、ウィメについたら医者に見てもらいましょうか？」

「あ、ああいや……大丈夫です」

神様が丈夫な身体にしてくれた、と言っていたしね。身体の調子は前より良いくらいだ。

それより俺は誰で、これからどこへ行くんだろう。考えてみればその辺り、女神様は全然教えてくれなかったなあ……。

揺れる馬車の中には老紳士と俺だけ、となればひとまず彼に色々聞いてみるとしようか。

「あの……ウィメ、というのは？」

俺の言葉に老紳士は驚いたような顔をした。

「アリスト様、ウィメにご興味が湧きましたか？」

「え、ええ。まあ」

ご興味というか、なんにも知らないんです！

とは流石《さすが》に言えないが、分かったこともある。

起こされた時にも聞いた『アリスト』というのが俺の名前らしいことだ。それに『様』とついているし、高級そうな服。貴族の子息というのは本当みたいだ。

神様の説明通りであったことに胸をなでおろしていると、ではご説明いたします、と執事風の彼は嬉しそうに説明を始めてくれた。

「ジェント共和国にある『女性都市』の中の一つ、それがウィメ自治領でございます」

なるほど、ここはジェント共和国というらしい。

でも『女性都市』ってなんだろう、『どきおさ』シリーズにはそんなの無かったような。

「じょ、女性都市って？」

分からないことはすぐ聞いてしまったほうがいいはず。俺は仕事で分からないことを放置して大失敗したことを思い出しつつ、とにかく聞いてみた。

「ああ、これは大変な失礼を……！　アリスト様は女性都市へ赴《おもむ》かれるのは初めてのことでしたね。少し退屈なお話になりますが、そこからご説明をさせていただいても？」

「ぜ、是非お願いします！」

勢い込む俺に、彼は嬉しそうな笑みを見せ、口を開いた。

「アリスト様がお生まれになった首都メンズは、ほぼ男性だけの都市だったと思います」

そ、そうなのか……すごいとこだな……。

「ですがそれは首都だけのお話でして。ご存知の通りジェント共和国の九割以上は女性です」

「……っ!?」

いやいや、それは全然ご存知じゃないです！

俺は出してしまいそうだった声を必死で飲み込み、誤魔化した。

彼の口調から、この常識を知らない、というのは流石にまずそうだと思ったからだ。

幸運なことに、老紳士は俺の困惑と驚きには気づかず、そのまま話を続けてくれる。

「そして、首都メンズに滞在できるのは一部の優秀な女性達だけ。ですからそれ以外の女性達は首都から距離のある地域へ住むのです」

そういった地域にある都市のことを『女性都市』と呼ぶのだそうだ。

「一部の優秀な……というのは？」

頭が良いとか、武芸に秀でているとか、そういうことだろうか。

俺が興味本位で聞くと執事っぽい彼は目を丸くした後、辛《つら》そうな表情を浮かべる。

あ、あれ……気まずい話なのかな？

「アリスト様には大変申し上げにくいのですが……魔法の素養をお持ちの女性、ということでございます」

「あ、ああ……なるほど……」

つまり、この世界では魔法が使える人は優遇されているってことらしい。

で、二十八歳で転生した俺は魔法の素養はもらえなかった。そして察するに、アリストという子息も魔法の素養が無かったようだ。

神様はそういった事情を加味して、魔法が使えない俺に丁度いい彼を転生先にしたってとこだろう。

「魔法が使えない男性はやっぱり少ないんですか?」

うっ……と言葉につまる彼。

「世間知らずでして……気分を悪くしたりしないので教えてもらえませんか?」

言いづらそうな彼に俺はもう少し言葉を付け足してみた。

すると彼は沈痛な面持《おもも》ちで頷く。

「ほとんどいらっしゃらない、かと存じます」

なるほど……。

あくまでも予想だけど、貴族様ってきっと魔法の素養が無いと駄目なんじゃないだろうか。

貴族の息子なのに魔法が使えないアリストくんは、いろいろと都合が悪いから首都じゃないどこかへ厄介払いされる……みたいな。だとしたらアリストくん、なかなかに不遇だったのかもしれない。

そして俺にとっても、これはいきなり左遷みたいなものだ。神様が良い方向にいくって言っていたけれど本当かなぁ……。

とはいえ、選んだのは俺自身だ。難しい境遇かもしれないが、ここは前向きにいかなければ前の人生と同じだ。このまま世間知らず設定を活《い》かして、今後のことも色々聞いてみよう。

「え、ええと。それで俺はウィメではどう振る舞えばいいんでしょうか。それとお名前をもう一度伺《うかが》っても?」

何しに行くの? とは流石に聞きづらく、ちょっとぼかして聞いてみる。ついでにお名前も教えてもらっちゃおう。

「こ、これは大変失礼いたしました。私はウィメ自治領領主イルゼの執事、ニュートでございます。アリスト様の道中のご案内を仰せつかって参りました」

まずは改めて自己紹介をしてくれた。

ウィメ自治領領主……つまり今向かっているところの偉い人の執事さんらしい。そんな人が迎えにきてくれているなんて、随分と良い待遇な気がする。

「アリスト様がこのたび行われる『女性都市への研究留学』というのは、ご存知の通り前例の無いことです。私はもちろん、ウィメ自治領をあげて可能な限りお力添《ぞ》えいたします」

前例が無い……なるほど、『研究留学』というのは左遷の表向きの名目ってことなんだな。

「あ、えっと……こちらこそ、よろしくお願いいたします」

俺は丁寧に色々と話をしてくれるニュートさんに感謝しつつ、軽く握手をさせていただく。

「もったいないお言葉です。ご不便があればなんなりとお申し付けください」

微笑んで応じてくれた初老の紳士の手はとても温かかった。

「それと、実は今回『外遊訪問《がいゆうほうもん》』のご公務も兼ねておりまして。お辛いとは思いますが、到着後は領民達に御慈悲をお願いいたします」

「が、がいゆうほうもん……？」

ご公務、ということはなんらかの仕事だろうか。『御慈悲』とか言ってたけれど、一体どんな仕事なんだろう……？

「ええと……具体的にどういうことをすれば？」

「馬車が大通りを進みます。車内から女達に顔をお見せください。その……もしよろしければ手なども振っていただければ……」

と、執事さんは懇願するような表情を見せる。まるで世界を救ってくれと頼むかのような深刻な顔だ。

え、いや……ただ馬車の中から女性に手を振るだけだよね？

「えっと、それだけ……ですか？　それくらいなら問題ありませんが……」

俺が頷いてみせると、ニュートさんはぱぁっと表情を明るくした。

「よろしいのですか!?」

な、なんだろう……『手を振る』が何か危険なことの隠語なのかもしれない。

あまりの様子にかえって不安がこみ上げてきたものの、ニュートさんの明るい表情を前に、やっぱり無理です、などとはとても言えなかった。

「ありがとうございます……！　その後は我が領主イルゼとの会談となります」

なるほど、その後偉い人に会うって流れなんだな。

不安は感じるけれど、何事も郷に入れば郷に従え、俺はしっかりと頷いてみせた。

「わかりました。精一杯やらせていただきます」

与えられた仕事の手を抜いたら、前世以下になってしまうしね。

「なんとお心強いお言葉……！　領民達も大層喜びます！」

「あ、あはは。頑張ります……」

ほ、ほんとに手を振るだけ、だよね……？

第一章　女性都市へようこそ！

しばらくして。

馬車が石畳の道に入ったかと思うと、目の前には石の壁のようなものが見えてきた。

「あれがウィメ自治領でございます。石積みの壁でぐるりと囲まれているのですよ」

ニュートさんが、馬車の進行方向を見ながら語る。

石積みの壁は三階建てくらいの高さがあるだろうか。

白っぽい綺麗な石で作られていて、快晴の日差しを受け少し輝くように見えた。

「大昔の城塞を利用しているのです」

「へえ……」

日本にいるとまず見ない光景だ。

壁の門に馬車が近づくと、大きな木製の扉が内側から開かれた。そして馬車はそのまま進み……

一旦停《と》まる。

「おお……！」

馬車の窓から見えたのは噴水のある広場。中央にある何かの像から美しく水を出している。

その噴水広場を中心に四方に道が延《の》び、レンガと木組みの町並みが続く。西洋の歴史ある町並み……といった様相だ。

四方に延《の》びた道の一つ、正面にある道の先には小高い丘が見えた。

その頂上には、まるでどこかの宮殿のような白い石造りの建物がそびえている。確かに『どきおさ3』のプレイ動画そっくりの景色だ……。

「わっ……!?」

そこで俺は思わず驚きの声を上げた。

なぜなら……目に入った道の両脇に、びっしりと女性達が並んでいたからである。そんな俺に、ニュートさんの落ち着いた声がかけられた。

「アリスト様、ご安心ください。保安部隊がしっかりと警備しておりますので」

確かに彼女達の前にはしっかりとロープのようなものが張られ、馬車と一定の距離が必ず開くように整理されているようだ。

ただ、女性達が全員黒い目隠しのようなものをしていることと。

……なんだか妙に露出が激しい服装であることが気になる……。

上半身はマイクロビキニのようなものしか身に付けていない女性も少なくないし、下半身はお尻まで見えそうなスカートや、水着のように面積の少ないショートパンツも珍しくない。

あまりまじまじと見ていると、我が息子が元気になってしまいそうだ……。

「失礼します」

と、そこで馬車の扉の前に人影が現れた。

襟だけが白い黒のブラウスに、スカート。胸元が開いた白いエプロン。肘丈《ひじたけ》までのレースの手袋に、頭にはホワイトブリム。

おおっ……メイドさんだ！

「……アリスト様、ニュート様。ご気分はいかがでしょうか」

薄青色の髪を綺麗に切りそろえた彼女は、扉を開けないまま確認してきた。このメイドさんも黒い目隠しをしている。もしかしたら、この世界には目元を隠す文化があるのかもしれない。

女性達がつける目隠しは現代で言う、黒のレース布のようなもので作られているようだ。透けのある生地に絶妙な模様が入っていて、こちらからは目元が確認できない。

メイドさんも普通に歩いてきていたし、付けている側からは視界が確保できているんだと思う。

「アリスト様、お加減はいかがですか？　大勢の女性を見て、ご気分が悪くなっておりませんか？」

「い、いえいえ！　大丈夫です！」

ニュートさんの言葉に俺は首を横に振る。

露出の激しい衣装を着た女性の皆さんに、むしろご気分が上がってしまいそうなくらいです！

そこでふと視線を降ろすと、さらに気分が上がってしまうものが眼に飛び込んできた。

「……っ!?」

それは扉の前に立つメイドさんが着ている、黒いブラウスの衝撃的なデザインであった。

乳首こそ模様で隠れているものの、柔らかそうな乳肉がはっきり見えるほどスケスケなのだ。

さらに、腕を前にしてこちらを上目遣いで窺《うかが》うような姿勢なのもたまらない。豊かな乳房が持ち上げられ、透けた布の中でたっぷりと弾けているのである。まさに眼福。それ以外に表現の仕方が見つからない絶景であった。

「……！」

加えて、位置関係的に見下ろすような状態の今でもわかるほど、彼女のスカートは短い。むっちりと眩しい太ももどころか、ちょっと歩いただけでもお尻が見えそう……。

「アリスト様？　やはりご気分が……？」

「いや！　問題ないですっ！」

怪訝《けげん》そうなニュートさんに俺はびくっとしながら返事をする。メイドさんの身体に見惚《みと》れていました、などとは流石《さすが》に言えない……。

大胆な服のメイドさんがお辞儀をして去っていくと、いよいよ『外遊訪問』なるものが始まった。

「では、アリスト様。馬車が進みますので、両側にお手を振っていただけますか？」

ゆったりと進み始める馬車の中で、ニュートさんの指示に従う。

「ええと……こんな感じですか？」

俺はひとまず日本に海外の首相やら大統領が来た時の真似をしてみる。できるだけ笑顔を保ちつつ、控えめに手を振る感じだ。

「お、おお……アリスト様。なんと慈悲深い……！」

「じ、慈悲ってそんな大袈裟な……」

感極まったような様子のニュートさんに、俺は戸惑うしかなかった。

加えて俺を困惑させたのは、道の両脇に並ぶ女性達の奇妙な様子だ。

彼女達は皆示し合わせたかのように微動だにしないのである。そのせいで空気も凍りついている
ようにさえ感じられるほどである……。

「あの……ニュートさん。俺、本当にこんな感じでいいんでしょうか……？」

不安に駆られる俺だったが、それとは対照的にニュートさんの表情はとても明るかった。

「ええ、もちろん！　素晴らしいご対応でございます！」

ほ、本当かなぁ……と更に不安が深まった時、小さな女の子が俺の視界に入った。街道の手前で
元気よくこちらに手を振ってくれている。

子供には目隠しをする決まりがないのかもしれない。無邪気で可愛らしい笑みに、頬が緩む。

「ふふ……」

どうやらその子は、人混みを抜けて勝手に前に出てしまったらしい。ぺこぺこと頭を下げながら、
その子を追いかけている女性がいた。

若そうに見えるし、お姉さんだろうか。俺は目隠しをしている彼女と眼が合ったような気がして、
軽く会釈をしてみる。距離はあるが、おそらく伝わるだろう……と思った矢先。

「っ!?」

びくっと背筋を伸ばした彼女が、そのまま後ろに倒れていってしまったではないか。

「えっ！　あっちょっと……っ！　ニュートさん、馬車を停めて！」

突然のことに驚きつつも、俺はとにかく声をあげた。

「ば、馬車をですか⁉　しかし……！」

「今人が倒れたみたいなんだ！　急病かもしれない！」

積極的に行動しようと決めたのだ。倒れた人を見逃してしまうようではお話にならない！

「あっ！　アリスト様っ！　お待ちくださいっ！」

馬車が停まったのを見計らって、俺はそのまま外に出る。

倒れた彼女が居た場所を少し通り過ぎてしまったので、急いでそちらへ向かい声を出した。

「さ、さっきこの辺りで女性が倒れませんでしたか⁉　小さい子を連れていた方なんですけど！」

しかし辺りは静まり返ったように沈黙が支配するだけで、目隠しをした女性達は一様に固まってしまっている。

も、もしかして馬車を勝手に降りるのはまずかった……？

「アリスト様っ！　ご無事ですか⁉」

「あ、アリスト様っ！」

何か規則を破ってしまったのかと再び不安に駆られていると、そこへニュートさんとさきほどじっくり眺めてしまった青髪のメイドさんがやってきた。

い、いかん。短すぎるスカートからのぞくメイドさんの太ももに視線が吸い込まれてしまう……。

「え、ええ、俺は大丈夫ですが……」

視線を誤魔化しながら返事をすると、それを聞いた彼女が、ぱっと合図をする。

するとどこからともなく同じ衣装のメイドさん達が現れて、人混みに入っていった。

「これで大丈夫かと思います。アリスト様、馬車へどうぞ」

ニュートさんの言葉に頷《うなず》きながら周囲を今一度見ると、人混みに入っていったメイドさんの一人が女性をおんぶしているのが見えた。

よかった、どうやらちゃんと運んでいってくれるみたいだ。

「ニュートさんすみません、お騒がせしてしまいました」

考えてみれば、俺が慌てなくても周囲の人がきっと対応してくれただろう。つい先走ってしまった自分が今更恥ずかしくなる。

「いいえ！　素晴らしいお気遣いでございました」

そんな俺にもニュートさんは優しい笑みを浮かべてくれた。なんと寛容な……ありがたい。

「それからえっと……メイドさん、ご協力ありがとうございました」

急に客人が動いたことで、迷惑もかけてしまっただろう。

青髪のメイドさんにお礼を言うと。

「ひゃっ……ひゃい……！」

彼女はびくっと背筋を伸ばし、予想以上に可愛い返事をしてくれた。

プロの女性スタッフという感じがしていたので、その反応は意外でつい頬が緩んでしまった。

「……し、失礼いたします……っ」

高校生くらいに見える彼女は、ペコリと一礼をして馬車へかけていく。

すると短いスカートのせいで彼女のパンツ――黒いTバックであった――は丸見えで、下着とは対照的な白いお尻がぷるぷると……！

……うん、馬車を降りたのは正解だったな！

ややー―どころじゃない気もしたけれど――過激な衣装が目立つ、目隠しをした女性達に道の両脇から見守られつつ馬車は進み、丘を登りきった所で停車した。

「アリスト様、お疲れ様でした。ご立派なお振る舞いでございました」

「ご、ご立派って……いやいや」

露出の激しい女性達に対して、馬車に乗りながら手を振っただけだったんだけど……！

ともかく『手を振る』が何か危険なものの隠語でなくて良かった。

「ではアリスト様、次は領主にご挨拶をお願いいたします。領主も女性ですが、何卒《なにとぞ》辛抱いただければ」

辛抱って……凄《すご》いやんちゃな領主ってことかな？　コンビニに来る変なお客さんの対応には慣れているつもりだけど……。

「あっ……アリスト様、どうぞこちらへ……」

お尻を見せてくれたメイドさんが馬車の扉を開けてくれる。促されるまま外へ出ると、目の前には美しい白い宮殿が建《た》っていた。馬車が停車したここは、そんな宮殿の玄関前の広場のようだ。美しい石畳が敷き詰められ、ゴミひとつ落ちていない。

眼前の二階建てに見える宮殿は大きすぎず、小さすぎず。おそらく石造りか何かだと思うが、上質な白の漆喰《しっくい》で美しく仕上げられ、高級さと確かな格式を感じさせる。

随分と立派な建物だと思っていると、折よくニュートさんがその理由について、解説をしてくれた。

「この建物も自治領を囲む壁と同じく、大昔の遺跡を再利用、修復したものなのです。領主の館としては随分大きいのはそのせいですね」

ざっくりいえば、すごく規模の大きなリフォームをした古い建物、といったところらしい。

高く上がった日差しと、雲ひとつない青空がそんな宮殿の美しさをより際立たせている。

観光地に来たような気分で僅《わず》かな間楽しんでいると、宮殿の美しい扉が開き、中からメイドさんを伴《ともな》って一人の女性が現れた。

「アリスト殿、この度はようこそお越しくださいました。領主のイルゼでございます」

目の前までやってきて、丁寧に挨拶をしてくれた領主様。

だがそのあまりの美貌に、俺はすぐに返事をすることができなかった。

腰丈まである金髪に彩られた、確かな品を感じさせつつも可愛いらしい顔立ち。

年齢は大学生くらいだろうか、瑞々《みずみず》しくシミ一つない白い肌が眩しい。

そして何よりも目を惹《ひ》くのは、ゆさりと揺れる大きな乳房だ。

ざっくりと開いたドレスの胸元から、今にも零《こぼ》れ落ちてしまいそうな爆乳に、俺は生唾を飲んでしまう。

そんな刺激的な装いの彼女は目隠しをしておらず、優しそうな緑のタレ目も印象的だ。

「あ、アリスト殿……？」

高貴さとエッチさが同居したイルゼさんの容姿に見とれていると、彼女は美しい瞳を不安に揺らしている。

い、いかん！

いつの間にかメイドさん達も周囲に整列しているし、みっともない所は見せたくないぞ……！

「はっ……はじめまして！　アリストです。よろしくお願いします」

初対面の印象は大事だ！

俺は可能な限り爽やかに大きな声で挨拶し、手を差し出した。

「……っ!?」

しかし、彼女はびくっと肩を震わせ動きを止めてしまう。

あ、握手は駄目なのかな……もしかしたら失礼だったかも……。

「こ、こちらこそよろしくお願いいたしますわ……」

と思ったが、彼女は頬を赤らめながら軽く握手をしてくれた。

「……それでアリスト殿。首都からでお疲れでしょう？　会食と湯浴みの準備ができておりますわ。ご案内は必要でして？」

湯浴み……ということはお風呂か！

湯船があるのかどうなのかは分からないけれど、用意してくれたというのだから断る理由などな

い。慣れないことが続いているし、ほっと一息つけるならとてもありがたい話である。

「ありがとうございます。是非お願いします」

「えっ……ほっ、本当によろしいんですの……!?」

俺がお礼を言うと彼女はにわかに慌てる。心なしか周囲に立っているメイドさん達もざわっとなったような……。

あれ……もしかして社交辞令みたいなものだった？

俺が困惑していると、イルゼさんは表情を引き締めてニュートさんに声をかける。

「ニュート」

「承知いたしました」

イルゼさんの側《そば》にいたニュートさんは恭《うやうや》しくお辞儀をし、辺りに目配せをする。

周囲に立っていたメイドさん達がすばやく行動を始め、宮殿の中へ小走りで入っていく。

「ではエフィ」

メイドさん達の動きを見送ったニュートさんが、今度は俺の後方へ声をかけた。

「は、はいっ」

すると聞き覚えのある声がして、足音とともに俺の前に一人のメイドさんが現れる。

「アリスト様、こちらのエフィが湯浴みを案内します。何卒よろしくお願いいたします」

ニュートさんが俺に改めて紹介してくれたのは、例の青髪のメイドさんだった。

「エフィです。僭越《せんえつ》ながら私がご案内をさせていただきます」

素敵なお尻を見せてくれた彼女はエフィさんというらしい。ペコリとお辞儀をしてくれた。その拍子に透けているブラウスの中で乳房が動き、乳輪がちらっと見えてしまう。

が、眼福……っ！

「で、では早速湯浴み場へ参ります。お足元にお気を付けください」

「ありがとう」

そしてエフィさんの先導に従って、俺はいよいよ宮殿の中へ足を踏み入れたのだった。

「ふぅう……いい湯だあ……」

学校の二十五メートルプールくらいありそうな湯船に浸かりながら、俺は脱力していた。

石で作られたアーチを描く高い天井と、同じく石造りの広い湯船の真ん中に立った像から、次々とお湯が流れ出している。

脱衣所もあったし、身体を洗う洗い場のような所もあった。お湯がずっと出ている小さな像がそこここにあったので、ひとまずかけ湯をして湯船に入った次第である。

「……にしても、若いな俺」

湯面に映る自分を見て驚いたものだ。

三十日前だった俺からすると随分若い。まだ高校生といった感じだろう。黒髪に、明るい茶色の瞳。アリストくんの顔立ちは元の俺より整っているし、血色の良い白い肌もつやつやである。

ただ、若いのはそこだけでは無かったらしく。

「これどうしよう……」

目下の問題はがっちがちにいきり立つ股間の息子……。生前より二回りくらい大きくて驚いた。

こうなってしまったのは、青髪メイドさんの対応が原因であった。というのも、脱衣所にてエフィさんが俺の服を脱がせてくれたのである。当然のように『失礼します』と脱衣所に入ってきた時はとても驚いて、変な声がでてしまうかと思った。

一応は俺に配慮してくれたらしく、立っている俺の背中側から手を伸ばして服を器用に脱がせてくれたんだけど……。

その間ずっと女性特有のいい匂いがするうえに、最後は裸になった背中にむにゅっと素敵な感触が押し付けられたのだ。嬉しい事件に、童貞の息子は簡単に目を覚ましてしまった。

風呂に入れば収まるかと思ったが、ちっとも落ち着かないまま。

困ったなあ、とため息をついていると脱衣所のほうから声がした。

「失礼します」

エフィさんの声だ。広い浴室だが、それだけに彼女の声もよく響く。

「は――」

突然の呼びかけに風呂であることを失念し、普通に返事をしようと振り返ったところで……俺は絶句した。

「お、お背中をお流しいたします……」

目隠しだけはそのままに、一糸まとわぬ姿のエフィさんが立っていたからである……。

「はっ……!?　えっ……」

俺は驚きのあまりおかしな声をあげてしまう。

適度な大きさの、形の良いおっぱい。さくらんぼのような控えめの乳輪と乳首。

むっちりとした太ももに、つるつるの股間のぴっちりとした割れ目まで。

かなり恥ずかしそうにしつつも、裸身を一切隠さない彼女にひどく興奮を覚える。

「こ、こちらへどうぞ……」

顔全体を真っ赤にしながら言うエフィさん。

この世界のおもてなしはこうなのだろうか。いやいや貴族の子息だからといって、流石に良い思いしすぎじゃない……？

とはいえ、こんな素敵な提案を断ることなんてできない。

「……は、はい……」

俺はそわそわしながら、彼女の案内に従い身体を洗う場所へ向かう。そしてエフィさんが用意してくれた椅子に座ると、彼女は早速俺の背中を洗い始めた。

「んっ……お加減はいかがでしょうか……」

「だっ……大丈夫です」

ただし、洗うのに使うのは彼女の手ではなく……その素敵なおっぱいである……！

「んんっ……ふぅっ……」

温かく柔らかな感触が背中に伝わってくるだけではない。胸をこすりつけるようにしているエフィさんの、色っぽい吐息も聞こえる。耳も背中も極楽だ……！

当然俺の股間はいきり立ち、反り返った肉棒はお腹に触れるほど。やっぱり若さって凄い。

静かな驚きに包まれながら我が新しい息子を見ていると、今度はそこへシミひとつない綺麗な手が伸びてくるではないか。

「こちらも……よ、よろしいですか……？」

そ、そういうおもてなしまでしてくれるの……!?

「お、お願いします……」

こんな女性に触ってもらえるなんて前世の自分では考えられない。断る理由など一切無かった。

するとエフィさんの綺麗な手が、するするとお腹を過ぎて肉棒を優しく握ってくれる。

「うっ……」

温かい彼女の手に包まれた心地よさに、危うく達してしまいそうになる。

「あっ！　失礼しましたっ！　何か粗相《そそう》をっ!?」

ところがエフィさんは、俺が痛がったと思ったらしい。ぱっと手を放し、慌てた声を上げる。

「だ、大丈夫です！　気持良くてつい……」

むしろ今やめられてしまうほうが辛い……！

そんな俺の気持ちを察してくれたのか、エフィさんの右手が再び肉棒を包んでくれた。そのままにゅるにゅるとボディソープのようなもので優しく洗われる。

「いかが……ですか？」

「凄い気持ち良いです……！」

背中に押し付けられた生おっぱい。そして耳元で優しく囁《ささや》かれるような声。

俺はどんどんと高まっていってしまう。

「アリスト様……んっ……んっ……」

「はあ……はあ……」

名前を呼ばれながらしごいてもらえるのが、とにかく気持ち良い……。

「アリスト様……」

すると今度はエフィさんの左手が俺の胸に回る。本格的に後ろから抱きつかれるような形になり、さらにおっぱいが押し付けられた。

「ううっ……！」

「はあっ♡……んっ……！　申し訳ありません……！」

俺があまりの気持ちよさに呻《うめ》くと、彼女は何故か切羽詰《せっぱつ》まった声で謝罪している。

しかしそれでも、エフィさんの両手は止まることはない。

右手は俺の肉棒をしごき。左手は胸板を撫《な》で回しながら、左乳首をコリコリと触ってくれる。

「ああっ……！　気持ちいい……っ」

「あっ……はあっ……んんっ♡」

エフィさんの手がどんどんと動きを速めていく。

そして耳元で聞こえる彼女の声も、甘さを増し、ほとんど嬌声《きょうせい》に近いものになっていた。

擦りつけられるおっぱいの動きも激しくなり、もはや背中がとろけてしまいそうだ。

「だ、駄目だ……出そう……っ」

転生した日が発売日であった『どきおさ3』に向けて、俺はしばらく禁欲生活を送っていた。

そんな状態で目にしたのがエフィさんのお尻とTバック、領主様の零れそうで高貴な爆乳だ。

否応なく高まっているところに、張りのある生乳を押し付けられ、肉棒を優しくしごかれて。

「ああっ♡出してくださるんですね……っ！　どうぞ……！　お射精してください……っ♡」

あまつさえちゅうっと首に吸い付かれ。

甘い声で奉仕されてしまえば、童貞に我慢なんて無理であった。

「イク……出るッ!!」

——ドビュルルルッ!!　ドクドクッ!!!

腰が抜けるほどの快感とともに、俺は溜め込んだ精液を放出する。

眼の前に用意された鏡にぱたたっと精液が線を描いたがそれでも衝動はおさまらない。

「すごい……っ！　アリスト様……♡」

ぎゅうっとエフィさんに抱きつかれたまま、どこまでも気持ち良い射精はまだ続く。

「あっ、まだ出るっ……！」

素敵なメイドさんは放出し続ける精液を気にせず、ゆるゆると肉棒をしごき続けてくれる。

優しく搾りとるような絶妙な動きに、俺は腰をひくつかせるしかない。

「ああっ……なんて素敵なお射精……」

精液が出るたびにエフィさんはうっとりした声をあげ、左の乳首をいじってくれる。

可憐《かれん》な声を耳元で聞きながら、優しく射精に導かれるなんて……転生してよかった……！

「うっ……ふぅ……」

『どきおさ3』に向けた禁欲生活のせいか、それとも身体が若返ったせいか。

自分でも驚くほどの量を射精し終えたのにもかかわらず、俺の肉棒はまったく萎える気配はない。

「……あ、まだ……♡」

そんな暴れん坊に、エフィさんはどこか喜色の含んだ声をあげて、更に素敵な言葉を続けてくれる。

「も、もう一度……よろしいですか……？」

まだしてくれるの……!?

「ぜ、是非……お願いします……！」

俺はこくこくと何度も頷く。がっついてしまっているのは分かるが、こんな可憐なメイドさんを前に冷静な振る舞いなんてできなかった。

「……あ、あのそれと……こっちに……」

盛り上がってしまった気持ちのまま、今度は俺の足の間に彼女を誘導する。

「あっ……あの……」

すると俺の目に飛び込んできたのは、おずおずと膝立ちになったエフィさんの身体だ。

ぷるんと形の良い乳肉に、控えめな乳首。

これをさっきまで押し付けてもらえていたと思うと、否応無しに息子の硬度も増してしまう。

「さ、触ってもいい……?」

「っ⁉　わ、私にですか……⁉　そ、そんな……あの……っ」

俺の言葉に逡巡《しゅんじゅん》したエフィさんだったが、それでも恥ずかしそうに頷いてくれた。

そんな彼女の様子に欲望が抑えられず、そのまま胸に手を伸ばす。

「や、やわらか……っ！」

初めて触る女性の胸。俺は感動と興奮に急《せ》かされるまま、揉みしだく。

「ああんっ♡……し、失礼しました……あっ♡」

声を上げてはいけない、という約束事があるのだろうか。

嬌声を上げながら謝る彼女に更に欲望が刺激され、果実の先端を指でなぞる。

「やあっ♡……はぁっ……すみませんっ♡あっアリスト……様ぁっ♡」

彼女も興奮してくれたのか、おかえしとばかりに両手で俺の肉棒をしごき始めた。

「……気持ちよく……あっ♡なっていただけていますか……んあっ♡」

おっぱいを揉み込み、乳首に触れるたびに可愛らしく反応するエフィさん。

その上で健気《けなげ》な奉仕をしてくれる。

ああ、なんて最高のメイドさんなんだ……！

「す、凄い気持ちいい。エフィさんにしてもらえるなんて、嬉しいよ……」

「～～っ♡も、もったいないお言葉です……あはあっ♡」

可愛らしい反応を見せる彼女に、俺の肉棒はますます固くなる。

同時にエフィさんの手もどんどんリズミカルに、そして速くなってきた。

「んっ……んっ……アリスト様のここ、とってもご立派ですっ♡いっぱい気持ちよくなってくださいっ♡たくさん……たくさんお射精してくださいっ♡んんっ♡」

吐息混じりの彼女の声。

高まってくる射精欲。

「きっ……気持ちいい……！　エフィさん、うぅっ……！　え、エフィさんもう一つお願いしていい……？」

余裕が無くなって、普通の話し方になってしまっていることに今更ながら気づく。

でも、そんなこと今はいい。

今は……。

「か、顔がみたい……！　エフィさんの顔を見せて……っ」

素敵な奉仕をしてくれるメイドさんの素顔が見たくて仕方がなかった。

「っ!?」

びくっと身体を震わせた彼女が手を止める。

「おふっ」

その拍子にきゅっと少し強く肉棒を握られて、俺はつい変な声を出してしまった。

「あっ……す、すみませんっ！」

「だ、大丈夫……！」

精を放ちそうになる息子を必死で抑える。

「わ、私なんかの顔を見たら、アリスト様の具合が悪くなってしまいます……！」

い、一体どんな顔なんだ……。

ちびっこも普通だったし、イルゼさんも普通……というかむしろ凄い美人だった。

エフィさんも口元は綺麗だし、きっと美人さんだと思うんだけど……。

「だ、駄目かな……。何か決まりがあるの？」

「いえ……決まりといいますか……。男性は女と目を合わせるとご気分が悪くなる、とお聞きしていましたから……」

ええ!?　お、男が好きな人が多いのかな？

それでも、そこまで女性を嫌ったりしないと思うんだけど……。

「他の男は知らないけど、俺は大丈夫だから。エフィさんの顔を見せて？」

「〜〜ッ♡」

他の人がどうなのかは一先《ひとま》ず置いておこう。

俺は彼女の顔を見たいのだ！

これも一つの積極性だと自分に言い聞かせ、俺は精一杯お願いする。

「き、気分が悪くなったらすぐにおっしゃってくださいね……」

するとと彼女はようやく目隠しを外してくれた。

「綺麗……すごく可愛い……！」

露《あら》わになったエフィさんの大きな瞳は、秋の高い青空のように美しい色をたたえている。清楚《せいそ》で真面目そうな顔立ちも相まって、彼女の素顔は想像以上の美しさだった。

「はっ……えっ……ぅう……」

至近距離で頬を赤くする彼女に我慢できず、そのまま唇も奪ってしまう。

「んんっ!?　んっ……んちゅ……」

彼女のすべすべの頬を両手ではさみ、慣れないけれど舌も入れてみる。

「んんんっ!?　んちゅっ……んはあっ♡……んふぅ……♡」

驚いたようだったけれど、彼女は甘えるように舌を絡ませてくれた。

しばらくそうしてキスを味わっていると、彼女の両手が再び動き始める。

「んはぁっ……はあっ……アリスト様っ♡アリスト様っ♡」

甘えるように声をあげるメイドさんは、俺の瞳を見つめたままどんどんと手を速くしていく。

「ああっ♡んんっ……♡おっぱいまでっ……んふぅ♡……ああっ♡」

負けじと柔らかな果実を揉み込むと、腰をくねらせてエフィさんは喜んでくれる。

なんて可愛いんだ……！

その様子に、俺は背筋がぞくぞくするほどの射精衝動を感じてしまう。

「ま、また出そう……っ」

絞り出すように言うと、青髪のメイドさんは嬉しそうな笑みを浮かべ、その手をさらに速くした。

「はいっ♡あっ♡お射精してください♡アリスト様の素敵なお射精、いただきたいですっ♡」

エッチで健気な言葉に俺はごうと欲望が高まる。

できたら彼女にも気持ちよくなってほしい……！

童貞なりに考え、せめてもと彼女の乳首を優しく弾く。

「あっ♡やっ♡アリスト様ッ♡そこは……っ♡」

「くっ……ううっ……エフィさん、気持ちいい？」

「は、はい……♡すごくいいです……いいッ♡アリスト様ぁ♡」

とろけるような声をあげるエフィさん。お互いの名前を呼びあいながら高めあっていき……ついに限界がきた。

「い、イクッ……エフィさん……出るッ……」

「あっ♡あっ♡お出しくださいっ！　お射精くださ……だ、駄目っ♡ち、乳首駄目ッ♡アリスト様……わたしっ♡」

一段高い嬌声を聞かせられ、俺は身体に駆け巡った熱に浮かされるまま。

「イクッ……っ!!」

彼女の柔らかな果実を握りしめる。

「あっ♡おっぱいだめっ♡アリスト様ッ、ありすとさまぁッ♡い、イクッいくいく！　イグッ！おっぱいイグゥッ♡♡♡」

そして、浴場に響くエフィさんの甘美な嬌声とともに、俺は思い切り精を放った。

——ドビュビュルルルッ!!　トプドプッ！！！

「あっ♡……ハァッ♡アリストさ……まっ♡」

官能に身体を震わせ、今までで一番色っぽい表情のエフィさん。

「んんん!?　……んふ♡んちゅ♡んちゅるるッ♡」

たまらなくなってその唇に吸い付くと、彼女も情熱的に舌を絡ませてくる。

「うっ……」

キスしながらも彼女のいやらしい手つきは止まらない。

俺はぴゅぴゅっと小さい射精を繰り返し、腰をひくつかせてしまう。

責め気なエフィさんに負けないように、俺も彼女の乳首を軽くひっぱる。

「ぷはぁっ♡だ、だめぇ♡アリストさ……あはぁっ♡くるッ……いッ……あああああああッ♡」

すると彼女も大きく身体を震わせて絶頂に達した。

「あ、アリスト様ぁ……♡」

「おっと……！」

イキ疲れた彼女が俺の胸板に倒れ込んでくる。

「あっ♡駄目っ♡イクッ……♡」

思わず抱きとめると、腕の中のエッチなメイドさんはもう一度だけびくっと震えた……。

深い赤の絨毯《じゅうたん》と、白い壁。

宮殿の中はそんな二色を基調としながら、ところどころに飾りがあったり、彫刻や絵画が置かれていたり。

高級そうなのに圧迫感が無くて、とても気持ちが良い。

自治領へ到着した時は高かった陽《ひ》も随分と傾き、夕陽の残滓《ざんし》が上品な宮殿の中を照らしている。

「あっ……アリスト様、会食はこちらでございます」

少し頬を赤くしたエフィさんが促した方向には、一際立派な扉があった。

どうやらこの奥でイルゼさんと会食となるらしい。

「ありがとう」

いえ……とうつむき、もじもじする彼女はとても可愛い。

お風呂で色々と気持ちよくなった後、彼女は最初よりも更に丁寧に俺の身だしなみを整えてくれた。

ところが脱衣所を出ると数人のメイドさんに囲まれ、まるで連行されるかのようにこの扉の前へやってくることになった。

周りのメイドさん達の表情が目隠しで見えないのが、今はちょっと恐ろしい。

ちなみにエフィさんも周囲のメイドさんに合わせ、脱衣所を出てからは黒い目隠しをしている。

勝手に外してしまうと怒られてしまうそうだ。

「それでは」

別のメイドさんが扉に手をかけ、開く。

「おお……」

まず目に入ってきたのは長方形のテーブル。そこには高級そうな刺繍《ししゅう》の入った赤い布が敷かれている。

さほど高くない天井には、小さめのシャンデリアのような照明。ろうそくの代わりに光る石のようなものがはめ込まれていて、室内を暖かな色で照らしていた。

「アリスト殿、改めてようこそいらっしゃいました」

横に長いテーブルをわざわざ回ってこちらまで来てくれたのはイルゼさんだ。

今度は首元まで隠れる黒っぽいドレスに身を包んでいる。

正直着替えてくれて助かった……あのおっぱいを見せつけられたら食事どころじゃなくなりそうだったし……。

俺は一先ず挨拶とお礼を述べることにする。

「こちらこそお出迎えをいただいてありがとうございます。その……素敵な湯浴みもさせていただけて、とても嬉しかったです」

最後は言わなくても良かったかもしれないけれど、少なくとも俺にとっては格別の歓迎であったのだ！　しっかりと感謝しておくのに越したことはないだろう。

「!!　……そ、そうですの……随分変わっていらっしゃいますのね……」

イルゼさんは頬を染めながらそんなことを言う。

な、なにかおかしなことを言っただろうか……。

「ではアリスト殿、どうぞこちらへお座りになって？」

表情を元に戻した彼女は、微笑《ほほえ》みながら俺を入り口に近い席へ案内してくれる。

俺が促されるままそこに行くと、ニュートさんが柔らかい表情で椅子を引いてくれた。

「ありがとうございます」

「もったいないお言葉です」

お礼を言うと、ニュートさんは穏やかに微笑んでくれた。

対面にはメイドさんに椅子を引かれ、優雅に腰掛けるイルゼさん。エフィさんを含むメイドさん達は部屋の壁に沿って一列に並んでいる。

「すごい……！」

座ってみると、美味しそうな料理が複数並んでいた。

湯気の出ている黄色のスープ。レアっぽく焼いてある小さめのステーキ。

魚のソテーのようなものもある。

脇には籠に入った白いロールパン……だろうか。焼き立てらしくとても香ばしい香りだ。

さすが貴族の食事、凄く美味しそうだ……！

「こ、これ、いただいていいんですか……？」

対面のイルゼさんは、俺の言葉に優しい笑みを浮かべる。

「ええ、もちろんですわ。首都と比べれば劣ってしまいますが、どうぞ召し上がってくださいまし」

庶民の食卓からすればとんでもないごちそうに見えますよ……！

という言葉を飲み込み、俺は手をあわせた。

「で、では……いただきます！」

せっかく用意してくれたんだ、冷めないうちに食べるのも礼儀だろう。

食器類が見知ったものととても近いし、これなら苦労なくいただけそうだ。

「おお……！」

早速食べてみたのはパン。これは、焼き立てのバターロールみたいなものだろうか。

ふわふわしていて甘みがあって……とても美味しい！

考えてみれば、転生後初めての食事である。

そのせいもあり、俺は完全に空腹に任せ次々と料理に口を付けた。

どれも日本では食べたことのない味ではあったが、とても美味しい。

特にステーキは素晴らしかった、多分高級なやつなのだろう。日本にいる時は高級ステーキなんてまず食べなかったからなあ……。

「美味しいっ……！」

あまりの美味しさについつい声を漏《も》らしてしまうと。

「あ、アリスト殿……？」

イルゼさんが呆気《あっけ》に取られたような顔をしていた。

あれ……、俺何かまずいことしたかな？

「あっ……」

そこで俺ははたと気づく。

そうか……きっとマナーとかあったんだ！　食べる順番やら、お祈りやらあったとしても不思議ではない。

「す、すみませんっ！　お腹減ってて……つい……。自分は世間知らずなもので、食事のしきたりを知らないのです……」

とりあえず『世間知らず』ということにして、食器類を置いて謝罪をする。

すると意外なことに、イルゼさんはとても嬉しそうな笑みを浮かべた。

「いいえ……いいえ。しきたりなど構いませんわ。あまりに勢いよくお召し上がりになるので、驚いただけですの」

おかわりもご用意できますわ、と片目をつぶるイルゼさんに心の底からほっとする。

優しい人で良かった……！

「お飲み物もお待ちにならないなんて……ふふ、驚きましたわ」

そうか、こういう時って先に飲み物だよね……。

彼女の言葉に合わせるように、メイドさんとニュートさんがワインのようなものを透明なコップに注《そそ》いでくれた。この世界には洒落たワイングラスのようなものはないのかもしれない。

「では、アリスト殿のご到着を祝って」

「ありがとうございます」

イルゼさんの一言にお礼を言って、改めて食事が始まった。

ちなみに注いでもらった飲み物について。

これは見た目こそ赤ワインだったが、味は炭酸入りのりんごジュースみたいだった。ワインが得意でなかった自分にとってはありがたい。

そんなどうでもいいところに『異世界』を再び感じつつ、俺はとても美味しい料理を味わっていただいたのだった。


「ごちそうさまでした、とっても美味しかったです」

味わって食べたら尚一層美味しかった。

貴族様って良いもの食べているんだなあ……。

「あ、あの……『ごちそうさま』というのは？」

イルゼさんが不思議そうにしている。

そうか……こっちにはごちそうさま、の文化が無いんだな。

「美味しい食べ物を用意してくれてありがとう、という意味です」

と応《こた》えると、お皿を下げてくれているメイドさんの一人がぴくっと反応した。

もしかしたら、彼女が作ってくれた人の一人なのかもしれない。呼び止めるのも変なので、軽く会釈をしておく。

「で、ではわたくしも……。ごちそうさまでした」

俺のほうはマナーを無視したのに、彼女はわざわざ手をあわせて俺に倣《なら》ってくれた。

領主様なのにちっとも偉ぶった所の無い人だ……送り出あっ♡おっぱいだめっ♡アリスト様ッ、ありすとさまぁッ♡い、イクッいくいく！　イグッ！　おっぱいイグゥッ♡♡♡されたのがウィメ自治領だったのはとても幸運だったのかもしれない。

「そろそろ今後についてお話をさせていただいてもよろしいかしら？」

「是非お願いいたします」

正直何にもわかっていないので、むしろ全部教えてほしい！

結局俺はここへ放り出されて一体何をすれば良いのだろう。

「まず初めに本日の『外遊訪問』、大変素晴らしかったとメイド達からもお聞きいたしました。領民を代表して感謝申し上げますわ」

イルゼさんに微笑まれ、俺は慌ててしまう。

むしろ俺が急に馬車を降りたりして迷惑をかけてしまったのだ、ここは感謝を受け取るわけにはいかないだろう。

「い、いや！　俺はニュートさんやメイドの皆さんに無理を言ってしまって……」

「いいえ、そんなことはございません。素晴らしい外遊でございましたよ」

イルゼさんの側に立つニュートさんも穏やかな笑みを浮かべている。

お世辞かもしれないけれど……メイドさんやニュートさんが良かったと言ってくれるならいいのかな……。

「それで……今回の『留学』は長期間になられる、とお聞きしておりますの」

イルゼさんは少し言いづらそうに目を伏せた。

ニュートさんの話通りなら、俺は『研究留学』っていう形で来ているらしい。

そして察するに、その期間は無期限。『長期間』というのはイルゼさんなりに気を遣って表現してくれたのだろう。

イルゼさんの様子から察するに、やはり『留学』は名目だけで、事実上ウィメ自治領へ左遷と見て間違いなさそうだ。

俺が大体の事情を理解しつつ頷くと、今度はニュートさんが口を開いた。

「宮殿内にお部屋をご用意いたしました。窮屈かもしれませんが、ご滞在中しばらくはそちらをお使いいただければと考えております」

「本当は敷地内に別棟をご用意する予定でしたの。ただ……事情があって着工が随分遅れていて……申し訳ありませんわ」

べ、別棟だって!?

イルゼさんは、左遷野郎のために離れを建ててくれようとしているの!?

「い、いやいやいや！　そ、そんな立派なものはいらないですっ！　お部屋をいただけるだけで充分ですから……！」

俺はあまりの驚きに思わず立ち上がってしまう。

だってその別棟、きっと領民の税金とかで作られるんでしょう!?　街を歩いたら領民に刺されちゃうって！

「充分って、アリスト殿……。じょっ……女性ばかりの宮殿の客室ですわよ？　ご、ご自身が何をおっしゃっているかお分かりですの？」

イルゼさんが目を白黒させている。

いやいや『女性ばかりの宮殿の客室』なんて、むしろご褒美《ほうび》じゃないか。

「宮殿の皆さんがお嫌でなければ、是非こちらに置いてください！　別棟のような立派なものはいただけません……お願いします……！」

「アリスト殿がそれでよろしいなら……当然断るようなメイドはおりません。わたくしだってもちろん歓迎でございますわ。ですが……ほ、本当によろしくて？」

俺は不安そうにするイルゼさんに、こくこくと何度も頷いてみせる。

よかった、これで夜道で刺されて女神様とすぐに再会する……という最悪のシナリオは避けられた。

けれど、さらに驚きは続く。

「『研究留学』中のご公務は『外遊訪問』のみ、とのことですから……アリスト様には、しばらくはゆっくりとお休みいただければ」

「ええ、長旅でお疲れでしょうし。首都から追加の指示がなければ、少なくとも一ヶ月ほどはお休みをとっていただくのがいいかと思いますわ。『研究留学』についても、その後でご相談いただければ問題ないですから」

ご公務がないって、つまり仕事がないってこと？

え、嘘《うそ》でしょ？　ちょっと手を振っただけで一ヶ月休みって、こっちの貴族って楽しすぎじゃない……？

ん、いや待てよ、そういうことじゃないのかも……。

「……アリスト殿？　難しい顔をされていますわ、どうかなさって？」

もしかしたら、と考え込んでしまっているとイルゼさんに心配そうに声をかけられる。

よ、よし、ここも積極性だ……。

俺は自分に言い聞かせながら、思い切って切り出した。

「あ、あの……俺に何か仕事をさせていただくことってできませんか？」

これはあくまで予想だが、俺はイルゼさん達にとって『面倒な厄介者』だ。

俺の親は魔法が使えて貴族、多分権力もそれなりにあるんだろう。

だから俺ではなく親に気を遣って、イルゼさん達は良くしてくれているんじゃないだろうか。

だとすれば俺はじっとしているほうが迷惑をかけないのかもしれないけれど……。

その安易な判断に甘えて「何もしないのが一番だ」などと賢いふりをするのは違うと思ったのだ。

だってそれだと流されるまま、受け身に過ごした前世と変わらないのだから。

「色々お考えや事情があるのは承知していますが……これだけ歓待《かんたい》をしていただいた上、宮殿にお部屋まで用意していただけて。それで何もしない、というのはあまりに辛いです」

どんな思惑があろうと良くしてくれていることには変わらない。

感謝を形にできる方法が本当にないのか、まずは聞いてみたってばちは当たらない……よね？

「……やっぱり大人しくしているべきですか……？」

恐る恐るイルゼさんを見ると。

彼女は無言のまま顔を紅潮させ、ぷるぷると震えていた。

「で、出過ぎたことを申し上げ――」

これは怒っている……！　と感じ慌てて謝罪をしようとしたのだが。

「いいえ！　……いいえッ!!　そんなことはありませんわっ!!」

その謝罪は、勢いよく立ち上がったイルゼさんに制された。

さきほどまでの穏やかな様子は一変し、彼女はぐいっと俺に顔を近づける。

「が、外遊訪問……でもよろしいのですか……!?」

い、イルゼさんが怖い……！

怒ってはないみたいだけど、目が血走っている……！

「ちょ、イルゼ様。それは流石に……っ！」

ニュートさんが後ろで慌てているのが気になりつつも、俺は彼女の言ったことを反芻《はんすう》する。

が、外遊訪問って今日の手を振るやつ……だよね。

「も、もちろんです！」

あの程度ならまったく問題ない。仕事をしている感じはなかったけどね……。

俺は何度も頷いてみせた。

すると、驚きに目を見開いたイルゼさんはさらに興奮した様子になって。

「……っ!? しょ……承知いたしましたわっ!! ……確かにお聞きしましたからねッ!!」

最後にそう言い残すと顔を赤くしたまま退室していってしまう。

「い、イルゼ様っ!?」

ニュートさんが慌てて声をかけるが、彼女はたたたっと廊下を走っていってしまった。

「我が領主が大変なご無礼を……! 申し訳ございません、アリスト様」

彼は俺に向き直り、非常に沈痛な表情で頭を下げる。

「お、俺何かまずいことを……?」

や、やっぱり怒らせてしまったのだろうか……?

不安になってニュートさんに聞くと、とんでもございません、と彼は首を振って笑みを浮かべた。

「むしろ嬉しくて舞い上がってしまったのだと思います。しばらくは落ち着かないでしょうね……お見苦しいところをお見せしてしまいました。アリスト様、今日はこのままお休みください。明日改めてご挨拶に伺います」

「は、はい。わかりました」

どうやらイルゼさんも、そしてニュートさんも怒ってはないみたいだ。

よかった……。

「アリスト様、それではお部屋へご案内いたします」

そして俺は、どこか嬉しそうなニュートさんに、客室へ案内されることになったのだった。

「噂《うわさ》と違いすぎますわ……っ」

ウィメ自治領領主、イルゼは自身の執務室の中を落ち着きなく歩いていた。

が、部屋の外から扉を叩《たた》く音に足を止める。

「い、イルゼ様。エフィでございます」

若手だが優秀なメイドの声に、イルゼは少しだけ頭が冷えてきた。

同時に不甲斐ない領主を心配しやってきてくれたメイドに、彼女は申し訳ない気持ちで一杯になる。

「どうぞ。入って頂戴」

「失礼いたします……」

イルゼの返事を受けて、エフィが扉を開き、姿を見せた。彼女が手にした台車には飲み物が載せられている。

「イルゼ様、こちらを」

エフィが差し出した水をイルゼはゆっくりと飲み干し、ため息とともに執務室のソファへ腰掛ける。

ソファから見えるのは使い慣れた執務室。

深い赤色の絨毯に、歴史を重ね飴色《あめいろ》になった木製の家具達。光石の照明が照らし出す室内はいつも通りだ。

目に入るその光景のおかげで、イルゼはようやく落ち着いた。

「はあ……やってしまったわ……。わたくし、気が動転してしまって……」

ありがとう、エフィ。

領主の言葉に、若手メイドは笑みを浮かべて首を横に振った。

「いいえ、とんでもございません。落ち着かれましたか？」

「ええ、随分と。アリスト殿は？」

「ニュート様がお部屋へご案内してくださいました」

よかった、と頷いたイルゼはそのままソファに背中を預ける。

「あぁ……」

妙齢の女性にはふさわしくない声をあげ、ずるずると腰をおとす彼女。この光景だけ見れば到底領主とは思えないだろう。

「盛大にやらかしましたわぁ……。エフィ……どうしましょう……わたくし水くみにでも転職するべきかしら……」

水くみ、というのは水が必要な職場で、もっとも下っ端がやる仕事だ。

未熟な人間がやる仕事の代表格で、つまるところ立場を捨て一からやり直したいほどだ、ということである。

「ど、どうか早まらないでくださいませ……」

「嘘だわ……どうせエフィもその辺で獣の餌にでもなってしまえ、って思ってるのでしょう……」

「い、イルゼ様……！」

エフィはぐずぐず言う領主に戸惑ったが、ふと先輩メイドの言葉を思い出した。

『イルゼ様は可愛らしくて、親しみやすいお方よ』

青髪メイドはなるほど、と主の様子に納得し、ついつい頬を緩めてしまう。

「ほらあ……にやにやしてるもん……エフィもわたくしを笑っているのですわ……」

「い、いえいえ！　違います！」

ついに膝まで抱えだしたイルゼは、そのままエフィにジトッとした眼を向けた。

「湯浴みの案内……どうだったのかしら？」

「うっ……！」

不意な反撃に、青髪メイドは言葉に詰まってしまう。

同時に細められた領主の瞳に気づき、エフィは自分の頬が熱くなっていくのを自覚した。

「ず、随分時間が掛かっていたようですけれど。……どうでしたの？」

言うまでもなく、湯浴みの一件は彼女にとって役得以外の何物でも無かった。

この世界において、男性のお射精を浴びられるなど高級男娼に一生分の稼ぎを差し出しても不可能。手を握ってもらえれば御の字だと言われている。

それなのに彼はエフィの乳房を揉みしだき、空想でしかあり得ないはずのキスまでしてくれた。

股間のものは妄想していたものより数倍逞しく、思い出しただけで濡れてしまう。

雄々《おお》しい射精を身体で受け止めた瞬間は、彼女にとって至上のひとときであった。

「うぅ……申し訳ありません。す、すごく良かったです……固くて、大きくて……その、どぴゅどぴゅってたくさん……」

エフィの直接的な物言いに、イルゼは顔を赤くして……くすくすと笑った。

「貴女《あなた》、意外と包み隠さないですわね……」

「し、失礼いたしました」

姿勢を戻したイルゼはゆるゆると首を振って笑みを見せる。

『男娼館へ行ったことがない』というエフィへご褒美の意味もあったのだ。

思惑通り喜んでくれたならイルゼとしては嬉しかった。

「アリスト殿は本当に噂に聞くあのアリスト殿なのかしら……。わたくし中身が実は女性だって言われても今なら信じますわ」

イルゼの発言にはエフィも全面的に同意だ。

女性を嫌がらない男性など、あまりに女性に都合の良すぎる話なのだから。

太古の昔、魔法の力に増長した人間は神の怒りを買い、多くの男性と強大な魔法の力を失ったそうだ。

同時にセックスで子を成すということも取り上げられたと伝えられている。

男性が少なくなった結果、皮肉にも女性は子孫繁栄のため、じょじょに強い性欲を持て余すようになった。そして男性を強姦してしまうような事件が多発するようになり、いつしか男性達は女性のことを避けるようになった——

そんな神話がどこまで本当かは定かではないが、男性が女性の眼を見ることすら避けるのは紛れもない現実。

そして数の少ない男性は手厚く保護され、様々な面で丁重に扱《あつか》うのが当然となっている。

子を成す場合はセックスではなく、賢者が編み出した儀式によってのみというのも事実だ。

だからこそ愛のあるセックスや、性愛というものは女性側の空想の産物でしかない。

そんな世知辛い状況でも、女性はどうしても男性を求めてしまうし、作り物ではない肉棒に貫かれたいと願ってやまない。

それが男性と縁遠い女性都市なら尚更だ。

ちなみに外遊訪問はそんな女性達が、おおっぴらに男性を眺めることができる貴重な催しであった。

「微笑んで手を振って。しかも女性の前にお姿を……。エフィ、本当にアリスト殿はそんなことをなさったの？」

「はい……まともに眼が合ってしまった女性が喜びのあまり失神してしまって……」

若い男性にあんなに笑顔を安売りされれば、失神くらいしてしまってもおかしくない。

その証拠に大抵の女性は半分意識が飛んで固まっていたのだ。

「それを見たアリスト様が大きな声で女性をご心配されたのです」

まさか……この世にそんな男性がいるっていうの？

イルゼは何度確認しても信じられなかったが、当人を目の前にすると更に混乱した。

「わたくしも、まさか湯浴みの『ご案内』を引き受ける男性がいらっしゃるとは思いませんでしたわ……」

湯浴みのご案内、これは隠語である。特に『ご案内』が重要な意味を持つ。

これはとある童話からうまれたものだった。

大昔、怪我をした男性貴族の湯浴みを手伝ったメイドがいた。

そのメイドは自由に動けない男性の裸を見ても、一切動じず性欲に呑《の》まれることも無かった。

それに感心した貴族はお礼として彼女にお射精を恵んだ……という話。

性に呑まれなければ報われる……そんな倫理を説くこの童話は有名だ。

いつしかこの湯浴みを手伝うくだりは『ご案内』と呼ばれるようになった。

そして外遊訪問で湯浴みを勧める際に、女性側の僅かな希望と一つの洒落を載せて、

『湯浴みのご案内は必要でして？』

『怪我は無いのでな』

とやり取りをするのが習わしなのだ。

ところが、アリストという若い貴族子息は。

『是非お願いします』

とさらりと言ってのけた。

これはつまるところ宮殿の女性の誰かに『いい思い出』をくれる、という意味であった。

その『いい思い出』を受ける幸運なメイドとして、今回エフィが選ばれたのである。

立場上『案内』できないイルゼ様は内心お辛かっただろう、とエフィは少し申し訳なくも思っていた。

「気難しいってお話でしたわよね？」

「そ、そうだと私もお聞きしていました」

二人は頷きあう。

彼は魔法が使える貴族「ペレ伯」の息子でありながら、魔法の素養がないそうだ。

その難しい背景が影響したのか、アリストは父親が手を焼くほど気難しい、という噂はウィメの民も知るところであった。

今回の女性都市訪問は、様々に手を尽くしたペレ伯の苦肉の策と聞いている。

女性都市にでも放り込めば、少しは物分かりがよくなるのでは、というなんとも思い切った教育方針からだったと。

大勢の女性を目にする外遊訪問が最初の公務なのも、その方針ゆえだとイルゼは推測していた。

「補助金までいただいているのに別棟は必要ないなんて……。アリスト殿は本当に女性と一緒にお住まいになっても平気なのかしら……」

イルゼはそこで言葉を切った後、ジトッと自身の部下へ視線を投げる。

「どちらかといえば……貴女達が平気じゃなさそうですわね」

「ううっ……！」

図星を突かれ呻いてしまうエフィ。

実際宮殿のメイド達は湯浴み場の壁に耳を貼り付けていたし。鼻息荒く『アリスト様には宮殿内でも護衛が必要』と言い張って、食堂まで付いてきてしまった。

無論アリストと一歩でも近く、一秒でも長く一緒にいるためである。

あんなに女性に微笑みを見せ、あまつさえ目隠しを外していいとまで言う男性に、メイドの我慢が利《き》くかと言われると相当怪しい。

むしろ……本当に護衛をつけたほうがいいかもしれない。

ちなみにニュートほどの高齢男性に対しては、さすがの女性も欲情しないので問題なかったりする。

「追加の外遊訪問まで気前良く頷いていただきましたわ。お食事中もずっと笑顔を振りまいて」

若い男性がもっとも嫌がる公務が外遊訪問なのだ。群れた女性達に恐怖を覚える男性だって少なくない。

その一方で領民にとっては男性が見られるからとても嬉しいし、領地にとっても商店の繁盛が見込めるので、ありがたい公務であった。

「『ごちそうさま』とおっしゃっていただいた先輩は熱を出して……」

びくんびくんと痙攣《けいれん》した先輩メイドを、エフィは数人の先輩と寝かせてきたところだった。

あんなに優しくされれば無理もないですわ、とイルゼは首を振る。

「わたくしもほとんど食事の味はわかりませんでしたわ……。最後は情けないことになりましたし……」

下着だって意味を無くしてしまいましたわ、とイルゼはため息をつく。

ちなみにエフィは湯浴み時点で彼の破壊力に危機感を覚え、二枚重ね穿《ば》きすることにしていた。

作戦勝ちでしたと胸を張るメイドに、見習いますわと領主はくすくす笑う。

「それでエフィ、貴女はどうかしら。アリスト殿は何か悪しきことをお考えになるように見える？」

確かにアリスト様の振る舞いは満点どころか夢物語の域、とエフィは感じていた。

あれでは女性に都合が良すぎて、逆に不安になるのも頷ける。

ただどう考えても。

精一杯良くない方向に見ようとしても、彼は女性との触れ合いをちっとも嫌がっている様子はなかった。

そしてあの時、本当に倒れた女性のことを心配していたようにエフィには見えたのだ。

「あの御方に騙《だま》されてしまうのなら……私は本望です」

「エフィ……それは答えになっていませんわ……」

仕方のないメイドですわね、と苦笑してみせたイルゼだって気持ちは同じだ。だからこそ強くは否定しなかった。

もちろん、イルゼの立場としては、何の根拠もなく彼を信用するわけにはいかない。

だが同時に、信じてみたい自分がいるのも事実だった。

「少し難しいお願いをしてもよろしくて？」

イルゼの神妙な様子に、エフィはただごとではないと表情を引き締める。

「貴女にアリスト殿のお世話係を命じたいの」

「えっ……!?」

エフィは驚きに声を上げてしまった。

男性の客人は領主と同等、場合によってはそれ以上の扱いが必要になることもある。

となればお世話をする者も男性でなければ釣り合わない。

それをエフィのようなメイドが担当するなど尋常なことではないからだ。

「わ、私にはとても――」

領主に辞退を申し出るのは失礼にあたるが、ことがことだ。

エフィはとっさにお断りしようと思ったが、それをイルゼは手で制した。

「貴女だからお願いしているのですわ」

若いメイド。

そんな圧倒的に立場の弱い人間に対して、アリストという子息はどう対応するか。

そこを見極めたい、とイルゼは考えたのだ。

「それで……失礼をしてもらいたいの。そうね……まずは明日の朝。お部屋に入って、起こして差し上げて？」

「ええっ!?」

イルゼのありえない指示に、エフィは更に大きく反応してしまう。

若い男性を起こして差し上げるなんて……。

女性にとっては垂涎《すいぜん》ものの体験だ。

翻《ひるがえ》せば、絶対に実現させられないことという証左《しょうさ》でもある。

「もちろん護衛も控えさせるし、いざという時はわたくしが責任を取りますわ」

イルゼは決して部下を疎《おろそ》かにしない領主だ。

心配りを忘れない彼女が言うのだから、本気なのだろう。

「で、でもそれですとイルゼ様が……」

だからこそ、何かあったらこの優しくて時々可愛らしい主を失ってしまう。そのことがエフィは心配でたまらなかった。

「大丈夫。気難しいアリスト殿、という話を上手く使えば、もし揉め事になってしまっても小さくまとめられるはずですわ」

左遷までの経緯を察するに、おそらく腫れ物のように扱われているであろう彼。

だからこそ、メイドとの衝突程度であれば……彼が大げさに騒いだ一件としてまとめるのは容易だろう。

イルゼにはそういった確信があったし、事実その見込みは正しいものであった。

「エフィ、どうかお願いできませんこと？」

領主の懇願を無下にできるメイドなど居ない。

普段から大事に扱ってくれている、という感謝があれば尚のことだ。

「う、承りました……！」

だからエフィは首を縦に振った。

「大変なことをお願いして申し訳ないわ……でも、エフィが適役なの」

お給金は上げておくから、と片目をつぶるイルゼ。

しかし悲しいかな、これでアリストの人となりを掴めるかも、と期待したイルゼは、この人選が決定的な穴になるとは思っていなかった。

真面目で優秀と評判のエフィが、割とむっつりすけべで。

『失礼』を働く担当としてはかなり不適切であったことなど、知るよしも無かったのだ。

なにせエフィ本人も自分の淫らな面には無自覚であったのだから。

そしてその『不適切人事』が、宮殿に甘美な混乱をもたらすことになる。

第二章　素敵なメイドさんのいる生活

「おはようございます……アリスト様。あ、朝でございます」

朝一番、降ってきた声に目を開ければ、そこには青髪メイド――エフィさんの姿があった。

なんて最高の朝だろう……！

俺はメイドさんに起こされる、という全世界の男性垂涎《すいぜん》ものの幸運を噛《か》み締めていた。

しかも例のメイド服のおかげでむっちりとした太ももは見えるし、胸元の谷間も透けている。

加えて少しこちらを覗き込んでいる姿勢もたまらない。

「おっ……おはようございます……！」

あまりに素晴らしすぎる眺めに、俺は挨拶すら少しどもってしまった。

嫌になるほど童貞だ……と落ち込みそうになったが、エフィさんの美しくて優しい声で起きられることに比べたら些細《ささい》な問題である。

彼女が目隠しをしたままなのが、少しだけ残念だけどね……。

それに、目覚めが良い理由はそれだけではないだろう。

「よ、よくお休みになれましたか？」

「うん、ゆっくり休めたよ。ありがとう」

茶色の壁に深い赤色の絨毯《じゅうたん》が敷かれ、白っぽい木製の家具類が並ぶ落ち着いた客室。

俺が五人は横になっても平気そうなふかふかのベッド。

まるで着ていないかのような、さらさらの寝間着。

滞在先として俺に用意された部屋は、信じられないほど上等なものであったのだ。

「こんないい部屋を使わせてもらっていいのかな……」

「もちろんでございます」

エフィさんは優しい声で肯定してくれるけれど……。

超高級ホテルさながらの待遇に、朝はメイドさんのモーニングコール付き。あまりに贅沢すぎて、恐縮してしまう。

「ん……？　ああ、そうだった」

と、俺は自身の枕元に一冊の本を見つけ、昨日の晩を思い出した。

昨晩部屋へ案内された後、さすがにしばらくは寝付けなかった。

色々ありすぎて疲れてはいたけれど、それでもまだ緊張が抜けていなかったんだと思う。

そこでふと思いついたのだ。ホテルの客室にしばしば置いてあるように「聖書」みたいなものは置かれてないかな、と。

宗教的なものか俗世的なものかはともかく、この世界を知るきっかけにはとてもいいんじゃないか。

そう考えて実際に探してみると、部屋に数冊の本が用意されていたのを見つけたのだ。当然日本語では書かれていなかったが、不思議と自然に読めたので助かった。

「も、もしかしてアリスト様。その……本をお読みになったのですか……？」

しかし俺がその本を読んだことに気づいたエフィさんの口元は、やや気まずそうな形になる。

「え、ええと……駄目だった……かな？」

「いいえ！　決してそのようなことは……」

とはいえ、その反応はある程度予想はできた。

だってどれもこれも官能小説だったからね……しかも男向けっぽいすけべなやつ。

聖書どころかなかなかの性書であった。これもある種のおもてなしだったのかもしれない。

若い息子が首をもたげない程度に軽く目を通していたら、いつの間にか眠っていたようだ。

「ひゃっ……！」

すると、唐突にエフィさんが可愛らしい声をあげる。

何事か、と思うとベッド脇に立つ彼女は一点を凝視しているようで……。

「あっ」

その視線を追った先にあったのは、朝から元気一杯の息子だった。

官能小説を思い出したからでもなく、純粋に朝のご挨拶といったところである。

さらさらの寝間着は上下一体の構造で、上から着て頭と手を通すだけのもの。だから反り返った息子に裾が引っかかって、その裸体を堂々と晒《さら》していたのだ。

しかも窓から入る朝陽《あさひ》を浴びて妙に誇らしげであった。

空気を読まない息子で困りますね……。

「も、申し訳ありません……っ」

ん……？

エフィさんはそう言ってぱっと視線を外すけれど、どう考えてもチラチラと見ている。

目隠しをしているが、それでも分かるほどに顔がピクピクと動いている……。

昨日は湯浴み、という体《てい》で気持ち良いことをしてくれた可愛い女性。

そんな彼女が起こしに来てくれて……かつ俺の息子をちらちらと見ている……。

彼女のそんな様子に、俺はむくむくと都合の良い期待をしてしまっていた。

童貞丸出しの思考だけど……こ、これはもしかしたら、「おもてなし」をお願いできるのでは
……！

「え、エフィさん……あの……」

むっちりとした太ももをもぞもぞと動かすばかりのエフィさん。

俺はベッドの端まで身体を動かし、思い切ってそんな彼女の手をとった。

「っ……！」

ぴくりと彼女は反応するものの、抵抗はされない。

よ、よし……やっちゃうぞ……！

せ、積極性だよな、これも！

そのまま彼女の左手のひらを息子にあて、上から握る。

「……はぁ……♡」

途端にエフィさんから艶《つや》っぽい吐息が漏《も》れた。

俺はその反応にどきどきしながら、ゆっくりとその手のひらを上下に動かし始める。

「あっ……♡い、いけません……アリスト様……」

とは言うけれど、エフィさんは全然拒否しない。

そればかりか、俺が手に力を入れていないのに自主的に動かしてくれていた。

エフィさんはすごく可愛いのに、結構エッチなのかもしれない……！

「顔を見せて……エフィさん」

「はい……♡」

俺がお願いすると、彼女は空いている右手で目隠しを外してくれた。

澄《す》んだ青色の瞳が露《あら》わになる。少し潤んだその瞳は、穏やかで優しくて魅力的だ。

俺はそのまま彼女の右手をとり軽く引っ張る。

「あっ……」

エフィさんはそのまま俺の側《そば》にぽすん、と横になった。

彼女の左手はそれでも肉棒を優しく触ってくれている。

「んちゅっ……♡ちゅっ、ちゅるっ……んんぅ♡」

どちらからともなくキスを始めると、エフィさんは鼻にかかった甘い声を漏らす。

俺はますます嬉しくなって、今度は彼女のおっぱいに手を伸ばした。

「んふぅっ……はぁっ……ああんっ♡」

この世界にはブラジャーというものは無いのだろうか。

黒のブラウスからは柔らかい感触と、ぷっくりと膨らんだ乳首の感触が伝わってくる。

俺は欲望のまま、服の上からその可愛らしい突起をつまむ。

「んうぅっ♡……あっ♡アリストさまぁ……」

「気持ちいい？」

「はいっ……はいっ♡ちゅっ……んちゅっ♡」

健気《けなげ》な返事をしつつ、彼女は吸い付くようにキスをしてくれる。

左手の動きも止まらないまま、むしろ少しずつ速くなってきていた。

「あ、あの……アリスト、さま……」

が、一旦その手が止まり、上目遣いでエフィさんは俺を見る。

な、なんという可愛らしい仕草だろうか……。

「どうかした？」

悶絶しながらかろうじて返事を返すと、エフィさんは恥ずかしそうに言った。

「アリスト様の立派なものを……お、お口でいただいてもよろしいですか……？」

い、いいですっ！

良いに決まってます！

「してくださいっ！」

「はっ……はいっ！」

勢いよくお願いをすると、可憐《かれん》なメイドさんは少し仕事っぽい声色で返事をしてくれた。


「こ、これでよろしいんですか？」

「ああ、最高だよ……エフィさん」

今、俺の目の前にはエフィさんの桃尻が目一杯広がっていた。

「ほ、本当に……？　お気を遣っては……」

「いないよ。ずっとこうしていて欲しいくらい」

俺は心の底からの言葉を返す。

彼女は今俺の身体の上に、俺とは身体を逆方向にして乗っかってくれている。

大きく脚を広げ俺をまたぐようにして、その顔は俺の肉棒の前。

一度やってみたかったシックスナインの体勢だ。

「綺麗なお尻だ……」

「そ、そんな……」

眼の前の果実はあまりに美しい。

スカートから見えたあの時から、ずっと触ってみたかったのだ。

そして今日もあの時と同じように黒のＴバック。

放り出された尻肉が、早く触ってくれと言わんばかりである。

「んちゅう……じゅるる……♡」

「うおっ……!!」

と、下半身から突き抜けるような快感。

温かい口内に俺の肉棒が迎え入れられたらしい。

ゆっくりと歓迎してくれるエフィさんの舌を感じる……！

「んっ♡……じゅっじゅっ♡んふっ♡……ぢゅるるるっ……」

彼女はゆったりとしたストロークと、少しだけ速い動きを繰り返す。

そして時折舌で優しく竿を撫《な》でてくれるのだ。

「きっ……気持ちいい……っ！」

思わず呻《うめ》くと、彼女は嬉しそうに声を出した。

「んん♡……ぷはぁっ……はあ、アリスト様♡大きくって素敵です……はぁむっ♡」

大きくって素敵……きっと男性が女性に言われたい言葉三本の指に入るだろう。

俺は感動とともに反撃を開始することにした。

「んふっ!?　はぁんっ♡」

美しい桃尻を掴《つか》むと彼女はぴくんっと身体を反《そ》らし、一度肉棒を放した。しかし、またすぐに温かい口内に迎え入れられる。

それにしても極上の生尻だ。

すべすべで頬ずりしたくなるほどの感触で、揉み込むと適度な弾力。ぷるんっと美しい球を描き、脚を開いても決して形が崩れない。

「ああっ♡んんっ……じゅじゅっ、ぢゅるるっ♡んぷはぁっ……あっ♡アリスト様ぁ♡」

優しく肉棒を吸われながら、このお尻を堪能《たんのう》するのは最高だ。

でも……。

「あっ!?　アリストさま、そ、そこはっ」

俺は高まった欲望にまかせ、ぐいっとTバックを横にずらす。

すると何故かTバックはもう一枚重なったようになっていた。

不思議な構造だな……と思ったのは一瞬のこと。

「じゅるるるうっ!!」

糸を引くほど潤んだ割れ目に誘われて、俺は夢中になってそこにむしゃぶりついた。

「あああっ♡だめぇぇえ♡あ、アリストさ、まあっ……!　そこっきたな……あああんっ♡」

甲高い彼女の声を聞きながら、彼女の秘所を堪能する。

少し汗ばんだような芳しい女性の香り。

美味しくないという噂《うわさ》も聞いたけれど、俺にとっては彼女の愛液は極上の味だった。

貪るように吸い付くと、

「あっ…うぅうっ♡んんっ!……はーっはーっ♡あっあっあっ♡」

柔らかい尻肉をぴくぴくさせて悶《もだ》え。

ねっとりと舐《な》め上げると、

「はぁああ……♡あっあっ♡」

彼女は甘い吐息を漏らし、脚を震わせた。

そのまま美尻も両手で鷲掴《わしづか》みにし、割れ目をなぞるように強めに舌を動かしていく。

「やっやっ♡駄目ですッ！　あっあっ♡だめになっちゃうッ！　お股がとけちゃうッやっあっ♡」

彼女の声はどんどんと甘く、切迫していき……。

「あっあっ！　あはあぁっ♡く、クるっ……いくっ……来ちゃうッ♡だ、だめだめだめえぇぇぇッ♡」

ついにエフィさんは快感に動かされ、身体を起こして背筋を反らす。

その拍子に、俺の口に彼女の秘部が押し付けられた。

「じゅううううっ、じゅるるるるっ」

もっと舐めてほしい、とねだるかのような彼女の反応が嬉しくて、俺はさらに強く吸い付く。

「あああああああああああっ♡あっ！　あっ！　いくっ……！　またいくっ！　イク！　イクゥッ♡♡♡」

エフィさんは更に嬌声《きょうせい》を上げ続けざまに絶頂し、どさっと俺のお腹にうつ伏せに倒れた。

「あっ……かはっ……んふっ……はっ……♡」

断続的な快感にエフィさんは身体を震わせている。

可憐な彼女にこれほど絶頂してもらえたことが、俺は嬉しくて仕方がなかった。

しばらく、静かな充実感を味わっていると、下半身を強烈な快感が襲った。

「う、わっ……！」

俺の肉棒がエフィさんの口に迎え入れられたのだ。

繰り返した絶頂のせいか、さきほどよりその口内は熱さを増している気がする。

「じゅちゅっ、んちゅっ！　ぢゅるるるッ！　んっんっんっ♡」

最初よりも情熱的に竿に絡む彼女の舌。

裏筋を過ぎ去りながら吸い上げ、亀頭の周りを撫でながら口の奥へ。

彼女の甘美なおもてなしに、俺は呻く。

「んんっ♡ふっ♡ぷはぁっ……アリスト様っ、どうか私の口でいっぱい気持ちよくなってくださいっ♡」

健気な言葉と、熱心な口淫。

彼女が頭を振るたびに強烈な快感が脳へ送り込まれ、腰が勝手に暴れてしまう。

慣れていないのかときどき僅《わず》かに歯があたるけれど、それすらも気持ちいい。

俺は射精欲を堪《こら》えながら、スカートがめくれて完全に露出した美尻に、改めて手を伸ばす。

「んふぅううッ♡んぱぁっ、じゅるるッ♡アリストさ、まぁっ♡ちゅぷっ……わ、私はもういいので……だ、だめぇッ♡んぢゅうううううっ♡」

「くっううッ！　エフィさんも気持ちよくなってっ……！　んじゅるるるッ！」

二人でお互いの股間を貪りあい、堪能する。

耳から入ってくるくぐもった嬌声と、卑猥な水音。

そして温かな口から熱心に送られる強烈な官能。

「うぅっ……エフィさんっ……俺ッ……」

「んちゅうっ！　ぷはぁっ♡お射精してくださるんですねっ……すっごく固くなってまふっ♡」

エフィさんはそう言って、竿を強くしごき続ける。

ちゅっちゅっと亀頭へ断続的にキスするサービス付きだ。

「だしてくらはい……んんッ♡わらひのお口にっ……いっぱい、素敵なお射精ッ♡じゅるるるッ！　お情けほしいですッ♡飲ませてくらはい、ぢゅるるッ♡」

正真正銘のメイドさんのおねだり。

眼の前の揺れる果実も、まるで射精を促すために用意されたかのようだった。

俺は限界を感じつつ改めてTバックを横にずらし、むしゃぶりつく。

このまま。

じゅわっと溢《あふ》れる愛液をすすりながら。

彼女のお尻に顔を埋《うず》めながら、思い切りイキたい……！

「んあぁっ♡はむぅっ……んじゅっじゅじゅじゅっ！　だめッ♡ま、まらクるッ……イクッ！　お精子ほしいっ♡じゅっじゅるるるるるるぅッ♡」

――ドビュゥルルルッ！！！！

情熱的な吸引に耐えかねて、ついに射精が始まった。

俺は快感をぶつけるように、彼女のお尻を掴み、割れ目に吸い付く。

「ンンンンンッ♡♡♡♡」

肉棒を咥《くわ》えたままエフィさんの身体も一際大きく痙攣《けいれん》し、絶頂したことが分かった。

その反動で再び肉棒は強く吸引され。

「う、くぅうッ……！」

——ドクドクドクッ!!! ビュルルルッ!!

作られたばかりの精液がそのまま放出されるかのように、俺は連続で射精をしていた。

「んぷぅッ♡んんっ♡んっちゅるるるッ♡んっんっんっ！」

喜色を含んだ声をあげたメイドさんは、その精液をどんどん飲み干していく。

激しく頭を振り、暴れる俺の腰を両手で押さえ、まるで淫魔かのよう。

「くっうっ……うおおっ！」

何度目か分からない射精の波を感じながら、俺は再び彼女の秘所に顔を埋めた。

「んぷぅうはぁっ♡ダメッ、アリスト様ッ！　あっ♡とけちゃうッ！　おま×ことけちゃうッ♡」

エフィさんもまた身体を震わせ、いやらしい言葉づかいをしながら、見せつけるように腰を動かす。

たまらなくなった俺が更に舐め回すと、彼女はびくんびくんと何度も達した。

「あっ♡あっ♡イクっ…！　だめっ……またクるッ…♡し、しんじゃうッ♡あっあああああああ♡」

そして彼女が一際大きな嬌声をあげ、手で絞り上げられた俺も最後の射精をすると。

エフィさんはぐったりと俺の身体に倒れこんだ。

「あっ……はっ……！　やぁっ♡……まだクるッ……あっ♡いく♡……すぐイク……っ♡」

痙攣を続けるエフィさんの、可愛らしいお尻を撫でながら。

俺はいやらしくぬめる彼女の割れ目と、心地よい脱力感をしばらく楽しんだ。


目覚めも気持ちも良い朝を終え、部屋へ運んでもらった食事をとった後。

俺は、自治領の中央広場へやってきていた。

そこにあるのは街で最初に目にした噴水。美しく水をたたえた水面に、お昼前の爽やかな陽射しがきらきらと反射していた。

「ご気分はいかがですか？」

「うん、全然大丈夫。むしろ凄《すご》く楽しいよ」

そんな俺に同行してくれるのは、朝から可愛い姿をたっぷり見せてくれたエフィさん。

楽しくないわけがない！

ちなみに護衛の方も数人同行してくれているそうだが、近くにいるのはエフィさんだけ。

わらわらと人が固まるほうが悪目立ちするしね。

今着ている白いローブと目隠しは変装用で、エフィさんもお揃《そろ》いの格好。

上からストンとかぶるローブの下は、トランクスのような下着のみ。

その下着もお手洗いの際の利便性重視なのか、股間部の前は布が軽く折り合わさっただけだ。

息子がちょっと大きくなるだけで、今朝のように下着から顔を出してしまうだろう……。

とはいえこれも文化、不満はない。

ちなみにエフィさんは変装しているが、黒いスケスケの靴下はそのままだ。

メイドさんとバレそうだけど……大変素晴らしいと思う。

「申し訳ありません、アリスト様。もう少し上等なお召し物がご用意できればよかったのですが……女性都市ですとかえって目立ってしまいますので……」

「いやいや！　むしろ我儘《わがまま》を聞いてもらったのは俺のほうだから……。ありがとうエフィさん」

「そ、そんな……もったいないお言葉です……」

この装束は聖職者かその関係者の証《あかし》であり、着ている者の素性をみだりに調べてはいけないという決まりなのだそうだ。

男性の聖職者は滅多にいないし、ローブについたフードをかぶり、目隠しで顔さえ隠しておけば男だとはまずバレないとのこと。

幸い俺の顔も中性的で身体も華奢《きゃしゃ》だし、口元だけで男性と判断することはまずできないだろう。

しかし変装して街歩きとは……俺、本当に貴族の子息になったんだなあ。

「どうぞ、こちらへ」

白ローブのエフィさんが、広場のベンチへ誘導してくれた。

俺は小さくお礼を言って座らせてもらう。

広場を囲むレンガと木造が合わさった建物は、欧州観光地の古い住宅を思わせる。

「エフィさんも」

「は、はい……」

エフィさんにも隣に座ってもらい、気分は人生初デートである……幸せだ！

「お、おおぅ……」

一息つくと、視界に入ってくるのは広場を行き交う女性達。

昨日より近距離で見る彼女達の格好に、俺は変な声が出てしまう。

パンツが半分以上見える、腰巻きとも言える短いスカート。

お尻の谷間がちらちらするほど背中の開いたワンピース。

おっぱいだって凄い。皆ノーブラなのかゆさゆさ揺れるし。乳首以外はスケスケに見えてしまったり、隠れていてもくっきりと浮き上がってしまったりしている。

「そ……その、エフィさん。随分薄着な人が多いように思うんだけど……」

この自治領へ来た時からずっと謎であったことを聞いてみる。

すると、エフィさんは不思議そうに首を傾けた。

「薄着……というのは？　申し訳ありません、そういった言葉を存じ上げなくて……」

なんと！

俺がざっくりと概要を話すと、彼女は納得したように頷《うなず》き少し気まずそうにした。

「その……女性は『天に肌を見せる』と魔法の素養が授けられることがある、という言い伝えがありまして……」

優しい彼女は、魔法が使えない俺を気遣ってくれたらしい……天使だ。

なるほど……それでできる限り肌を晒《さら》して、魔法の素養を得ようとしているんだ。

つまりその言い伝えのおかげで、あっちこっちで素敵な格好の女性達を眺めることができるわけか……！

さすがに冬はもう少し着込むらしいので、俺は絶好の季節に転生できたことを感謝した。

ありがとう女神様……！

「メイドの皆さんの衣装が透けているのも？」

「はい……イルゼ様にご配慮をいただいております」

首都はよっぽど良い待遇なのかなあ。

俺は男性だらけの街より、こっちの自治領のほうがずっといいけど！

そんな社会背景のため、ジェント共和国では現代で言うレース生地のようなものがとても発達しているそうだ。

確かにメイドさん達のブラウスも、太ももまであるスケスケの靴下も、どちらも非常に凝った模様が入っていて、よりエッチさが増していた気がする……。

「今日は皆目隠しをしていないけど、それはどうして？」

「昨日はアリスト様にいらしていただけたからです。滅多に男性と会うことのない女性都市では、普段は目隠しを外して暮らしている方が多いのです」

じゃあ首都の女性はいつも目隠しってことか……。

それを求めるような男達と暮らす女性って、色々と気苦労が絶えなそうだ。

ちなみに聖職者はその教義によって、外へ出る際に必ず目隠しをするそうだ。

「商店街ってある？　えっと……市場っていうのかな？」

「ございますが……ここより女性と近くで接することになってしまいます」

不安そうな声を出すエフィさん。

「大丈夫。せっかくご厄介になる街だから、よく知っておきたいんだ」

俺は精一杯それっぽいことを言ってみる。

商店街自体に目的がある……とはいえ。

薄着の女性が行き交う道を歩いてみたい……！

エフィさんにあれだけ良くしてもらったけれど、やっぱり薄着女性への興味は捨てられない……

それが男の悲しい性《さが》なんだ……！

「アリスト様……！」

すごく嬉しそうにするエフィさんに、俺は胸を締め付けられつつ。

商店街へ案内されるのであった。

エフィさんが連れてきてくれたのは、『第三商店街』。

名前通り、ウィメでは三番目の規模の商店街だそうだ。

あまり女性が多いと気分が悪くなるのでは、という配慮からここを選んでくれたらしい。

それでも、整えられた石畳の両脇に様々なお店が軒を連ねている。

「申し訳ありません……！　別の商店街へ――」

恐縮するエフィさんが言うには、今日はいつもより人通りが多いとのこと。

「いや大丈夫だよ。このまま案内してもらえたら嬉しいな」

「よろしいのですか？　ではアリスト様、安全のため少し声を抑えながら参りましょう」

こくりと頷き、不用意に声を出してしまわないようにする。

エフィさんと気軽にお話しできないのは残念だけれど、それでもこの商店街を歩いてみたくなってしまったのだ。

なぜなら……。

「あ……っと、ごめんね」

「あら。失礼」

道幅の割に女性が多いから、薄着の女体がどんどんあたるのだ……！

女性相手だと思われているおかげなのか、彼女達は全然気にしない様子。

それにどこを向いても美人さんばかり。

若い女性達はもちろん、年齢が上に見える女性だって色気がすごい……肌だってつやつやだ。

露わになった横乳があたったり、生の太ももがあたったり……これが歩行者天国か……。

そして手を少しだけ外へ開くと……。

「おっ……と。悪い」

際どいビキニアーマーを身につけた褐色美女の尻肉に、手のひらがぷるんと。

ほぼ丸出しの生尻に触っても全然怒られない――

「あ、アリスト様。あまりお戯《たわむ》れは……」

ことはありませんでした。

青髪メイドさんが俺の白ローブをちょこんっとつまんで注意する。

「アリスト様だと分かってしまうと騒ぎになってしまいますので……どうか」

そ、そうだよね……痴漢だもんね、これ。

「……ごめんね、エフィさん」

「と、とんでもないです。具合が悪くなったらおっしゃってください」

エフィさんは口元に少しだけ笑みを浮かべてくれた。

痴漢男にこの対応……やっぱり天使である。

「……本当に『どきおさ3』に似てる……」

道を進みながら、俺はこっそりとつぶやく。

それほどに道の両脇に連なる店は『どきおさ3』で経営できる、とされていた店構えそっくりであったのだ。

鍛冶屋、薬品も扱《あつか》う道具屋、服飾関係に鎧なんかを取り扱っているお店。

どれも公式サイトで見たものばかり。

神様の『ゲームに近い世界』という発言はこんなところでも証明されていた。

と、道の先が何やら騒がしくなった。

「何か催し物かな？」

沢山お店が並んでいるのだ、客寄せに何かやっている店主もいるかもしれない。

興味が湧いてそちらへ進もうとすると、エフィさんにローブを掴まれた。

「お、お待ちください」

彼女の声は大きくないが、少し緊迫した様子だ。

多分目立つな、ということだろう。俺は静かに頷いて歩みを止める。

すると、今度は大きなざわめきとともに男性の声が聞こえた。

「まったくばかばかしい！　ここの領主にも首都を通して伝えるからな。処分を待っていろ！」

「ど、どうかお許しください！」

男性は随分と苛立《いらだ》っているみたいだ。

言葉を向けられたのであろう女性の悲痛な声も聞こえた。

俺も気になって、集まった女性達の人垣の隙間からこっそりと覗く。

「お、お相撲さん……？」

すると視界に入ったのは大人男性四人分の幅があるおじさん。

上下黒の衣服、俺が着ていたものと似たデザインだが、もっとゴテゴテ……というか色々な装飾品が散りばめられている。

そんな彼は数人の男性を従えて、のっしのっしと奥へ去っていった。

「あれは……？」

「ディーブ様です。……あの店は確か……」

首都からやってきた貴族様だそうだ。

やっぱり良いもの食べているからあんなに大きくなったのかな……。

「彼は……ええと、外遊訪問《がいゆうほうもん》？　はしないの？」

「恐らく突発的なご訪問かと……。あの辺りにディーブ様がお持ちの飲食店がございます。経営のご確認にいらしたのかもしれません」

つまり連絡なしで来た、ということらしい。

『お持ち』ということは飲食店のオーナーということだろうか。

「抜き打ち検査みたいなものかな」

コンビニにも『抜き打ち』とか言って経営層の人が来たりしたことを思い出す。

結局店での動きなんて全然知らないから、指摘も的外れで邪魔なだけだったなあ……。

俺が面倒だったたいつの日かを思い出していると、ざわざわと女性達の会話が耳に入る。

「……課徴金《かちょうきん》かしら？　可哀想に……」

「イルゼ様も頑張ってくださるとは思うけど……」

『課徴金』とは何のことだろうか。

早速エフィさんに聞いてみる。

「貴族様に無礼を働いた、とされるとそういった処分を受けることがあります」

「罰金ってこと……？」

「はい。あのお店はディーブ様に何か失礼をしてしまったようです……。あまりに不当であればイルゼ様がお手を差し伸べてくださいますが、ウィメ自治領の財源も潤沢とは……」

とそこまで言いかけて、失礼しました、とエフィさんは慌てて話をやめた。

どうも貴族様は相当大きい顔をして暮らしを送っているらしい。

魔法というのはよっぽど凄いのかな……。

それに財源の話も気になる。

現在のところ俺は完全にイルゼさん——というか自治領——のすねかじりであることは明白だ。

役立たずのままというのは人としてちょっと悲しいし、できたらイルゼさんやエフィさんに喜んでもらえる仕事がしたい。

となれば、この世界の常識や世俗をもっと知っておく必要はあるだろう。

そういったことがわかる場所と言えば……。

「そうだ！　エフィさん、よかったら本屋に連れて行ってほしいんだ。お願いしてもいいかな……？」

俺の言葉にエフィさんは表情を緩めて頷き、近くの本屋さんへ案内を始めてくれた。

「こちらです」

エフィさんが案内してくれたのは商店街にある、こじんまりとした書店。

入り口から奥へまっすぐに通路が伸び、本棚がその周りにならんでいる。通路はいくつか平行に走っていて、本の種類ごとにコーナーがあるようだ。

そこまではいい。

気になるのは、店内中央で全ての通路がざっくりと真っ赤なカーテンによって仕切られていることだ。

「あのさエフィさん。あの奥ってなにが……？」

流石《さすが》に無視することができず、エフィさんに聞いてみると。

「だ、駄目でございますです。お、奥はだめでいたしましゅ……」

そのエフィさんの反応もあからさまにおかしい。

ますます気になる……！

「エフィさんは入ってはいけないの？」

「い、いえ。そういうわけではないです……休日には時々はいっ……はっ!?」

俺は興味に抗《あらが》えず、エフィさんが慌てている隙を見計らって、カーテンの奥へ足を踏み入れた。

「わ、わあ……」

こ、これは……また……。

目に飛び込んできたのは、女性と男性のあられもない姿が描かれた絵画の数々。

壁に貼られたポスターや、棚に並んだ書籍の装丁。そのどれもが全体的に桃色……というか肌色率がとっても高く、わかりやすく淫靡《いんび》な雰囲気に満ちた店内であった。

平積みにされた本には、

『実録・イケない昼下がり』

『夜は獣のご主人様』

など……夢あふれる表題が踊っている。

「だ、駄目ですよぅ……」

首まで真っ赤にしたエフィさんが、遅れて入ってきた。

なるほど、カーテンの奥はエッチな本のコーナーだったわけだね……。

「あれ……？」

しかしそこまでを把握したところで、俺は強烈な違和感を覚えた。

そうだよ、おかしい。

この世界は男性が凄く少なくて、そのほとんどが首都に住んでいるという。事実、街で男性を見ていない……いや、お相撲さんは見たけど。

こういったものに興味津々な思春期男子は、ただの一人も居なかった。

なのに、このコーナーの気合の入りよう……。

「ま、まさか……」

部屋にあった小説を軽く読んだ時から、おかしい……というか不思議な点があったことを思い出し、俺は棚に置かれた数冊を手に取りめくってみた。

「そうなのか……？」

予想通り、それらはどれもこれも女性視点の官能小説だ。

頻繁に美麗な挿絵も入っているが、どれも男性ばかりが大きく描かれている。

それに加えて店内に飾られた絵画も、女性と男性が描かれているが男性側が必ず手前だ。

男性諸君ならわかることだが、男性向けのエッチなコンテンツで男性側が詳しく描写されるものは少数。

エッチシーンで可愛い女の子そっちのけで男のお尻が描かれれば、深い悲しみが世界を覆うだろう……。

そして、エフィさんの恥じらいっぷりから導かれる答えは一つ。

ところ狭しとここに並べられた小説や、絵画など。つまりそれらは全て……。

「全部、女性向けなんだ……これ」

たどり着いた結論と品揃えの豊富さに衝撃を受けていると、

「お客様、何かお探し？　お目当てはやっぱり『あれ』かしら？」

店主らしき妖艶《ようえん》な女性が声をかけてきた。

「……！」

俺はその店主さんが視界に入った時、思わず声をあげそうになった。

彼女は全身がほとんど透けた紫のローブと、布面積の少ないパンティしか身に付けていなかったからだ。

大きなおっぱいもその大半が見えているが、先端はローブに入った模様でなんとか隠れていた。

官能小説より、この女性のほうがずっとエッチで困る……！

「『アリスト様もの』は来週入荷よ。昨日あっという間に売れちゃってね、予約はできるけどどうする？」

って、お、俺のもあるの……!?

「……っ」

視線を向けると、エフィさんが耳を赤くしたままうつむく。

どうやら本当にあるらしい……なんだか妙な気分である。

俺は首を振って店主の提案をお断りし、店舗のさらに奥のほうへ移動することにした。

店主に気づかれないようにしながらも、エフィさんに確認したいことがあったからだ。

「あの、エフィさん……」

依然ぷるぷると恥ずかしがる可愛らしいメイドさんに、俺は精一杯小さな声で聞く。

「その……この国の女性ってエッチなこと好きだったり……する？」

自分でもとんでもないことを言っているとは思うけれど。

女性が通常の性欲を持っているとしたら、男性が凄く少ないこの世界では、色々と持て余すんじゃないだろうかと思ったのだ。

日本にだって、女性向けアダルトコンテンツって結構あったし。

「お、お嫌いな方はほとんどいらっしゃらないかと……」

そしてエフィさんの返事は、俺の突飛な予想通りであった。

「エフィさんも、好きってこと……?」

恐る恐る聞いてみると、彼女は少し逡巡《しゅんじゅん》した後、こくり、と頷いた。

「……っ」

俺はその可愛らしい反応に生唾を呑《の》んでしまう。

そういえば、客室にあった官能小説の一つが、街の書店で女性が男性に悪戯《いたずら》される……というものだった。

もしかしたら……そんな大胆な期待とともに、そうっとエフィさんのお尻を触ると。

「……んっ♡」

エフィさんは逃げもせず俺の手を受け入れ、小さく甘い声を上げてくれた。

彼女が着る聖職者の白いローブはさらさらで薄く、柔らかいお尻とTバックの感触がよく分かる。

「……ぅんっ♡……お、お戯れは……あっ♡」

言葉とは裏腹に、エフィさんはぐいぐいと尻肉を手のひらに押し付けてきていた。

たまらなくなってギュッと尻肉を掴むと、彼女は口を押さえながら腰をくねらせる。

そのいじらしい様子に俺の股間はあっという間に反応し、既にローブを押し上げていた。

「……んふう♡……はっ、はっ……♡」

くちゅ……♡

更にエフィさんの尻肉を揉んでいくと、時折水っぽい音が混じり始めた。

その音に気づき、一度手を止めるとエフィさんは懇願するように首を横に振る。

流石にちょっと調子に乗ったかも……と手を放したのだが。

その手はエフィさん本人によって掴まれる。

「アリスト様……っ……。今生のお願いです……どうか私を……」

——抱いてくださいませ。

そして首まで真っ赤にしたメイドさんの言葉に、俺はフードが脱げそうになるほど首を縦に振るのだった。


昼下がりの客室。

赤い絨毯はどこか淫らな表情を見せていた。

降り注ぐはずの陽射しは厚手の布によって遮られ、その隙間から僅かに覗くだけ。

布を逃れた光の波は、まるで水面《みなも》を映すかのように妖《あや》しく揺れる。

「はぁ……っ♡はぁ……っ♡」

じっとりとした沈黙の中、エフィさんの荒く、艶っぽい吐息が響く。

町のはずれに停車していた迎えの馬車に飛び乗り。

その中に強引にエフィさんを引っ張りこんで、宮殿に戻るまでずっと彼女の身体を触っていた気がする。

けれどそんなついさっきまでのことさえ、もう霞《かすみ》がかっていた。

あれは夢だったのか、現実だったのか。

「アリスト様……」

火照りきった青髪のメイドさんは、白いローブのまま足早に俺を客室へ案内し。

部屋に入った途端、夜にしか使わない吊るされた布で窓を覆った。

そして彼女は……目隠しを自分から外し、発情しきった表情を見せてくれたのだ。

「エフィさん……っ」

誘ったはずなのに、蕩《とろ》けきった彼女の表情に煽《あお》られたのは俺のほうだ。

一刻も惜しいような気になって、エフィさんの唇に吸い付く。

「うんぅっ♡んふぅッ♡ちゅるる……っちゅっ♡」

ときどき歯があたってしまうほど、互いを求め合うキス。

不器用な口づけを続けながら、麗しいメイドさんは俺の目隠しを外してくれた。

そんなエフィさんの腰に手を回す。

「ふぅうんッ♡」

すると彼女はぴくんっと反応しながら、身体を隙間なく擦り寄せてきた。

ぽとりと目隠しを落とした腕はそのまま俺の首に絡みつき、熱い口内では情熱的な舌が暴れまわる。

「ぷはぁ……♡アリストさま……ちゅっ♡アリストさ……んふぅッ♡」

時々唇を離しては、俺の名前を呼び身体を擦り付けながらキスをしてくれる。

布一枚でしか隔てられていないおっぱいと、むちむちの太ももが押し付けられ、俺はますます興奮した。

「エフィさん……脱がすよ？」

「はい……♡」

青い瞳が嬉しそうに揺れる。

可愛らしい肯定を受け取り、俺は白いローブを捲《まく》り上げるように彼女から取り去った。

「んっ……♡」

手のひらから少しだけ溢れる、上向きの美しい乳房。

くびれのある華奢な身体なのに、肉付きの良いお尻から太もも。

艶があり弾けるような柔肌の脚は、膝上まで黒いレースの靴下で彩られている。

健康的で官能的なエフィさんの肉体は、いつまでだって見ていたくなるほど魅力的だ。

「すごく綺麗だ……！」

なのに、とても陳腐な感想しか出てこない自分が恨めしい……。

「……もったいないお言葉です……♡」

それでも彼女は、花が咲いたような笑みを見せてくれた。

そんなエフィさんをもう一度抱きしめて、そのまま一緒にベッドに横になる。

「んちゅ……♡んふぅあっ♡やっ……ああんっ♡」

可憐な彼女に深く口づけながら、胸の果実を揉み込むと嬌声が上がった。

そのことに気を良くして、俺は両方を揉みしだく。

まさに玉のような肌のおっぱいは、指の隙間を自ら埋めようとするほどの張りがあった。

「私の胸……お気に召していただけましたか……あっ♡」

「うん……凄く素敵だ……。毎日触りたい……」

俺の正直な感想に彼女は微笑《ほほえ》み、猫のように俺の首筋に頭をこすりつける。

さらさらの青髪からは、エフィさんの優しい香りを感じた。

「んっ♡いつでもっ……触ってください♡たくさん触って欲しいです……ふぅんッ♡」

首元で愛らしいことを囁《ささや》かれ、俺は喜びのまま果実の先端にむしゃぶりつく。

「あああああっ♡」

一段高くなったエフィさんの嬌声が室内に響く。

優しく揉みしだきながら、舌の中央で乳首を撫で上げると。

「んふぁッ♡はーっ……はーっ♡」

エフィさんは、ぎゅっと俺に乳を押し付けながら背中を反らし。

ローブを脱ぐ前からぴんっと勃《た》っていたそこを舌先で転がすと。

「あっあっあっあっ♡」

追い詰められるように切迫した甘い声を上げた。

そして彼女の両脚が忙《せわ》しなく動かされるたびに、くちゅっ……っと湿っぽい音が鳴る。

その音に誘われるまま、彼女を仰向けにし脚を開かせた。

「あ、アリストさ……ま……ぁんッ♡」

細身の上半身とはアンバランスなほどむっちりした太もも。

その半分までは黒のレースで覆われているのに、一番大事な部分の周辺は柔肌が露わになり、ぐしょぐしょになった下着が俺を誘う。

「んっ……♡」

黒のTバックに手をかけると、彼女は期待しきった瞳で腰を上げた。

俺はするするっとそれをエフィさんの脚から抜き去る。

……二枚分。

「あ、あのさエフィさん。この下着、みんな二枚重ねて穿《は》いているの……？」

「……っ」

彼女は火照った顔を更に赤くして、ゆるゆると首を横に振った。

どうも違うらしい……趣味かな？

「あ、アリスト様に微笑んでいただいたり、触れていただいたりしてしまうと……すぐ……濡れてしまうので……」

なんとエッチなメイドさんだろうか……！

あまりの感動に理性は吹き飛ばされ、気づけば俺は彼女の花びらにしゃぶりついていた。

「んあああっ♡やっ♡あっ！　はあぁぁんッ♡」

びくびくっと大きく痙攣し、腰を浮かせ快感から逃げようとするエフィさん。

——じゅずるるるるッ！

その尻肉を両手で鷲掴みにして、俺はさらに貪る。

愛液をすすり、舌で割れ目を何度もなぞった。

「やっ♡やっ♡ふぁあああんッ♡だ、だめですッ！　そ、それだ……あっあっあっ♡」

彼女の腰が暴れるが、知ったことではない。

可愛すぎるメイドさんの花びらを、欲望のまま堪能し続ける。

「い、いくっ……！　もうイッちゃうッ…あふぁあぁッ♡も、もうクるッ……！　キちゃうッ♡あっ、いや♡ダメッ♡」

柔らかな高級ベッドで跳ねる彼女の身体。

俺は一瞬ほころんだ彼女の大切な割れ目に舌をねじ込み、ぐりっと舐め回した。

「あああっぁあぁッッ♡それイクッ♡いくいくイグゥッ♡それすぐイグゥゥッ♡」

ビクビクビクッ！　と大きく痙攣し、普段の優しい声からは考えられない淫猥な嬌声を上げるエフィさん。

むちむちの太ももはいつの間にか俺の頭をはさみこみ、尻肉もろとも痙攣を続ける。

「あっ……はっ……♡っ……っ……♡」

淫らな腰つきを目の前で見せられ。青い綺麗な瞳を震わせて絶頂に浸る彼女を見て。

俺は首に絡んだ艶《つや》めく両脚をゆっくりほどき、白いローブを一気に脱ぎ捨てた。

ぱちんっとお腹に張り付く肉棒。

堪《こら》えきれない我慢汁が糸を引く。

「あっ……♡アリストさま……」

俺の肉棒を目にしたエフィさんは淫靡《いんび》に微笑み、仰向けのまま脚を開いた。

そしてその手は自身の秘所を広げるように添《そ》えられている。

「はぁっ……はぁっ……」

俺は情けなくも獣のような吐息しかもう吐き出せなかった。

彼女が綺麗に揃えた指で、自身の花びらを引っ張る瞬間を目の当たりにしたからだ。そこには直視するのが憚《はばか》られるほど、澄んだピンクの果肉が広がっている。

そのいやらしい格好を俺に見せてくれているのは、初めて出会った時とまったく同じ魅力を持ち、まったく違う妖艶さを纏《まと》った青髪の女性だった。

「お願いします、アリスト様。その立派なもので……はしたない私を貫いてください……もう待ちきれないんです……♡」

淫らな牝《めす》の懇願に、俺は抗う術《すべ》など持っていなかった。

荒い息のまま俺は這いずるように近づき、彼女の開いた脚を改めて掴む。

エフィさんの手に促され、脈打つほどの肉棒はこの世でもっとも美しい雌しべに添えられる。

「……っ」

と、脚を掴んだ手のひらから、俺は小刻みな震えを感じ取った。

はっとして、エフィさんの瞳を覗くと、淫靡な光の影に少しだけの怯えが潜んでいることがわかる。

俺はそこでようやく、自分が余裕を無くしていたことに気がついた。

エフィさんという女性に夢中になりすぎて、お猿さんになってしまっていたのだ。

「ごめん、エフィさん……怖かったよね……」

少しでも落ち着いてもらえないかと、彼女の脚から両手を放し、俺なりに柔らかく彼女を抱きしめてみる。

「え……？　い、いえ……私は……あっ♡アリスト様……♡」

とくん、とくんと彼女の鼓動を胸に感じている内に、俺は怖がらせてしまった彼女に何か声をかけたいと思った。

内容は情けないやつがいい。くすっとなってもらえたら少しは楽になるはずだ。

本当はセックスをやめたらいいんだろうけれど……正直それは難しいから……！

「お、俺さ……実は初めてなんだ……」

「えっ……」

俺は自分を落ち着かせる意味も含めて、童貞としてのカッコ悪い気持ちを洗いざらい白状する。

昨日のお風呂でのことや、今日の朝してもらった奉仕が凄く気持ち良かったこと。

エフィさんが俺を相手にしてもいい、と思ってくれたことが嬉しくてたまらなかったこと。

エッチなことを勝手に期待して、色々と調子に乗ってしまったこと。

「俺……夢中になっちゃって。エフィさんを怖がらせちゃった……ごめんね」

素っ裸で、肉棒をがちがちにさせたまま謝るなんて、我ながら相当にダサい……。

ただ幸いなことに、そのダサさが功を奏したらしい。

「……ふふっ……」

エフィさんが腕の中で小さく笑い声を上げてくれたのだ。初めて聞いたその声は、無邪気でとても可愛らしい。

「ふふっ……アリストさまって不思議な方ですね……」

「ふ、不思議……？」

不思議というか、ただの余裕を無くした分かりやすい童貞だと思うんだけれど……？

エフィさんの発言に困惑する俺をよそに、彼女はくすくすと笑う。

「女性の淫らな憧れそのままなのに……時々びっくりすることをなさる……」

エフィさんの左手のひらが俺の背中を滑るように移動して、気づくと俺は頭を撫でられていた。

「はしたない女の機微《きび》まで慮《おもんぱか》ってくださって……私……」

彼女がそう言葉を区切った途端、俺の腰には美しい脚が絡みつく。

「んっ♡」

「わっ……！」

同時に肉棒には優しく手が添えられ、再び牝と牡《おす》の距離はゼロになった。

「物語では男性はいつも手慣れていらっしゃるんです……。それで女性は必ず乱れさせられて」

そういうのが好きでしたけれど――とエフィさんは俺の頬に左手を添える。

「こんな素敵な方の初めてをいただけるなんて……幸せすぎて死んでしまいそうです……」

彼女は嬉しそうに瞳を潤《うる》ませて、最高の言葉を続けてくれた。

「私も初めてです。どうかアリストさま、私の処女をもらってくださいませ……♡」

「……っ！　……もちろん……！」

絡みつく彼女の脚に促されながら、毛一本生えていない割れ目にするすると俺の肉棒が挿入《はい》っていく。

「くっ……はっ……」

「あっ……はああっ♡おおきいっ♡」

めりめりと彼女をこじ開けるたびに、じゅわっと愛液が溢れ。

くちっ……という音とともに何かを通り抜けた後、彼女の最奥に俺はたどり着いた。

「はっ♡……あっ♡そこがっ……一番奥ですっ♡」

「うん……エフィさんの初めて、もらったよ」

「はい……奪っていただきました……はぁっ♡」

俺は静かな感動と充実感……そしてじんわりと背筋を上《のぼ》る快感を味わう。

お風呂よりずっと熱く、ずっととろとろで。

精液を搾り取るための膣穴は、すでにその才能に目覚めつつあった。

「動いて……ください♡たくましいものを感じさせてください……っ♡」

彼女の言葉に甘え、俺は少しずつ腰を動かす。

ぬかるんだ膣壁が待ちかねたようにざわめいた。

「んっはっ…あっ♡わかりますっ……はあっ♡アリストさまが、いっぱいっ♡」

顔を紅潮させるエフィさんの様子を見ながら、ゆっくりゆっくりと動きを速くしていく。

「くっ……ぐうっ……」

ざわめく肉壷はじょじょに慣れたのか、ときおりぎゅっと肉棒を包み込み始めた。

隙間なくとろとろの柔らかな壁で撫でられ、気を抜いたらあっという間に果ててしまいそうだ
……！

頃合いを見計らって、こつんっと奥を小突くと。

「あっ……はっ♡……これっ、ああああっ♡」

エフィさんは明らかに喜びの声をあげた。

そして、その声についに俺の辛抱が効かなくなる。

「ごめんっ……！　エフィさんっ……！　気持ちよくてっ……」

「あっ♡はあっ♡うれしいです……ッ♡ど、どうぞご存分にきてください♡きてっ♡きてぇっ♡」

ぱんぱんぱんっという乾いた音と、じゅちゅっぬちゅっという水音がいよいよ部屋に響き始めた。

「あっあっあっあっ♡こ、これぇっ♡お、おかしくなります……っ♡変になっちゃうっ♡あっあっやっあっ♡」

彼女は肉棒の感触を味わうたびに、身体を反らせ腰をくねらせる。

嬉しい……彼女が気持ち良くなってくれている……。

俺は胸が熱くなり、ますます動きが大胆になってしまう。

「アリスト様ぁっ♡い、いいですッ♡き、気持ちいいっ……はあぁ♡んんんちゅううう♡」

悦《よろこ》びの声をあげる彼女に顔を近づけると、捕まえられるように抱きしめられキスをねだられた。

俺は身体すべてを彼女に密着させ、エフィさんの甘い口内で舌を絡めあう。

「んんっ♡んはぁっあっ！　やあっ♡あああっ♡だっ♡めっ♡んぢゅっ♡んんっ♡」

背中には、汗ばみしっとりとした彼女の腕が絡みつき。胸板には彼女のみずみずしい二つの果実が、波打って吸い付く。

――ズチュッズチュッ!!!

肌をあわせながら彼女の膣中《なか》をたっぷり突き上げると、法悦に浸る彼女がさらに甘い声を上げる。

「はあっ♡んっあっあっあっ♡アリストさまっ♡わ、わらひっ♡わらひッ……ッんあああ♡」

彼女の下腹部が痙攣を始め、膣が不規則に肉棒に甘える。同時に恥骨をこすりつけるようにエフィさんの腰が動き出した。

「くぅっ……！」

俺は彼女の膣による強烈な快感に、限界まで追い詰められていく。

「あっあっだめっもうキちゃうっ♡アリストさまのおち×ちんがっ♡凄くてっあっ♡もうキちゃいますッ♡」

逼迫《ひっぱく》した嬌声とは裏腹に彼女の腰は艶《なま》めかしく動き、まるで精液をねだるよう。

可愛らしい顔立ちと、いやらしい腰つきのギャップに俺はついに射精欲を抑えられなくなった。

「お、俺も……っ！」

ぱちゅっぱちゅっぱちゅっ――

乾いた肌があたる音と、いやらしい水音が混じり合って響く。

「ううう……出そうッ……エフィさんッ！」

世界に一人だけの愛しい彼女を、俺のものにしたい！

獰猛《どうもう》なまでの独占欲と、駆け上がる快感にまかせ、激しく彼女の中をかきまわす。

「あっあっあっ♡すごいっ！　だめっ♡やっ！　とんじゃうっ♡くるっ♡お射精ほしいっ♡膣中《なか》にッ膣中《なか》にいっぱいいくださいッ♡」

蕩けるような声色のおねだりに……ぶつかる肌の音と、水音はさらに増し――

「もうい……いくっ！　出るッ……！」

「あっ♡♡ください♡お射精ッ♡いっぱいっ♡来てッ♡あっクるッ♡わたしッ♡ああああっ♡いくッ！　いくいくイグぅうううッ♡」

俺は逡巡を飛び越して……彼女の膣中に、精を放った。

――ドピュルルッ！！！　ドクドクッ！！！！

すべてが溶けていきそうなほどの射精をしながら、奥に……もっと奥に……と本能的に腰を突き入れる。

「あはあぁッ♡アリストさまああっ♡」

身体全体をベッドの上で反らせながら絶頂に達するエフィさん。

その両脚は放さないとばかりに、俺の腰をがっちりと抱きしめている。

「うっぐうぅっ……エフィさ……はあっ!!」

絶頂にざわめく膣壁は更に精液を搾り取ろうと強烈に収縮し、まるで沢山の舌に舐め回されるかのよう。

加えてエフィさんの、恥部をあますところなく擦りつけるような淫らな腰使い。

ぷしっぷしっと愛液を吹き出しながらの妖艶さはとてつもなく。

「くっ……はっ……また っ……!」

俺は思わずぱんぱんっと数度肉棒を突き入れ、二度目三度目の射精に上り詰めてしまう。

——ビュルッ! ドビュルルルルッ!!

「んはぁああっ♡またぁっ♡嬉しいッ♡やっいくっ! まらイグゥうううッ♡」

「え……エフィさんッ……俺もまた出るッ……!」

——ドビュルルッ!! ドクッ!! ドクッ……!

再び彼女が絶頂し、ぎゅうぎゅうと肉棒が締め付けられ精液が絞り出されていく。

脳髄を殴られるかのような凶暴な快感。

それでも絶頂を続ける彼女が愛おしくて、再び覆いかぶさり唇を奪う。

「いっ……イグゥッ♡あっ……ンンンッ♡んちゅうううッ♡」

舌を差し込むと貪るように吸い付かれ、膣も連動するように締め付ける。

もう射精がずっと続いているような感覚。それでも飽きずに二人で腰を動かし、ぴったりと身体を重ねながら貪りあう。

「んふッ……んっんっ♡……んふうううんッ♡んちゅっ……じゅるるるッ♡」

唇をあわせながらも絶頂を繰り返すエフィさん。

何度も何度も痙攣し、やがてそれが収まっていく。

「ぷはぁっ……はあっ……はあっ……♡」

キスを終えると、彼女は淫らに微笑む。

ちゅっちゅっとお互いに唇をついばむと、エフィさんは更に笑みを深めた。

「はあっ……はあっ……たくさん、たくさんお射精いただきました……幸せです……♡」

「すごく気持ちよかった……エフィさんの膣中《なか》……」

可憐な女性と俗っぽい童貞の感想の差が著しいのは許して欲しい……。

「嬉しい……♡私も……死んじゃうかと思いました……♡」

お互いにくすくすと笑い、時折キスを楽しんでいると、ようやく大人しくなった肉棒が彼女の肉壷から抜けた。

「あ……っ♡ぬけちゃいました♡」

こぽこぽっと溢れ出たのは大量の白濁液。

ふるふるっと少し震えるように見えた可愛らしい花びらから、それが零《こぼ》れ出る様はぞくっとするほど官能的で。

や、やばい……息子が……。

これ以上はさすがにね……最後のほうは大分エフィさんに無理させてしまった気もするし……。

と、俺は一丁前にも自制心を働かせてみたものの。

「な、なんだか……寂しいですね……抜けちゃうと……♡」

汗ばんだエフィさんによる期待のまなざしを前にしては、まったくの無力であった。

「エフィさんっ！」

「……ああッ♡……嬉しいッ♡あっ、また入ってくるぅッ♡ああっ奥ッ！　そこぉ♡気持ちいいですッ♡」

「ここっ!?」

「はああんっ♡そ、そこですぅ！　深いッ♡あっキちゃうッ♡すぐキちゃうッ♡すごいッ凄いのぉおっ♡アリストさまッ……もうイクっ……イクぅぁぁあッ♡あっあっあっ♡はあああッ♡」

結局その日の夕食なんてなかったことになり。

性を覚えたての牡と牝はほとんどずっと繋がったまま、次の日の朝を迎えたのだった。

第三章　その馬車は淫らに揺れる

新たな陽《ひ》が昇ったウィメ自治領。今日も空は澄み渡り、暑さの混じり始めた陽射しが宮殿内に差し込んでいる。

そんな宮殿内のとある部屋。そこは今、緊迫した沈黙が支配していた。

その証拠に、普段は優雅さを見せるその部屋の主が気まずそうに身を固め、ちんまりと椅子に腰掛けている。

「い、イルゼッ！　あ、あ、あれ！　あっあれはどういうこと……ッ！」

そんな領主イルゼを、顔を真っ赤にしながら、詰問《きつもん》する女性の声が響いた。

とはいえ少々迫力にかけており、成功しているとは言い難《がた》い。

「ごっ……ごきげんようオリビア……朝から随分お元気ですのね。あ、あれとはなんのことでございますの？　わたくし、皆目見当も……」

一方の領主も誤魔化し方が稚拙すぎるため、お互い様といったところであった。

「あ、あの客室のことよッ！　アリストとかいう『子豚』が泊まってるところッ！」

オリビアと呼ばれた女性は、髪を振り乱しながら更に迫る。

本人の持つ褐色の美しい肌とは対象的な、輝くような白髪だ。

膝上までを包むぴったりとした黒のワンピースは、彼女の肉感的な身体の線をはっきりと浮かび上がらせている。

ちなみに『子豚』とは、オリビアが貴族の子息を皮肉たっぷりに呼ぶ際の言葉だ。無論『豚』は貴族男性を指すが、両方とも男性を求める一般の女性達が使うことはまずない。

「確かにアリスト殿にはご滞在いただいておりますわ。そ、それが……どうかしまして？」

ぎこちなく笑みを浮かべたイルゼに、オリビアはばんっと机を叩《たた》く。

「す、すごいいやらしい声してたわよッ!!! あの部屋から一晩中ッ!!! あんあんって!!」

張りのある肌はいつも通りのオリビア。しかし今はその目元に僅《わず》かながら隈《くま》を作っていた。

その理由はもちろん、件《くだん》の声である。

「そ、そうかしら？ わ、わたくしには何も……オリビア、お疲れなんじゃなくって？ うふふふ」

本来なら領主の執務机を叩けば相応の処分が下る。

……が、イルゼの側《そば》に立つ執事ニュートも苦笑いを浮かべるのみ。

彼女達は学生時代に同期となって以来の長い付き合いであり、これくらいの騒がしさは通常営業であったからである。

現領主であるイルゼ。

そして設立間もない『ウィメ商業ギルド』、その初代ギルド長のオリビア。

都市を引っ張る役職を背負った今でも、二人の気のおけない関係はほとんど変わらず、顔を合わせる機会が少しばかり減ったくらいのものであった。

「知らないわけないでしょッ！　眼があっちこっち行ってるわよ！」

「き、今日は凄くいい陽気ですのね……だからわたくしの瞳もとっても元気ですわ……」

相変わらず誤魔化し方が独特ね、とオリビアはため息をつく。

学生時代から嘘《うそ》がつけないことで評判だったイルゼを、『人を嫌な気分にさせない達人』だと友人として尊敬はしている。

とはいえ今日のオリビアは領主を逃さなかった。

「……早く楽になりなさい」

止《とど》めの一言はしっかりとイルゼに突き刺さり、彼女はばったりと机に突っ伏した。

「……お詫《わ》びのしようもありませんわ……」

オリビアは初の商業ギルド長として、宮殿にもある程度自由に出入りできる。

昨日イルゼに急ぎの相談事ができた彼女は、その特権を使い、深夜にお気に入りの客室に滑り込んでいたのだ。

「まったく……深夜に来なきゃ良かったわ」

しかし、昨晩に限っては自室よりも上等な寝具にご満悦……とはいかなかった。

宮殿のどこからか、猫の鳴き声のようなものがうっすらと聞こえてきたからである。

音の原因を探りにオリビアが廊下へ出てみれば。

「まさか……メイドが勢揃《せいぞろ》いで壁に耳くっつけてるとは思わなかったわよ……」

宮殿のメイド達が、最も格式の高い客室の壁に集合していたのである。

そして中からは女の悦《よろこ》びを詰め込んだような嬌声《きょうせい》が。

「だ、だってぇ、メイド達だって女性ですもの……。そ、それにエフィって真面目ですのよ……これ以上の適役はいないと思いましたのに……」

当然その嬌声も、メイド達のはしたない行動も、イルゼはとっくに把握済みであった。

その証拠とばかりに、執務室の壁際でメイド達が顔を真っ赤にして立っている。

そんな彼女達こそ、昨晩壁に耳をくっつけていた犯人達であった。

ちなみに犯行グループの一部は、現在とある仕事を命じられ退室している。

「はあ……。なら、そのエフィって子も女だったたってことでしょ」

「うぅッ……」

自らの論の矛盾を完全に突かれ、イルゼはうつ伏せのまま呻《うめ》く。

「それで？　大丈夫なの？」

オリビアはため息混じりに情けない領主に聞いた。

「大丈夫じゃないですわ……わたくしも寝不足ですし、色々とぐしょぐしょですわ」

「だっ……誰もそんなこと聞いてないわよッ！」

聞きたくもない赤裸々な話に、オリビアは思わず声を上げた。

気を許してくれるのは嬉しいけど、そういうとこは許さなくていいのよ……。

オリビアは軽く頭《かぶり》を振りつつ、先を続ける。

「要するに、メイドが貴族に手を出したってことでしょ？　ただでさえ面倒くさい男って聞いてるし、それは大丈夫なのかってこと」

オリビアは自身の安眠が――主に嬌声によって――妨げられたことに腹を立ててはいたが、それより領地のこの先を案じていた。

中途半端な立場の男とはいえ、貴族関係者の男性。

その人間に対して、宮殿内でメイドが粗相……問題にならないはずがない。

あの男を受け入れることで、領地にはまとまった額の補助金が入っている。

言ってしまえば、それはウィメにあの男を押し付ける『迷惑料』だ。

事実それは、彼の生活を賄ってあまりあるほどの額ではあるのだが。

「迷惑料つきの男よ？　碌《ろく》なことにならないいんじゃないの？」

ただでさえろくでもない男達ばかりの首都。そこから金付きで追い出される男など、事故物件でしかない。

ウィメ自治領をなんだと思ってるの……！

領主のイルゼを友人として相当に気に入っているだけに、彼女は憤りを覚えていた。

「……でも、『領地向けの補助金』としての分はギルド資金にも回りますのよ。それだけでも『ろくなこと』でございませんこと？」

「そ、それを言われると困るんだけど……」

忸怩《じくじ》たる思いを抱えている部分を指摘され、オリビアの勢いは落ちる。

金は使いよう。だからあまり快くない出処《でどころ》でも、領に寄与することだってあるのが現実だ。

「ありがとう、オリビア」

イルゼは彼女がそうした心境を抱えながらも頑張っていることに、まずお礼を言った。

嫌になるくらい嫌味のない女ね……とオリビアは気分の良い敗北感を味わう。

「もともと一つ確認をしたかったという事情もありましたの。わたくしの勘が正しければ、悪くない結果を得られたと思いますわ」

「悪くない結果……？」

ええ、とイルゼは微笑《ほほえ》む。

イルゼはあまり策謀《さくぼう》に長《た》けた女性ではない、というのがオリビアの見立てだ。

事実それは正しいが、だからこそ彼女の善に対する感性は並外れているところがある。

「じゃあ、なんとかなりそうってこと？」

「おそらくは。当事者を一度叱って差し上げればもう少しわかると思いますわ」

くすくす、と笑う彼女。

オリビアは、あのメイドを本気で叱るつもりはないわけね、と苦笑した。

「それで……相談というのはやっぱり、ディーブ伯爵のことですの？」

むっつりメイドの話は打ち切られ、イルゼは少し神妙な表情になる。

そのまま応接用の椅子へ移動し、オリビアにもその正面へ座るように促した。

「そう。昨日の件よ」

オリビアはイルゼの対面に座ると、苦々しい表情で答えた。

オリビアが長を務める商業ギルドは、言ってみれば商店街のまとめ役だ。

様々な事情を鑑《かんが》みて数年前に立ち上がった組織で、所属するのは主に各商店の店長達である。

経営的支援や、雇用の斡旋《あっせん》を行うため、彼らから所属料を徴収することで運営されていた。

「ディーブ伯爵が運営しているあの店。女が料理を持ってきたってだけで賠償金を出せって」

オリビアの顔が悔しそうに歪み、イルゼも沈黙する。

昨日アリストも目にした、商店街での揉め事の話だ。

女性都市の店であっても、首都の男性貴族がオーナーであることはままある。

どれだけ店を持っているか、というのがある種の見栄にもなるからだ。

しかし貴族の経営など、ほぼ放置と変わらない。

「女性都市で女性が料理を持ってきたって……要するに、いちゃもんよ。女を痛めつけて、金を巻き上げる。そういうことがしたいんだわ」

魔法の素養が第一という価値観は、女性に対する男性の高圧的な振る舞いや、性欲を持つ女性を劣等種と呼ぶような言動すら黙認するに至っていた。

だからこそ、オリビアはそんな了見の狭い男という生き物が嫌いだ。

むしろ『子供を作ることくらいしか能がない豚』じゃないかと常々思っているほど。

『豚』と彼女が男性を評するのは、男性貴族は総じて極度の肥満体型だからである。

アリストが滞在する客室のベッドが幅広なのは、そういった背景もあった。

「そう……困りましたわね……」

イルゼにとってもディーブ伯爵の件は、頭の痛い問題であった。

女性都市の領地経営はさほど余裕のあるものではない。

当然税収が最重要の財源となるが、店舗の売上から納められる税の割合は大きい。

男性貴族に売上を吸い上げられ、女性都市側の税徴収もある。

となれば、苦しむのはそこで働く領民にほかならない。

「店の子達の様子はどうかしら……？」

「芳しくないわ。お給金も下がる一方で、今回の件で店員もかなり逃げ出したみたい。一生懸命な子はいるけど……一人は無口でちょっと何考えているのかわからなかったわ」

オリビアの語る状況にイルゼは暗い気持ちになる。

そんな状況が増えてきていることもあり、だからこそ互助会――商業ギルド――という仕組みが必要だったのだ。

加盟店から集めた資金を補助に回したり、経営のノウハウを提供したり。

横暴な経営から領民を守りたい、それがイルゼの願いでもあった。

とはいえ、ギルドの財源だって湯水のごとく使えはしない。

不平不満の温床になってしまえば、仕組みそのものへの信頼が失墜し加盟を取り下げられてしまうからだ。

「商店の経営悪化はウィメにとっては特に大きい影響がでますわね。『ルナ族』の皆さんも問もなくいらっしゃる時期ですし、皆さんには元気に働いていただけるのが一番ですが……」

二足歩行の狐のような姿をしている『ルナ族』は、人族にとても友好的だ。

ウィメ自治領の商業にとって、彼らは顧客であると同時に、特殊な産品を持ち込んでくれるパートナーでもある。

そんな背景からウィメの商店は珍品や、変わった食品が並ぶことも少なくない。

するとその物珍しさから、『見栄』として男性が保有したがり、横暴の対象にされやすいのだ。

「商品や店を欲しがるだけならまだしも、金と一緒に余計な口出しまでするのよ。あの豚共。むしろこんがり焼いて、珍味にしたほうが世界のためになるわね。私は食べないけど」

オリビアによる不敬を通り越した辛辣《しんらつ》な発言に、イルゼもニュートも苦笑する。

「で、男の被害を被った例の店の子を、元気づけてあげたくて。イルゼ、何かいい案ないかしら」

「オリビア……」

若きギルド長の良いところはこういうところだ、とイルゼは思う。

彼女は金銭や数字だけでなく、人の心情も視界に入れられる人物なのだ。

そんな彼女だからこそ互助会を任せ、引っ張ってもらおうとイルゼは決めている。

「……なにかできること……あっ！」

そこでイルゼは一つ、魅力的で挑戦的な手段を思いついた。

目配せをすると、執事のニュートも満足気に頷《うなず》く。イルゼの考えたことを察してくれたようだ。

ただ……内容的に、正攻法ではオリビアが難色を示すだろうことも分かっている。

「……ふふ。オリビア、わたくしに考えがございますわ」

口元を歪め悪そうに笑うイルゼに、似合わないわよ、とオリビアは呆《あき》れた表情だ。

「んっ……んんっ！」

イルゼもそのことに気づいたらしく、わざとらしく咳払いをする。

「まずはわたくしがお店に伺《うかが》いますわ。もちろん歓待《かんたい》は必要なくってよ」

「い、いいの？　忙しいのに……」

オリビアとしては助かる話だった。イルゼは領内でもずば抜けて人気があるし、華がある。

領主が心配で来てくれた、となれば彼女達も随分と救われるだろう。

正直若いギルド長のオリビアとしても、ある程度面子《メンツ》が立つ部分もある。加盟商店の店長達も、未だにオリビアを見定めている最中なのは間違いないのだ。

「お見舞いも当然用意しますけれど……こっちは内緒ということにしておきますわ」

くすくすと楽しそうに笑うイルゼ。

オリビアは優しい友人に、ありがとう、と微笑む。

イルゼの贈り物や美的なものに対する感性は間違いないのだ。きっと今回も素敵なお見舞い品を考えてくれるだろう、とこの時のオリビアは胸をなでおろしていた。

しかし、そんな彼女は一つ忘れていたことがあった。

……それは、学生時代からイルゼはしばしばオリビアに悪戯《いたずら》をして喜ぶ悪癖があったことだ。

そんな彼女の『内緒』にもっと警戒すべきだったとオリビアが気づくのは、もう少し後のことであった。

「ニュート、貴方《あなた》はどう思いますの？」

オリビアが軽い足取りで退室した後、イルゼは執事に所感を聞く。無論、彼についてだ。

同じ男性、そして知識も経験もあるニュートからの意見を聞きたかったのだ。

「あれが演技であったとすれば、首都での化かし合いなど、おままごとでしょう」

目尻に優しげな皺《しわ》を寄せて苦笑する執事に、イルゼもほっとして笑う。

ニュートとしても不思議な部分はあった。

少なからず悪い評判があったアリスト。

馬車内で一言も会話が無かった時は、これは噂《うわさ》通りのやりにくさなのかもしれない、と思った。

その上、急に咳き込みだし彼は動かなくなってしまった時があったのだ。

さまざまな面倒事を乗り越えてきたが、あの時はさすがに身体中から冷や汗が滲《にじ》んだ、とニュートは振り返る。

「貴族のご子息から握手を求められたのは、初めてだったかもしれません」

ニュート自身は若き日の女性に対する対応を悔やんでいる。だからこそ、今の彼の振る舞いがあるわけだ。

しかし自身が過ちを犯していたような若さで、彼は笑みさえ浮かべて女性に手を振った。

そして同時に女性を恐れず、むしろ積極的な関与さえ見える。

エフィとはまるで鳥のつがいのように、仲睦まじく歩いていたと言う。

「ペレ伯との関係は良くない、と聞いていましたが……」

「わたくしもですわ」

彼とその父親であるペレ伯の関係がこじれていることは何らおかしくない。

事実息子に『世間知らず』と自ら言わせるほどに、最低限の知識さえ与えていない。

もしくは与えようとしてもアリストが拒否していた可能性がある……というのがニュートの認識だ。

実際は中身が二十八歳——つい最近まで——童貞だった男に入れ替わっているのだが、そんな想像がつくはずもない。

「今のアリスト様の穏やかさはどう考えたらいいのか……」

昨晩からの若いメイドとの『騒動』も。

ニュートからすれば決して悪い方向にはいかないだろう、という不思議な予感さえある。

むしろ新しい風の訪れを意味するのではないだろうか。

「あんなお方、わたくしは初めてですわ。まるで女性の妄想から出てきたかのよう……」

「稀有な出会いを経験しているのかもしれませんね。ウィメ自治領は」

ニュートも稀有な方ですわよ？　とイルゼは笑みを見せる。

女性都市は当然領主も女性。

しかし貴族をもてなしたり、首都とのやりとりだったりと、男性が好まれる場面は多い。

事実昨日のディーブ伯を一日中応接したのも彼だ。

だからこそ首都からニュートのような年齢の高い男性が派遣されている。

当然偏った考えを持つ老齢男性も多い中、イルゼにとってニュートが派遣されたことは幸運であった。

「同じ生き物ですから。出会いを無下にしてきた若い頃が悔やまれます」

「そんなこと言うのは、きっとニュートだけですわ」

くすくすと笑い合う主従。

お叱りを受けしゅんとしていたメイド達もそんな二人に、柔らかい表情を見せている。

「上手くいくといいのだけれど……」

自分で思いついた妙案に主は不安もあるようだ。

しかしイルゼの思い切った策は、強引ではあるが突破口になったはず。

そしてそれはとても明るい陽の入るものだ。

そう思ったニュートは、自身がずっと思っていたことを伝えることにする。

「彼が真価を発揮するのはこれからかと」

アリストという若者は女性を恐れないだけの人間ではない。どこか、前向きに変わろう……そんな空気をニュートはひしひしと感じていたのだ。

この辺りは彼の人生経験からの推測も多分にあった。

ニュートの言葉の意味を測りかねたイルゼが、彼の顔を見た途端。

執務室の扉が音を立てた。

「イルゼ様。エフィを連れてまいりました」

ついにお騒がせの主犯がやってきたらしい。

叱られたメイド——宮殿のメイド全員だが——の一部が領主の密命に従い、その確保に成功したようだ。

イルゼは少し笑みを浮かべ、ニュートに目配せする。

「ではここからは女性のお時間、ということで」

優秀な執事はそう言って笑みを浮かべ、退室していった。


「……エフィ。何でここに呼ばれたか……おわかりですわね？」

ニュートが退室し、正真正銘女性だけになった執務室。

執務机に座り直したイルゼは、目の前のメイドに鋭い視線を向ける。

「……た、大変申し訳ございませんでした……ッ……！」

そんな領主と相対したエフィには、土下座をする以外の選択肢は残されていなかった。

なぜなら、ついさっきまで自身の任務もメイドとしての仕事も忘れ、アリストの腕の中で「アリストさまぁ」とベタな寝言をつぶやいていたのである。

そんなエフィを起こし、ここへ連行したのは先輩メイド達だ。

アリストの裸体から必死で顔をそむけつつ、可愛い後輩をこの場に連れてきたのである。

淫猥な匂いを纏《まと》うエフィを、苦笑しながら湯浴み室へ放り込んだのもまた、彼女達であった。

「いっ……イルゼ様のご信頼を裏切り、あ、あのようなっ……」

執務室に敷き詰められた絨毯《じゅうたん》にホワイトブリムを擦りつけ謝罪するエフィ。

若いメイドのやや涙ぐんだような悲痛な声は、そこで途切れる。

宮殿の主が、ゆっくりと口を開いたからだ。

「あのような……とは。どういうことですの？　エフィ」

いつもよりずっと冷えた声を出すイルゼに、エフィは身体をびくっと震わせる。

当然彼女はことのあらましを知っている。これは自分の口から罪を申し出よ、ということなのだ。

その意図を理解したエフィは、震えながら言葉を紡ぐ。

「そ、その……あ、アリスト様に……」

「アリスト殿に？」

「書店で……その、お尻を揉んでいただいて……」

それで？　と宮殿の主は先を促す。

「が、我慢できなくなって……お、お情けをねだってしまいました……」

あの日は朝から貴女達《あなた》『いちゃいちゃどぴゅどぴゅ』してたでしょう！

……という台詞《せりふ》をイルゼは飲み込んだ。

護衛に控えさせた者達から状況を聞いた時、イルゼは思わず頭を抱えたものだ。

ちなみにその後、ねっとり詳しく情事の内容を聞いたのは領主の秘密である。

「はぁ……。それで、その後はどうしたのかしら？」

イルゼはため息混じりに、エフィに罪の告白を続けさせた。

「ぎゅって……その……馬車に乗せていただいて……寝室に飛び込んで。さ、さっきまで……」

「さっ……さっきまで……？」

この時点で、イルゼの声の調子が随分好奇心に負けているのだが、申し訳なさで一杯のエフィにはそれが分からなかった。

そしてエフィはその生真面目さ故に、自らの犯した罪を具体的に告白することにした。

「……たくさんどぴゅどぴゅ……いただいて……。その間も、ぎゅぎゅってしてもらったまま、すごく温かくて……」

結果として天然メイドの発言は、あまりに赤裸々なものとなってしまう。

ごくり、と生唾を飲む同僚達の沈黙を前に、エフィの言葉は更に続く。

「それで、何度も何度も……私の膣内に熱いものを、あ、溢《あふ》れるくらい……。そ、それと、く、口づけもちゅうちゅうっとたくさ――」

しかしながら、天然メイドの淫らな体験談はそこで遮られた。

「ずっ……ずるいですわよッ!!! あ、貴女あんまり反省してないのじゃなくってッ!?」

本音を丸出しにした領主が、もうそれは自慢になっていますわよッ！　と大声を上げたからだ。

「えっ……あ、あの……」

エフィは領主の反応に戸惑う。彼女としては具体的な謝罪をしているつもりであったからだ。しかしながらそれは、女性都市においてはただの惚気《のろけ》でしかなかったのだ。

「エフィったら、しかたのないメイドですわねっ！　怒ってないですわ……ッ！　全然ッ！」

怒っていない、という言葉にぽかんとするエフィ。

そんな後輩を優しく立ち上がらせたのは、苦笑を浮かべた先輩メイド達であった。

「イルゼ様、昨晩からずっとすねていらっしゃるの」

「ずるいずるいって……ふふ……同感だよね」

くすくすと笑う彼女達に、イルゼは違うもん、とかなり崩れた様子になっている。

そのまま先輩メイドに連れられ、応接用のソファに座らされるエフィ。

「ほ、本当にお怒りでないのですか……？」

未だに主の言葉を信じきれていないメイドに、イルゼは穏やかな笑みを浮かべた。

「わたくしからお願いしたことだもの、怒ったりいたしませんわ。それでエフィ、痛かったり辛かったりということはなかったのですわね？」

大きな瞳を少しだけ不安に揺らすイルゼを見て、青髪メイドは思い切り首を横に振る。

「と、とんでもないです！　夢のようでした……！」

しかしエフィがぽろりと零《こぼ》した本音は、領主の気に障ってしまったらしい。

「お、お惚気は怒りますわッ！」

「は、はいっ！　も、申し訳ありません……っ！」

勢いよく頭を下げるエフィを、先輩メイド達の笑い声が包む。

「エフィったら……もうっ……仕方のないメイドですわね」

和やかな雰囲気に、イルゼは再び笑みを零した。

「野次馬をしたはしたないメイド達は躾《しつ》けて差し上げましたのよ、感謝なさい」

「野次馬、ですか……？」

苦笑する室内のメイド達を見て、エフィは首を傾ける。

「貴女の素敵な夜に集《たか》ってしまったことを叱られたの」

「エフィってあんな声出すんだね……ふふ」

先輩達の謔《からか》うような言葉に、エフィはようやくその意味を認識し、顔を真っ赤にした。

「っ……き……聞かれてたんですかっ!?」

逆の立場なら貴女も聞きにいったでしょ、と先輩メイド達はくすくすと笑う。否定できないエフィは羞恥にうつむくしかなかった。

「それで……アリスト殿のこと。エフィはどう思ったのかしら？」

アリストが悪しき考えを持っているように思えたか、とイルゼは暗に聞いたのだが。

「す、好きです……」

エフィの返答は明後日の方向を向いたものであった。

「だっ！　だからそういうことじゃないですのッ！　のぼせ過ぎですわよッ！」

「ひゃっ！　も、申し訳ございませんっ！」

慌てて謝罪する生真面目メイドに、イルゼは深くため息をつく。

「エフィったらまったく……まったくもう……！」

わずか一日でぽんこつになってしまったエフィ。

そんな彼女に代わり、別のメイド達がイルゼに状況の報告を始めた。

「護衛についておりましたが、エフィのすぐ側にいつも寄り添《そ》って居られました」

「ご自身からこの子に『お手つき』を。馬車にもエフィをとても優しく引っ張りあげてくださっていましたし……とても女性に悪しきことをお考えとは……」

「エフィを部屋から連れ出す際も、無防備にもぐっすりと眠っていらっしゃいましたし」

その後も続く驚きの報告の数々を、イルゼはなんとか飲み込んでいく。

「エフィ。わたくし未だに信じられないのだけれど……アリスト殿は女性の身体がお好きなのかしら……？」

それでも信じ難かった部分についてイルゼが聞くと、エフィは困惑しつつもしっかりと頷いた。

「わ、私の身体に嬉しそうに肌をあわせてくださいました……。それに悪しきお考えがあるのなら……」

アリスト様が身分をお隠しになって男娼になれば、多額の金銭ばかりか、女性を束ねることだってできてしまうでしょう――

そんなエフィの発言に、イルゼもメイド達も唸ってしまう。

女の姿を一切嫌悪することなく、一晩中何度も何度も抱いてくれる。

身体に触ってくれて、口づけもたっぷりしてくれる。

そのお射精も熱く……たくましくほとばしり、尽きることを知らないかのよう。

更に言えば。

「そっ……そのまま側にいてほしい、と……おっしゃって……」

彼は、心までじんわりと包んでくれるのだ。

深くまっすぐに見つめられ、到底嘘とは思えない。

女性の勘が……本能が、あれを嘘と断じることを拒否している。

これほどの男娼がいたとすれば、女性は喜んでお金を支払い力を貸してしまうだろう。

悪しき考えなど、それですぐに実現できてしまう。

「アリスト様がその気になられたら、女性都市など物の数ではないのかもしれません……」

そんな可能性まであるのに。

彼はメイドの侵入にまったく気づかず、エフィの頭を撫でるようにしたまま可愛らしく眠っていたそうだ。

「よく……わかりましたわ。エフィ、ありがとう」

イルゼはここへきて、彼を既存の尺度で測ることを放棄し、自身の女性としての勘を優先することにした。理屈で理解できないのなら、心で感じるまでである。

同時に、彼をとっておきのお見舞いとすることを決意した。

彼が、店の女性達の心を暖かくする様子が、目に見えるようだったからだ。

そしてもう一つ。

使用人達のためにも、当然自分のためにも。

とても重要な、それでいて白々しい嘘をつくことにする。

「でもわたくし……まだ信じられませんわ……」

彼が夢にまで見た種類の男性であることは、ほとんど間違いがない。

イルゼを含め、誰もが分かっているが、彼女はあえて周囲を見ながらゆっくりと続ける。

「真面目なエフィを信じないわけではありませんの……で、でも。あまりに現実離れしておりますわ。で、ですから……」

優しくて可愛らしいとメイド達に慕われる領主は。

部下に似たのか、それとも部下が似たのか。

「事実を……たっ、確かめてみる必要があるのではなくって?」

……つまるところ肉欲に弱かった。

イルゼの言葉に眼を丸くしたエフィは、意味を理解して顔を赤くする。

「そ、そうですね……！　イルゼ様のおっしゃる通りです！」

「じょ、女性の身体にご興味がある殿方なんて……いらっしゃるわけないですからっ！」

とても信じられませんね！　と白々しく賛同するメイド達に、エフィは少女のような笑みを浮かべていた。

毎回あれほどの愛を一人で受け止めていたら、それはそれで素敵だが、エフィだって幸せで死んでしまう。

幸せで死ぬのではなくて、死ぬまで幸せのほうがいい。

彼の温もりに、できたら皆で寄り添っていたい。

一夫一妻という発想すらあり得ないこの世界では、この流れは必然であったし、若いメイドにはそれが嬉しくてくすぐったかった。

「それでエフィ……ど、どうすれば『お手つき』をしていただけるのかしら……？」

今にも生唾を飲み込みそうな主に、ついにエフィは笑い声を上げてしまう。

失礼ですわよ！　とイルゼが抗議すると、他のメイド達も耐えきれず笑いだした。

未経験で耳年増――エフィは一足早く初体験を終えたが――それは宮殿の女性全員の共通項である。

可愛らしい領主が切り出したことで、女性達の妖《あや》しい集いは定期的な開催が決まるのであった。

そしてこの日を境に。

彼女達のスカートはあからさまに短く、胸元の透かしは更に大胆なデザインに変わっていく。

もちろんそれは、天から魔法の素養を授かるためではない。

想像でしかなかった女の悦びを、彼に教えてもらうため。

彼の熱く逞《たくま》しい肉棒を、自身の最奥へ迎え入れるためであった。

朝の陽射しが輝く晴天の下、俺は宮殿内の馬車乗り場に向かっていた。

『領内のとあるお店にご挨拶』というイルゼさんの仕事に同行することになったためだ。

街に慣れる機会として、宮殿の皆さんが気を遣ってくれたのだと思う。

同行に備え聖職者姿になり、既に目隠しもつけていたが、それでも俺の存在は宮殿内にしっかりと周知されているらしい。

少し早めに馬車乗り場に到着すると、メイドさん達が挨拶をしてくれた。

「あっ……アリスト様！　おはようございます」

「おっ……おはようございます……っ！」

今日の公務に向け、馬車の掃除と整備をしてくれているみたいだ。

その様子を見て、俺は思い切って言葉を投げかけてみる。

「おはようございます。俺にも手伝えることはありませんか？」

そんな俺の言葉に、目隠しをしているメイドさん達はびくっと肩を震わせた後、ぶんぶんと首を横に振った。

「い、いえいえ！　これは私達の仕事ですから！」

非常に恐縮され、もう少しだけお待ちください、と頭を下げられてしまう。

「え、ええと……ありがとうございます……」

そういえばコンビニバイトの頃も、予定より早く上司に来られると面倒だったな……と思い出し、俺はひとまずお礼を言って、近くにあった木製ベンチに移動する。

「え、エフィさん。ここ座らない……？」

自分だけ座るのも気が引けたので、お世話係として同行してくれているエフィさんに声をかけてみたけれど。

「えっ……あ……お気遣いありがとうございます。私はこちらにおりますので……」

少し慌てたようにした後、断られてしまった。

目隠しをつけ、完全に仕事モードのエフィさんはそのまま黙って控えている。

そんな彼女もだけれど、今日は全体的にメイドさんが余所余所《よそよそ》しい気がしている。

だから俺なりにその雰囲気を払拭したくて、勇気を出して手伝いを申し出たのだが、残念ながら失敗に終わってしまったわけだ。

「……」

ただ、そうした余所余所しさを感じるのは、俺自身の罪悪感の影響かもしれなかった。

宮殿にお世話になって間もないのにもかかわらず、俺は昨日エフィさんを寝室に連れ込み、彼女の素敵さに夢中になって一晩エッチ三昧……という暴挙をやらかしてしまったわけで……。

翌日は申し訳なさで一杯だったのだが、驚いたことにお叱りは一切無かった。

イルゼさんの対応も変わらず穏やかだし。

「アリスト様、何かお困りですか……？」

あの日ベッドからいなくなっていたエフィさんも、今日から正式に俺のお世話係として優しくしてくれている。

「あっ……いや、なんでもない、です」

ここまで自身の悪行を指摘されないと、逆に罪悪感が凄《すご》い……。

どうするべきかと悶々とする俺に、エフィさんが控えめに声をかけてくれた。

俺の気分を軽くしようとしてくれたのかもしれない。

「あの……アリスト様、今朝は……何か変わったことはございませんでしたか？」

ただ、その内容は少し妙なものだった。

「ううん……どうだったかな……」

そもそも異世界に来て間もない。あれもこれも『変わったこと』なのが正直なところだ。

「……あ」

けれど、一つ気になることがあった。朝食を運んできてくれた茶髪のメイドさんのことだ。

彼女は俺が食事をしている間、部屋の絨毯のほこりをずっと手で取ってくれていた。

けれど、宮殿のメイドさん達が身に付けているのは……驚くほど短い超ミニスカート。

だからそんな姿勢をすれば、布面積の少ないパンティも、ぷりぷりのお尻も完全に見えるのだ。

俺は色々と耐えかねて、掃除は後で自分でもやるから今はいいです、と伝えたのだが。

「その時、ものすごく悲しそうな顔をされちゃって……やっぱり失礼だったのかな……」

エフィさんはすぐに首を横に振り、口角を上げてくれた。

「いいえ、アリスト様。失礼だなんて、とんでもございません。どうか、お気になさらずに」

社交辞令かもしれないが、その言葉に少しほっとする。

「ふふ……」

ただ、彼女の口元に浮かんだ笑みが、ちょっと悪戯っぽいような……。

「エフィさん……？」

一体どういうことだろう、と考えたが、それは一瞬のこと。

俺はすぐに、馬車の整備をしてくれている二人のメイドさんに眼を奪われてしまった。

「あ……」

というのも、彼女達がしゃがみこんで作業を始めたことで、その短すぎるスカートから眩《まぶ》しい肌色が見え始めていたからだ。

「……っ……」

ごくりと唾を飲む俺の目の前で、一方のメイドさんのお尻がみるみるうちに露《あら》わになる。

面積が極端に少ないローライズパンティのために、柔らかそうな尻肉が今にも外へ零れ落ちそうだ……。

それでもメイドさん達は、お尻に釘付けになっている俺には気づいていないらしい。

「あ、ああっ！　……っと……」

そこで、少し大きな声をもう片方のメイドさんが出した。

俺は慌てて眼を逸《そ》らす。

「ば、馬車の下の整備もいる……かな……？」

「わ……私がやる……」

粛々と作業を進めることの多いメイドさん達だが、今は珍しく砕けた口調で会話している。

なんだか新鮮だな……とエッチな気分が収まるのを感じたが、布面積の少ないパンティから視線を完全に離すことはできなかった。

パンチラチャンスを見逃してはならない、という漢気《おとこぎ》がそうさせるのだ。

「とっ……とれない……なあ……」

ローライズパンティのメイドさんとは別のメイドさんが、車両の下にすっと入っていく。

整備士さんが車体の下に入る時の、背中を預ける台車みたいなものを使っているようだ。

なので、彼女は仰向けで潜る形である。

それはいい。車体に何かあれば大変だもんね、わかる。

「……っ……！」

でもメイドさん！　その格好で脚を開いたら……！

「う、ううん……もうちょっと、お、奥カナー……？」

「ソ、ソウダネー」

もはや完全なM字開脚であった。

過激な姿勢にスカートは完全にめくれあがり、彼女の下半身を隠すことを諦めている。

局部を模様で隠す以外、その全てがスケスケのパンティも丸見えだ……。

「こっ……こっちかなー……」

そのメイドさんが身体を捩《よじ》ると、付け根まで露わになった太ももが動く。

そしてそのたびに、なんとか局部を隠している模様がズレてしまいそうなのだ……！

わかるよ、天から魔法の素養を授かるかもしれないからって話は聞いたし。

で、でもさ……そんなエッチな下着を見せつけられたら、なんとか朝勃《あさだ》ちを抑えた息子が、も、もう暴れそうなんですけど……！

「アリスト殿、遅れて申し訳ございません！」

と、そこへ白くタイトな衣装に身を包んだイルゼさんが現れた。

膝上までの長さのワンピース……のような上下一体のドレスだ。脚を包むのは黒いストッキングのようなもの。少しセクシーな女子大生と言った感じにも見える。

「いえ！　自分が早く着きすぎてしまって。おはようございます」

おっぱいドレス――初対面の時のものだ――でなくて助かった。

俺はコンビニバイト時の仕事モードに頭を切り替えて、彼女に挨拶を返す。

コンビニのエッチな本コーナーにも一切関心がなくなるモードだ。

それでもイルゼさんのおっぱいの主張は強烈で……気を抜くとついつい目線は行くけど……。

「メイド達が何か『粗相』をいたしませんでしたか？」

何かあったのか、イルゼさんは少し『粗相』を強調したが、俺からすればそんなことは全くない。

特に馬車の整備は、本当に素晴らしい仕事ぶりでした……ありがとうございます！

「いいえ。熱心に整備されていて、これに乗せていただけるなんて、とても光栄です」

過激なM字開脚はともかく……実際、丁寧にお仕事されていたようだしね。

あんなにぴかぴかに磨かれた馬車に乗るのは、少々気が引けるほどである。

「ふふ……『熱心』ですって。お褒《ほ》めいただきましたわよ？」

イルゼさんが笑みを零すと、整備を終えた二人のメイドさんは少し照れたようにしていた。

……目隠しがあるのが残念だ……表情が見たかったな。

「アリスト様、お待たせいたしました」

今度はニュートさんの声が聞こえ、彼が姿を見せた。

ただ彼は一人では無かったようだ。

「おお……!?」

一緒に現れたのは真っ白の大きな毛玉。そして、それに不釣り合いなほど短い可愛らしい脚が生えている。

「こ、これは……？」

「アリスト様。『丸うさぎ』は初めてご覧に？」

俺はこくこくと頷く。

するとニュートさんは、柔らかい表情で彼らを紹介してくれた。

「ウィメ自治領では彼らに馬車を引いてもらっているのです。アリスト様をお連れしたのもこの二頭でございます」

真っ白の大きな毛玉は確かに馬くらいの大きさがある。

そこにちょこんと可愛らしい兎の顔と、忙《せわ》しなく動く長い耳がとても可愛らしい。

前世の世界にいたホッキョクウサギをすごく大きくした感じだ。

『左遷先は女性都市！　～美女達と送るいちゃラブハーレム都市生活～』

正誤表

本文５９ページ２行目～３行目にて誤りがございました。

誤	領主様なのにちっとも偉ぶった所の無い人だ……送り出あっ♡おっぱいだめっ♡アリスト様ッ、ありすとさまぁッ♡い、イクッいくいく！　イグッ！　おっぱいイグゥッ♡♡♡されたのがウィメ自治領だったのはとても幸運だったのかもしれない。
正	領主様なのにちっとも偉ぶった所の無い人だ……送り出されたのがウィメ自治領だったのはとても幸運だったのかもしれない。

以上、お詫びとともに訂正いたします。

「この二頭は特に大人しいんですの」

イルゼさんの言う通り、一応手綱はついているけれどメイドさんが軽く持っているだけだ。

と、そのうちの一頭がじりじりと俺に寄ってきた。

「さ、流石《さすが》アリスト様です……！　よろしければ撫でてあげてくださいませ」

エフィさんが嬉しそうな声を上げる。

流石の意味はちょっとわからなかったけれど……もふもふを撫でるのは大好きなので、そっと頭を撫でてあげることにした。

「きゅ……」

ちょうど俺の顔と同じ高さの可愛らしい頭。

耳の間をそっと手のひらで撫でると、丸うさぎは愛らしい声を上げる。こちらの子はメスなんだそうだ。

「ふ、ふわふわだあ……」

「きゅぅ」

大きな身体にちっとも似合わない声をあげ、手のひらに頭をぐいぐいと押し付けてくる丸うさぎ。

どうやら気に入ってくれたみたいだ。

当然俺も、不思議なもふもふ生物をあっという間に好きになった。

「でも、確かこっちに来た時は普通の馬に見えたような……」

困惑していたのであまり見てはいなかったが、もっと馬のようだった気がする。

「あれはうさぎ服でございますわ」

イルゼさんの説明によると、あのときは丸うさぎ用の服を着せていたらしい。

西洋で馬に鎧や装束を身に着けさせる場合があったが、あれみたいなものだろうか。

「首都の方には馴染みがなくてご不安かと思いまして、お迎えの際には着せておりましたの。ただウィメの領民はこの子達のふわふわが好きですから、どうかご理解くださいまし」

なるほど。

今日はとあるお店を慰労するためにイルゼさんが出向くのだったな。

だからこそ、領民達が少しでも楽しめるように配慮しているようだ。

「俺もこっちのほうが好きです！　かわいいし……ふわふわだし！」

おまけの役回りの俺としても、このふわふわさん達が連れて行ってくれるのはとても嬉しい。

「アリスト様もふわふわがお好きなようで嬉しいです……！」

少しだけはしゃいだようにするエフィさん。

君のことはもっと好きだよ！　……とか言ったら引かれそうなのでやめました。


「アリスト殿、ご一緒でお辛くありません？」

「いえ、むしろ嬉しいくらいです」

感情をなるべく誤魔化さないで言ってみると、前世ではっきりしなかった心の内が、随分と風通しが良くなった気がする。

「アリスト殿……本気にしてしまいますから、どうかお手柔らかにしてくださいまし」

馬車内で俺と向かい合って座るイルゼさんは、そう言って微笑んでくれた。

俺の左隣には少しスペースを空けてエフィさんが座っている。

ちなみに、今日はおまけがいることは内緒らしい。

なので馬車二台は用意せず、護衛は他の丸うさぎに乗って前後を固めてくれているそうだ。

「宮殿で何かご不便をお感じには？」

イルゼさんの言葉に俺は首を横に振り、むしろ快適すぎて困ります、と返事をする。

あんなベッドに慣れてしまったら、もう自室のベッドでは眠れないかもしれない……父さん、母さん……贅沢ってこわいね。

「ありがとうございます。ふふ、メイド達にも伝えておくことにしますわ」

イルゼさんは口元を隠して小さく笑う。上品だ、とっても上品なんだけど。

「……っ」

俺はこっそり喉を鳴らす。

肩が紐《ひも》のようになっている今日の彼女のドレス。前のドレスより胸元は開いていない……と安心したのは間違いだった。

衣服の布が全体的に薄く……胸元もだぶつくようなデザイン。

だから場合によっては、前のドレスよりずっと危ない絵になっているのだ……！

「……どうかなさいまして？」

対面の彼女がゆっくりと、前のめりになる。

ゆさっと大きな双球が揺れ、くっきりと乳輪の端が見えた。

「……い、いえ。ちょっと緊張しちゃって……」

白さの強い、けれど血色を感じさせる極上の肌。

誘うように実った乳房は、その先端を僅かに隠しつつ色香を振りまく。

少しずつ、馬車の揺れや音が遠ざかり、俺はもはやその膨らみから眼を逸《そ》らせなくなっていた。

「実は……わ、わたくし……アリスト殿をご心配申し上げておりましたの」

イルゼさんは再び座席に背を預ける。

遠ざかる彼女の果実に、俺はざらりとした安心感を覚えた。

「何か、その……ご心配をおかけするようなことが……？」

からからになった口でそこまで言って、俺は猛烈に恥ずかしくなった。

多大な迷惑をかけるような事態があったじゃないか……！

「ご夕食を……お、お召し上がりにならなかった日があるとお聞きしましたの……」

そう、エフィさんに一晩中夢中になってしまったあの日のことだ……。

俺は謝罪をしよう、と顔を上げ……。

「そ、その節は――ッ」

しかしそれ以上、二の句を継《つ》げないなかった。

なぜなら彼女の手が――自らの白いドレスの裾をお腹までめくりあげていたからだ。

「でっ……でも当然ですわよね。逞しい……凄く逞しい男性とはいえ、お疲れになることだってありますもの……」

透けた黒のパンティストッキング状の布に包まれた、イルゼさんのむっちりとした脚。上がっていくドレスの裾に誘われるように、その脚はゆっくりと開かれていく。

「……ですわよね？」

そしてイルゼさんの手がドレスを完全に捲《まく》り上げ、がに股と言えるほどに開脚した時。

俺は彼女の下半身を覆う黒い布が、淫猥なものであることに気づいた。

「……っ！」

その布の中央部分だけが……一番いやらしい所の周囲だけが丸く切り取られていたのだ。

まるで秘所を見せつけるかのような……あまりに卑猥な形だ。

しかも、その秘所を隠すパンティもあまりに小さく、花びらの下をわずかに隠すのみ。

彼女の大切なスジと、その左右に盛り上がる丘は半分以上顔を見せている……！

「ど、どうかなさいまして……？　わ、わたくしのお話はお気に召しませんこと？」

何事もないような顔で、しらじらしく話すイルゼさん。

けれど、その頬は真っ赤に染まり、美しい瞳もじっとりと湿っていた。

「……い、いいえ……もっと聞きたいです……」

もっと見たい、もっとイルゼさんのいやらしい誘惑を感じたい。

暗にその欲望を載せた俺の言葉に。

「……っ♡」

心もとないパンティから、じゅわっと彼女の愛液が溢れる。

異様な空気に浮かされた馬車の中は、イルゼさんの振りまく牝《めす》の匂いが充満していく。

「……あ、アリスト様……♡」

気づけば、目隠しをしたままの愛しいメイドさんが、いつの間にか俺の左腕にぴったりと身体を擦り寄せていた。

そして俺が興奮でほとんど動かせていなかった左手。

ローブの下に隠れているそこに、そっとエフィさんの手が重なる。

「……ど、どこか、お加減が悪いところはございませんか……？」

「えっ……」

彼女のすべすべの指が、一本ずつ俺の指の隙間にじっくりと入っていく。

ローブの布で一切見えないはずなのに……いや、だからこそ。

彼女の艶《なま》めかしい指の動き一つひとつが伝わってくる。

「エフィ……お世話係はお言葉にされる前に……お、お世話をして差し上げるのよ？」

ゆっくりと馬車が停《と》まった。

朝の爽やかな陽射しは、少しだけ力を増して馬車に差し込むが……それはなぜか木漏れ陽《び》だ。

だからウィメの地理に詳しくない俺でもわかった……絶対にここは街中ではないと。

「……うっ」

と、既に硬くそそり立っていた俺の剛直を、柔らかなものが包んだ。

「はあっ……♡アリストさま……」

それは、嬉しそうな囁きを上げるエフィさんの手のひらだった。

とはいえ、彼女の手先は全然見えていない。肉棒へのいやらしい愛撫は、聖職者のローブの下で行われているからだ。

もぞもぞと動く布だけが俺の視界に映るのみ。でもそれが尚更、俺の情欲を強烈に誘う。

「エフィ、アリスト殿のお加減は……?」

「……とっても硬いです……♡」

ねだるようにエフィさんは身体を寄せ、あの晩に何度ももみしだいた美乳をひしゃげるほど押し付けてきている。

馬車という密室の中で、二人の美女は……わかりやすく発情していた。

「……大事なご公務に備えて……お世話を……続けさせてもよろしくて……?」

清楚《せいそ》さを感じさせるほど澄んだ緑の瞳が、艶めかしく濡れている。

「……お、お願いします」

「「……はぁ……♡」」

俺の本音に、主従の牝のじっとりとしたため息が重なった。

「はあっ……アリストさまっ……♡」

にゅちゅっ……にゅちゅっ……と馬車の中に粘っこい水音が響く。

それにあわせて、俺が着る聖職者のローブの下腹部が不自然に上下する。

「うっ……」

俺はエフィさんの献身的な『お世話』に呻いた。

はじめはひんやりとしていた彼女の指。しかし今は、淫らな液を竿全体に広げるように熱く絡みついているのがわかる。

「ああっ……はあっ♡ずるいわ……エフィ……♡」

脚を大きく開き、まざまざと自身の淫らな部分を見せつけながら、イルゼさんはうっとりと、官能的な声を出す。

「アリスト殿……っ……わたくしの身体はご興味に値しませんの……?」

熱く上気していても、品を失わないイルゼさんの顔立ち。

しかし、その下半身はまったく逆だった。

見せつけるように秘所だけを晒《さら》す、黒のストッキング。

肌の色がはっきりと分かるほどに薄手のそれは、内ももに刺繍《ししゅう》が入っている。

こういう時にしか、淫らに脚を開いた時にしか現れないその意匠に、俺は猛烈に興奮を覚えた。

もっとよく見たい……!

無意識に上体を傾け、じっくりと彼女の秘部を視姦する。

「見て……くださるの……? はあっ♡よく見てくださいまし……♡」

彼女は両手を自身の座る座面につき、誘うように前後に腰を動かす。

安産型の骨盤が、前に出るたび、くちゅっ……くちゅっ……っと秘所が鳴る。

「す、すごい……イルゼさん……」

馬車内の湿り気に煽《あお》られ、思わず『さん』と呼んでしまう。ところが、淫猥な踊りを見せる領主は嬉しそうに微笑んだ。

「ああっ♡……んあっ……♡呼ばれただけで……達してしまいそうですの……♡おねがい、アリスト殿……これからもそう呼んでくださらない？」

「もっ……もちろん……うっ！」

にゅっちゅじゅっちゅ……ッ。

イルゼさんの痴態に見とれている間も、少しずつエフィさんの手も速度を増していく。

「ふうっ……ふうっ……♡」

吐息を漏らすエフィさんの興奮は、その体温からも感じ取れる。

押し付けられた胸の先端が、ブラウスを分かりやすく持ち上げていた。

そこで聞こえてきたのは、ぽたっ……ぽたっ……という音。

それはイルゼさんの面積が少なすぎる下着が、濡れそぼって役に立たなくなった合図だった。

見せつけるように腰を押し出すたびに、彼女の愛液が糸を引きながら床に落ちるのだ。

「イルゼさん……っ！」

こんなのもう我慢できない……っ！

「ひゃっ……♡」

俺は彼女の開いた太ももの裏を掴み、引き寄せた。

下腹部が上下に波打つロープに、彼女から溢れ出した愛液が数滴落ちる。

「あ、アリストさ、まっ……♡」

呼びかけ方を変えてくれたイルゼさん。

蕩《とろ》けた表情が可愛くて。そのまま引き寄せて、唇を奪う。

この女性が欲しいっ……！

「……んんっ♡……ふぅんっ……んちゅっ……♡」

イルゼさんのほうから差し込まれた舌。俺はそれをゆっくりと味わう。

「んふぅうっ♡……んちゅう……ちゅっ♡ちゅぱっ♡ぢゅるるる♡」

少しずつ激しくなる口づけ。

上品なイルゼさんとこんなキスができるなんて……俺の肉棒はますます固くなってしまう。

「……硬い……アリスト様……ッ……旦那様……♡」

エフィさんもイルゼさんに合わせたのか、呼び方を変えてくれた。

素敵すぎる響きに煽られ、身体の奥からますます欲望が溢れる。

「んんっ!?　んはっ♡あぁあんっ♡」

イルゼさんが唇を遠ざけ、びくびくっと震えた。

はしたなくよだれを垂らす彼女の秘部。俺がそこに、溢れる愛液をもう一度擦り込んだからだ。

そのまま、ぐじゅぐじゅのパンティを指で捏《こ》ねまわす。

「こ、これぇ♡ああっだめですのぉっ……はあぁっ！　アリストさまぁっ♡ああっ♡いやらしいお指がぁあっ♡」

脚をがくがくっと揺らし、俺の指に擦り付けるように前後に腰を動かすイルゼさん。

両手を俺の背面の背もたれにつき嬌声を響かせる。

「あっ♡やっ……♡直接触られてッ♡……るッ♡わたくしの汚らわしいところッ♡イイッ♡き、気持ちィイッ♡はああっ♡」

彼女のパンティを横にずらし、俺は右手の指でそこを更に捏ね回していた。

まるで犬のように興奮の吐息を漏らしている自分がいる。

「いやっ♡だっめっ……♡指うれしっ♡あっ♡でちゃうっ♡もう……あっはっ♡はあッ♡んんああっ♡でっ……でちゃいますのおっ♡」

断続的だったイルゼさんの身体の痙攣《けいれん》が、少しずつ繋《つな》がっていく。

そこで視界に入るゆるいドレス。

不自然なほどにだぶつく襟口に誘われ、俺は手をかけ一気に下ろす。

——ぶるんっ！

音が聞こえたかと思うほど勢いよく、彼女の両乳が零れた。

食べて、と言わんばかりに輝くような肌で誘う乳房。桜色の少し大きめで、ぷっくりと浮き上がった乳輪。

重力に逆らうように実ったそれに詰まっているのは、母性ではなく男を誘う色香だ。

「旦那さま……旦那さま……んちゅううっ、じゅるる♡ぺちゃっずじゅぅ……♡」

「エフィさんっ……それっ……やばっ……！」

しかし、たわわな実りに目を奪われてはいられなかった。

唐突に左耳から熱い舌が入ってきたのだ。

「んちゅ……くちゅっ……ぺちゅっ……♡」

耳をねぶられる快感と、青髪の美しいメイドさんの口内から響く音。

それが直接脳髄に叩き込まれ、もう引き返せない高まりに俺は身を任せる。欲望も全て解放し、イルゼさんの豊満な乳を左手で思い切り鷲掴みにする。

張り詰めているのに柔らかく、弾けそうなのに吸い付いてくる極上の果実。

ああ……なんて素晴らしいおっぱいなんだろう……！

「はあぁ……ッ♡」

ねっとりとしたイルゼさんの嬌声に煽られて、俺は夢中になってしゃぶりつき、乳を絞り、舐め回した。

「はっ♡あああぁッ♡す、吸ったら駄目ッ♡おっ♡あはぁっ♡変になるッ……！　変になっちゃうッ♡」

彼女の果実を絞ると吹き出すのは、母乳ではなく淫らな愛液。どこまでも卑猥な、淫欲に爛《ただ》れた美爆乳。

俺はどうしようもないほどに欲情していく。

「旦那様っ……旦那様っ♡」

俺の興奮を悟ったかのように、エフィさんの手淫が激しさを増した。

「くあああっ♡お乳ッ♡お乳だめですのッ♡イイっ♡こんなの知らないぃぃッ♡」

嬌声を上げ身体を反らせる爆乳領主を尻目に、ひっきりなしに上下する聖職者のローブ。

目隠しをした俺だけの娼婦が、肉棒に優しく激しく指を絡ませる。

「ううっ……で、出る……ッ！　もう……」

「出してくださいっ……旦那様っ……素敵なお射精お恵みください……♡」

クチュクチュクチュッグチュグチュグチュッ！

花びらからの水音が更に濁り。

「お射精くださいッ♡……お射精ッ♡いっぱいッ♡じゅるるるるるッ♡」

麗しい娼婦が俺の耳に強烈に吸い付く。

「お乳だめぇっ♡」

ついにイルゼさんの両手が崩れ、俺の顔に汗ばみ蒸れた果実が押し付けられる。

彼女の甘い香りを煮詰めたような谷間を押し付けられ、もう我慢なんてできなかった。

「ンああああああっ♡」

乳を乱暴に掴むと、イルゼさんの淫らな歌声が続いた。

俺はそんな彼女の香りを目一杯嗅ぎながら、煮えたぎった精を解き放つ。

――ドプドプッドビュルルルッ！！！

そして、その激しい射精に合わせるかのように。

「あひぃっ♡おま×こだめぇっ♡もうッ♡お汁出るッ♡いっく♡出てしまいますのっ♡出ちゃうッ♡イクッいくッ……♡いくいくいくいく……ッイグゥうううううッ♡」

ぷしゃあああっと身体にかかる、愛液の雨。

蜜にまみれた肉壷は、咥《くわ》えた俺の指を何度も何度も締め付ける。

「っ……はっ……っあ♡……はっ♡」

ぴくんっぴくんっ……と、絶頂に身体を震わせるイルゼさん。彼女はずるずるっと俺の足元に崩れ落ち、ぺたんっと座り込んだ。

――ドプッ……ドクッ……！

俺の射精もようやく止まる。

聖職者のローブを内側からべったりと汚した白濁液が、今や布を突き抜けるほどであった。

「はあっ♡……すごいっ……ですわっ♡はあっ……はあっ……♡」

座り込んだことで、肉棒の間近に顔が来たイルゼさんが恍惚とした声を漏らす。

絶頂の余韻に身体を震わせるたびに、露わになった乳肉が震えていた。

極上の淫猥な果肉……しっとりと汗ばんだそれを見て、ローブの下腹部が再び持ち上がってしまう。

「はあっ……素敵、アリスト様……♡」

「こんなに素敵なお射精をなさったのに、まだ……硬いです……♡」

布越しにはイルゼさんの視線が。

布の下では手淫メイドさんの指が改めて肉棒に絡みつく。ゆるゆるとローブは妖しく波打ち始め、再び快感が背筋を上る。

でも次は……。

「エフィさんの番だよ……」

「っんはぁん♡あっ……♡旦那さまぁ……♡♡」

極上の乳肉から放した左手を、彼女のTバックに滑り込ませた。

潤みきったそこは、すぐにぷしゅっと悦びの涙を吹き出す。

「あっ……あっ……♡ああっ、旦那さまが……はいって♡あっ♡きて……ッ♡」

左手の人差し指と中指が、エフィさんの熱い谷にあっという間に入り込む。

一昨日の晩に突き上げ続けた膣肉は、俺の指をきゅうっと愛おしそうに握りしめた。

「……！」

そこで唐突に、下半身に外気を感じた。何事かと足元を見れば。

「……！　い、イルゼさんっ……!?」

「ふふっ……まあっ♡素敵……っ……はあっ……♡」

なんとローブの下にイルゼさんがそのまま顔を突っ込んでいたのだ。

彼女の頭の上には、ゆるやかにローブがかかり中の様子は窺《うかが》えない。

「アリスト様……私にもお情けをくださいませ……んく……ぢゅるるる♡んふっ♡」

深い水音とともに、肉棒が熱くて柔らかい壁に包まれる。

こ、これって……イルゼさんのお口……ッ!?

ローブの下で、あの上品なイルゼさんに咥えられている……!

「んんっ……ぷはっ……ちゅっちゅっ♡ぢゅるるるるッ……♡」

「くっ……!」

するとにわかにローブの下が騒がしく、淫らに暴れだした。

亀頭に優しく口づけをされながら、ぬめる舌がはい回り。一気に咥えられたかと思えば、はしたない音とともに強烈に吸引される。

「んん、んふぅ……じゅぞっ、ぢゅっぢゅっ♡ぷはっ……ああ♡素敵……ですわ♡んっ……ちゅるっ……んっんっんっ♡」

口内でくるくると回る舌は、睾丸のすぐ近くから亀頭の先まで昇ったり降りたり。

急製造された精液はいいように翻弄されてしまう。

あの上品な唇で、優しい言葉を発する舌が……こんなに……ううっ!

「あっ……あっ♡旦那さまの指っ……♡き、気持ちいいっ……♡♡」

「んっ♡んっ♡ぢゅるっ♡ぢゅぞぞぞっ♡♡♡」

室内に立ち込める、むせ返るような淫臭と嬌声。そして肉棒をすする音。

五感全てが強烈な快感を伝えてくる……。

馬車の中は、もはや淫らなことをするために用意された空間と化していた。

「あっ♡やんっ♡はあっ♡♡そこぉッ♡だんなさまぁッ♡」

淫らな空気に酔わされるほど、俺の指はますますエフィさんの牝壺をほじくり返していた。

攻め立てるのは、あの晩に何度も肉棒で確かめた、彼女の大好きなところだ。

「んはぁッ♡そこばっかり、だめぇッ♡」

エフィさんは一際大きな嬌声を上げると、ローブの下にあった左手を口元に持っていく。

そして僅かに白濁液が絡む自身の指を、彼女はぱくっと咥えてみせた。

「んんっ♡んっ♡ふぅッ♡旦那さまのお精子……♡ああっ♡すごいぃッ♡」

真面目な青髪メイドさんは、精に喉を鳴らしつつ、股ぐらではぷしっぷしっと蜜を吹く。

そんな姿を見せられたらもうたまらない……！

「ふあっ♡だ、だんなさま……♡見ないでくださいっ……♡」

俺は鼻息荒く、彼女の右太ももを俺の左膝にかけるように大きく広げさせた。すると、粘り気のある音とともに彼女の秘裂が露わになる。

濡れそぼったそこは、馬車の中に差し込む光に照らされて、ねっとりといやらしく光った。

いやいや、と首を振る可愛らしいメイドさん。たまらず俺の指は激しくなり、エフィさんの声もどんどん高くなっていく……。

「ああぁっ♡おま×こぉッ♡それ、だめっだめっ♡すきっ♡旦那様すきっ♡ああいくっ♡おま×こいくッ……♡だんなさまッ……わらひいくっ♡」

いやらしい部下の声に合わせるように、ローブの波も高くなった。

「う、うぁ……！　イルゼさん……すごっ……」

領主様の美しい髪がちらりと見え、それに似つかわしくない水音が大きく響く。

ああ……このまま下半身ごと食べられてしまいそうだ……！

「んふっ♡んぷっんぷっ♡じゅっじゅっちゅっちゅっ♡っぢゅるるるッ♡」

「だめだッ……出るっ……イルゼさんっ……」

睾丸から直接精をねだられるような感覚。

するすると太ももを伝ってあがってきたイルゼさんの手と、俺の開いている右手がしっかりと恋人つなぎになった。

「んっんっ♡らひてっ……くださいまし♡んぢゅるッ♡飲ませてほひいのッ♡熱くて、じゅるるるッ……たくさんでるお精子……おしゃせひッ♡んじゅるるッぜぇんぶッ♡……おくひにッ♡」

「だんなさまッ♡ああっ♡いっしょに……いっしょにぃっ♡あっ!?　らめええっ♡」

返事の代わりに、エフィさんの左耳に思い切り吸い付くと。

イルゼさんがぎゅっと恋人つなぎを強くしながら、先走りを全て飲み込むような吸引。

——じゅちゅるるるるッ!!!

「らめっ♡耳らめっ♡いくっ！　全部いくっ♡いくっいくいく♡イグイグあああああああっ♡」

乱れる声と、精をねだる口。

二人の牝にとどめを刺され、俺はついに領主様の口内に思い切り精を注ぎ込んだ。

――ドクドクドクッ!!!　ビュプッ!!!　ビュルルルッ!!

「んはぁあっ♡……やっ♡……イッ♡あっ……はあッ♡……はーっ♡はーっ♡」

絶頂するエフィさんから、指が追い出されるほどの愛液が撒き散らされていく。

あられもない口元を見せる彼女が、とても愛おしい。

けれどそれに見とれていられたのは僅かな間だった。

「じょぞぞぞッ♡じゅるるるるッ♡……んっ♡んふっ♡んくっ♡」

「くああっ……イルゼさんっ……！」

まるでおかわりをねだるかのごとく、ローブの下で強烈に精をすすられたからだ。

イルゼさんの口、すごッ……！

――ドプッドプッ!!!

出して、もっと射精して、と裏筋を丁寧に舌で責め立てられ、更に彼女の喉へ射精をしてしまう……。

ずっと離れない恋人つなぎからは、精を迎え入れる悦びを伝えるようにぎゅっと圧力が伝わってくる。

「んちゅるっ♡……んぷっ♡んんっ♡んちゅるるるッ♡んっんっ♡」

射精以降一度も肉棒から離れないイルゼさんの熱い口。

ごくりごくりと喉を鳴らし、彼女は俺の精液を体内へ誘い込んでいく。

「あっ……ああ……」

気持ち良すぎるっ……！

あまりの快感に情けなくも腰を震わせると、下半身のローブがめくれ上がりイルゼさんの頭部が露わになった。

「んっ？　……んふっ……♡」

上目遣いの顔は真っ赤に上気し。緑の大きな瞳はいやらしく潤み。

咥えたままの肉棒の端から、飲みきれなかった精子が豊満な巨乳を猥褻《わいせつ》に彩っている。

むわっと淫欲にまみれた香りとともに、俺の視界に映ったのは……そんな、あまりにも淫猥な光景だった。

「……」

……射精したばかりなのに。俺の身体は、あっという間に肉棒を復活させてしまう。

「ん……♡んふふ……♡……ぇろ……♡」

肉棒の変化に、イルゼさんの舌はまっさきに反応し、再び亀頭をなぞり始めた。

「はあっ……♡んっ……旦那さまっ……♡」

お世話係のメイドさんは、絶頂の余韻に身体を震わせながら、俺の肉棒に手を添える。

そして。

「くあっ……！」

――ぐちゅっぐちゅっぐちゅっじゅちゅっじゅちゅっ！

エフィさんの手が猛烈な勢いで、竿をしごき。

「ちゅっちゅっ♡じゅるっぢゅるるるるっ♡ぢゅっぢゅっぢゅううううっ♡」

イルゼさんが卑猥な音を響かせて、亀頭を吸いあげる。

「ああダメだ！　出るッ……すぐ出るッ……飲んでっイルゼさんっ……！」

可憐な女性の喉に精を注いで、領主様を内側から征服してしまいたい……！

イルゼさんはそんな浅はかな俺に目で頷き、恋人つなぎを更に強くしてくれた。

「んんっ♡んっ♡じゅるっ♡らひてッ♡んんっらひてッ♡じゅるるッ♡おかわりちょうらいっ♡んちゅううっ♡」

イルゼさんの情熱的なフェラチオと、淫らなおねだり。

それで高められた快楽を更に煽るのは、俺の乳首に吸い付いたエフィさんであった。

「いっぱいお射精してっ……旦那さま♡んっちゅううっ♡」

下では上品な領主様に激しく亀頭をしゃぶられ、上では乳首にメイドさんの舌が這い回る。

こんなの無理だ……我慢できない……！

「くっ……イク……ッ！」

先日まで童貞だった男は二人の女性に煽られるまま、再び腰を震わせた。

――ドプドプッ!!　ドピュルルルッ！　ビュクッビュッ!!

「ンンンっ♡んっんっぢゅるるるるッ♡んちゅっちゅううう♡」

嬉しそうに瞳を揺《ゆ》らすイルゼさんに、今度はしっかり目を合わせられながら裏筋を促される。

品のある口に入り切らなかった分が、むき出しの爆乳にぼたぼたと落ちていった。

その淫らな光景で煽られ、肉棒が自分の意思とは関係なく、最後の射精を始めてしまう。

「う、ううッ！　……ま、まだ出るッ……！　イルゼさん……！」

――ドビュルルルルッ!!　ドクドクッ!!

亀頭をねぶられすぎて、もうどこからが俺で、どこからがイルゼさんの舌なのか分からない。

「んふぅうぅッ♡ぢゅぞぞッ♡んくっ♡んくっ♡」

ただ絞り出された精液が、イルゼさんに吸われ、飲み下されていくのだけは分かった。

「はあっ……はあっ……」

流石に出しすぎた……かも……。

俺はぐらりと一瞬視界がゆがみ、背もたれに体重を預ける。

二人ともエッチすぎるよ……。

「……んくっ……ぷはぁっ……最後まで飲みきれましたわ♡♡♡」

イルゼさんはようやく肉棒から口を離す。

そして、口元についた精液を拭い、それもちゅぱっと美味しそうに舐《な》めとった。

「はあっ♡……本当に素敵ですわ……アリスト様♡」

「何度も何度も……旦那様は流石です……♡」

二人は感想を言いながら、優しく労《いたわ》るように俺の身体を撫で回してくれる。

美しい女性に射精を喜ばれ、労られる。こんな極楽を経験できるなんて……。

「旦那様……♡」

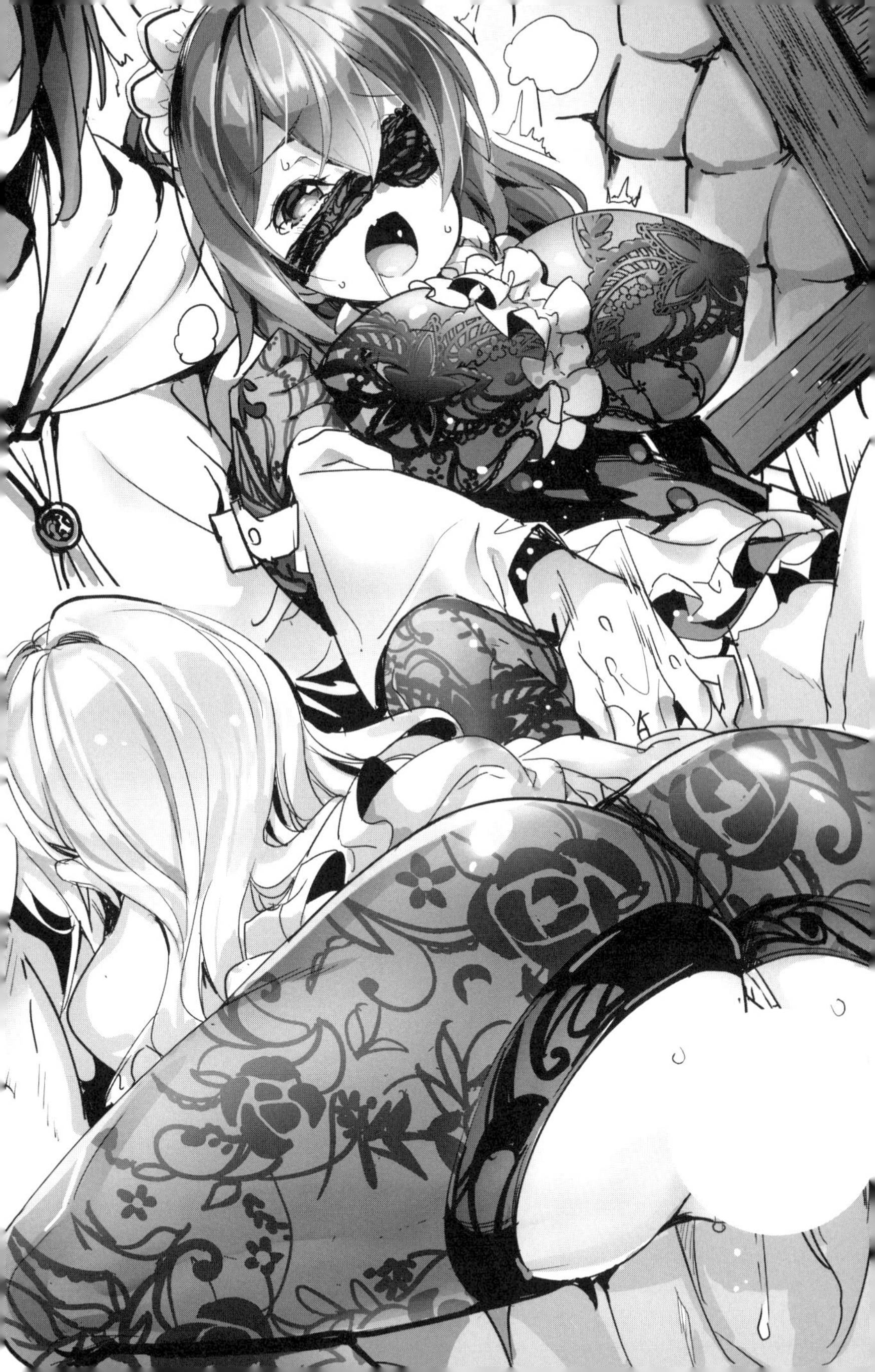

艶《つや》っぽいため息混《ま》じりに、エフィさんが胸にキスをしてくれる。

ああ……なんかエフィさん、一晩セックスしてからすごい色っぽく、ますます魅力的になった気がする……！

「アリスト様……ウィメの女は皆こうですの……♡」

ぷるんと生乳を出したまま、俺を下から舐め回すように見上げたイルゼさんが言う。

彼女はゆっくりと噛《か》み締めるように続けた。

「メイドも、領民も。……待っていますの」

「ま、待っている……？」

「そうですよ、旦那様……♡」

待つって……それってどういう……。

「ゆっくり知っていってくださいまし……♡」

二人のまなざしのその意味を。

イルゼさんの言葉通り、俺はじっくりと知っていくことになるのだった――


大変気持ち良い『寄り道』を終えた馬車は、今度こそ街中へ進んでいく。

ぱかっぱかっと聞こえる丸うさぎの足音と、断続的な馬車の揺れ。

夏が近いという領地は今日もいい天気で、まさに旅行日和といったところなんだけれど。

「じ、時間大丈夫かな……？」

俺は耐えかねて、ぽつりと零してしまう。

今日の公務は、街中のお店に彼女が領主様として慰労に行く……というものだったはず。

当然何時頃到着なのか、連絡はいっているはずだ。

しかし朝に宮殿を出発したはずなのに、今は陽も高く昇りほとんど昼近くである……。

「ふふ……大丈夫ですわ。むしろお昼過ぎが約束のお時間ですの」

「えっ……？」

ど、どういうことですか……？

「ご公務の訪問を受けるとなれば、お相手側の準備もございますので……」

隣に座るエフィさんが付け加えてくれた説明で、俺はなるほどと納得する。

「あ、あれ……？」

ってことは、さっきの『ご休憩』って……打ち合わせ済みってことだよね……！

考えてみれば、事が終わった後、何故《なぜ》か全員分の着替えが用意されていたし……。

「ふふ♡定刻通り……いえ、少し早いくらいの進行ですわ♡」

俺の気づきを悟ったのか、蠱惑的《こわくてき》な表情を浮かべるイルゼさん。

そんな彼女に、俺はだらしなく頬を緩めてしまう。

「そ、そうですか……」

こんな高貴な美人さんに用意周到に誘惑されるなんて……前世じゃ絶対考えられない。

位の高い人の気まぐれなのかもしれないけれど、こんな気まぐれならまたしてほしい……！

「アリスト様……♡」

「エフィさん……」

左側に座るエフィさんも、最初よりずっと距離が近い。

彼女にとっても『予定通り』の進行だったのだろう。

「エフィ……くっつきすぎですわよ。わたくしの使用人ってことお忘れなのでなくって？」

向かいに座る主のジトッとした視線に、エフィさんは気まずそうに答える。

「だ、旦那さまの右は空いていらっしゃいます……」

えっ……。

俺がその発言にびっくりしていると、今度は右腕に温かい感触が。

少し頬を染めたイルゼさんが、あっという間にこちらに座ってくれていたのだ。

「……優秀な使用人で助かりましたわ」

くすっと悪戯っぽく笑みを零すイルゼさん。

その笑みと押し付けられた弾力にどきどきしつつ、俺は公務先へ運ばれていくのであった。


到着したのは第三商店街の一角、以前にお相撲さんのような男性を見かけたお店の前であった。

「足元にお気をつけください」

「ありがとう、エフィ。さ、アリスト様もご一緒に」

美女二人とともに馬車を降りると、あの時はあまり見えなかった店舗の様子がよく分かる。

『左遷先は女性都市！　～美女達と送るいちゃラブハーレム都市生活～』

正誤表

本文５９ページ２行目～３行目にて誤りがございました。

誤	領主様なのにちっとも偉ぶった所の無い人だ……送り出あっ♡おっぱいだめっ♡アリスト様ッ、ありすとさまぁッ♡い、イクッいくいく！　イグッ！　おっぱいイグゥッ♡♡♡されたのがウィメ自治領だったのはとても幸運だったのかもしれない。
正	領主様なのにちっとも偉ぶった所の無い人だ……送り出されたのがウィメ自治領だったのはとても幸運だったのかもしれない。

以上、お詫びとともに訂正いたします。

木材で構造が作られ、赤っぽいレンガ壁のこじんまりとした店構え。

ただ、あまり流行ってはいないらしい。壁は黒ずみ、窓ガラスもくすんでヒビが入っている。

と、そんな店内に二人の女性がいるのが分かった。

「りっ……リオナちゃん、え、笑顔の練習しておこう……！　も、もうすぐいらっしゃるから……」

ぐるぐると店内を歩く一人は、薄いピンク髪をツインテールにした幼さの残る少女。

立ち尽くすように固まった一人は、紫の髪で片目を隠す大人しそうな女性だ。

「……む、無理……え、笑顔なんて無理……。そういうのはミミに任せる……」

漏れ聞こえる会話から察するに店員さんなのだと思う。

しかしあまりの緊張で、二人とも店前にまでやってきた領主一行に気づけていないらしい。

イルゼさんはその様子を面白がり、口元に指を一本立て少し様子を見るように、と目配せする。

俺はその視線を受け止められたことにほっとした。

なぜなら、あまりに刺激的な二人の店員さんに、視線が持っていかれっぱなしであったからだ。

「し、深呼吸……深呼吸……」

ミミと呼ばれた店員さんは小柄で、可愛らしい顔立ち。身体つきも含め、どこか幼く、守ってあげたくなるような女性といえるだろう。

しかし彼女が身に付けているのは、青色の大胆なスリングショットなのだ……！

股間からV字に登る水着、エッチな写真集やゲーム等でしか見ないあれである。

布の細さゆえ、僅《わず》かな膨らみを見せるおっぱいも、なんとか先端が隠れているといった程度。

腰回りにフリルがついた白エプロンをしているけれど、後ろから見ればお尻は丸出しといって過言ではないし、黒白のオーバーニーソックスは露出部分をますます引き立てている。

「あぁ……リオナちゃん……どうしようぅ……」

そんな裸より扇情的な衣装の彼女はそう言って、もう一方の店員に後ろから抱きつき。

「はふぅ……リオナちゃんのおっぱい……安心する……」

「ゃ……ちょ、ちょぉっと……」

紫髪の店員さんの、とても豊満なおっぱいを鷲掴みにし始める。

「み、ミミ……やめてよ……」

リオナという女性も、大人しそうな顔とは裏腹に刺激的な姿であった。

身に付けた白のレオタードは、お腹回りの大部分を見せつけるほどにハイレグだし。

脇部分が必要以上に開いているせいで、その乳肉は大胆に横へとはみ出している。

腰のエプロンとオーバーニーソックス、という出で立ちはミミという店員と大体同じだ。

が、彼女が身に付けるソックスは白レースで透けが目立ち、より妖艶《ようえん》であった。

「は、離してったら……もう……」

胸を掴まれることに耐えかねた彼女が、今一度身体をよじった時。

「「あっ……」」

二人の店員はようやく、俺やイルゼさんの存在に気がついた。

「ごきげんよう。ふふっ……お店に入れていただいてもよろしくて？」

そして続いたイルゼさんの悪戯っぽい声の後、可愛らしい悲鳴が店先に響いたのだった。

「ひょっ……ひょうこそっ……おこしくだしゃいましたっ……！」

「……おっ……お待ち、しており……ました……」

緊張に震える二人に案内され店内に入ると、そこは木造の構造が露出した温かみのある空間だった。

入って右手のスペースには、四人で食卓を囲めるようなテーブルが窮屈に三つ収まっていた。左手は喫茶店のカウンター席のようになっていて、お会計もそこでできそうな感じだ。

「お二人とも、驚かせてしまってごめんなさい。どうかお顔を上げてくださいまし」

領主の優しい声に、深いお辞儀をして——過激な胸元を見せたままだった——二人はそろそろと顔を上げる。

「あっ、改めて、ようこそお越しくださいました……！　食事処『レテア』店員のミミです」

「……店員の……リオナ、です……」

「領主のイルゼです。ミミさん、リオナさん、はじめまして」

ぎこちない自己紹介にイルゼさんが応じたところで、店内奥から別の女性が現れた。

「まったく……店員を誂《からか》ってどうするのよ。そういうところは相変わらずなんだから」

その女性は、少し勝ち気な声とともにミミさんの隣に立つ。

美しい褐色肌に白髪、身長は女性としては高めで、今の俺と同じくらいかもしれない。

「あらオリビア。貴女も来てくれたの？」

「領主様がやってくるのに、あたしが居ないんじゃ失礼でしょう？」

彼女のことは予め馬車内で話を聞いていて、そのうちに会う機会があるだろう、という話だったけれど、思った以上に早い出会いとなったみたいだ。

襟がついた、ややかっちりとしたワンピース姿のオリビアさん。

露出は少ないが、身体の線がはっきり出る服で、彼女のモデルのようなスタイルがよく分かる。

「お、オリビアさんは今日の準備をお手伝いしてくださったんです！」

「まぁ手が空いてたからね。イルゼと違って料理も得意だから」

「ちょ、ちょっとオリビア！　う、嘘は良くないですわよ。わたくしは独自性を追求して――」

「まず普遍的な美味しさを実現してから言いなさい。二人とも聞いてよ、この領主ね……」

イルゼさんとオリビアさんが、上手く店員二人を巻き込みながら雑談を始めた。

気安い会話に交《ま》ぜてあげることで、緊張しているミミさんとリオナさんを落ち着かせる、ということを狙っているのだろう。自然で粋な気遣いが素敵だ。

雑談が進むほど、ミミさんは随分と表情が柔らかくなり、言葉少ないリオナさんの震えも収まっていく。

「ミミちゃん、わたくしお食事をいただきたいわ」

「え……ええっ!?　い、今からですか!?」

イルゼさんの言葉に、ぴょんと軽く飛び上がるように驚くミミさん。

なんだか小動物みたいで愛らしい動きだ。

「！」

ピラリとエプロンが揺れ……スリングショットの股部分に視線が吸い込まれたけれど……。

イルゼさんの次の言葉で、俺は小さな驚きと共に、我に返ることができた。

「ええ。『昼食』というのが首都の女性に流行していると聞いてから、少し憧れていましたの」

どうやらこの世界では、お昼ごはんが最先端の『流行』らしいのだ……。

と、思い返してみれば、確かに異世界へ来てから昼食という機会は無かった。

今日までそのことが気にならなかったのは、異世界へ来てからの——エッチなことを含む——ドタバタの影響や、昼食の無い文化に馴染んだ身体をいただいたからなのかもしれない。

「いいじゃない、ミミ。領主様だって人間だもの。お腹も減るのよ？」

「その通りですわ」

柔らかな雰囲気を作る女性二人に、ミミさんとリオナさんはこくこくと頷き了承した。

そのままリオナさんがカウンターの奥へ消えていく。彼女が調理担当のようだ。

「ご紹介が遅れましたが、こちらは巡礼でいらしている礼者《れいしゃ》の方ですわ。ご一緒していただいてもよろしくて？」

と、イルゼさんはそこで、後ろで控えていた俺を紹介してくれた。

礼者とは、聖職者やその関係者を指す言葉だ。要するに詮索無用な人間、というわけである。

打ち合わせ通り、俺は一歩前に出て無言のままお辞儀をした。

「ふぅん……一人って珍しいわね。ま、イルゼがいいなら、いいんじゃない？」

オリビアさんの深い赤色の瞳が俺を捉え、訝《いぶか》しそうに細められる。彼女にはあまり歓迎されていないらしい。

まぁ、素性がわからない人だし当然かもね……。

「か、かしこまりました！　ではどうぞ！」

一方のミミさんはすっかり元気になった様子で、席への案内を始めてくれる。

案内されたのは、一番大きなテーブル席だ。

「失礼いたしますわ」

「ありがと」

ひび割れた窓から、店外に見物人が集まっている様子がよく見える。

ニュートさんとメイドさん達がいつの間にか現れていて、今はそういった皆さんの整理をしてくれているようだった。

「礼者さまはこちらへ」

だからだろうか、イルゼさんが俺をテーブル内の一番奥まった席へ誘導した。

ちょうど大通りからは彼女の陰《かげ》になる。

俺はその気遣いへのお礼を含めて軽く会釈して、その席へ座った。

「ど、どうぞ……！」

そこへミミさんがお品書きを持ってきてくれる。それにも会釈で応え、受け取ったのだが。

「……！」

驚いたのは、そのお品書きの内容だった。

あまりに品が多いせいで、文字がすし詰め状態。新聞だと言われても信じてしまいそうだ。

ウィメ自治領は飲食店が多いらしいので、ライバル店との差別化だろうか。

にしたって、流石に量が多すぎる気がするけど……。

「ミミ……まだこれ使ってたの？」

すると、オリビアさんが軽いため息混じりにそんなことを言う。

まだ……？

「は、はい……！　お許しが……」

彼女の側で注文を待っていたミミさんが、凄く申し訳なさそうな顔をしている。

どういうことだろう、と思ったのは俺だけじゃなかったらしい。

「何かおかしなことがありましたの？」

イルゼさんの質問に答えたのは、オリビアさんだった。

「あたしから言うのも変な話だけど、これほとんど美味しくないわよ」

う、うわあ……随分遠慮の無いご意見ですね……。

「うぅ……！」

ずばっと過激なことを言うオリビアさんに、ミミさんは否定できないらしくうつむく。

「何か事情があるのではなくて？　ミミちゃん、お話ししていただけませんこと？」

彼女の様子を気遣うようにイルゼさんが聞くと、ミミさんは小さく口を開いた。

「ディーブ様のご指示で……とにかく品揃えを増やすようにと。ただ……その……」

言いづらそうにしているのを見かねて、オリビアさんが続ける。

「厨房の設備が小さいのよ。材料だって良いものは揃えておけないわけ」

店のほうで保持しておける食材は、資金的にも、数量的にも限界がある。

結局多種多様な材料を、少しずつ仕入れる必要があり、仕入れ単価は高くなってしまうらしい。

「それで単価を抑えよう頑張ると、いい品が手に入らないってことね」

「色々工夫しているのですが……オリビアさんの言う通り味にはあんまり自信がないのです……」

ミミさんからすれば格好の悪いところは見せたくない相手のはず。

それでも正直に内情を話せるのは、イルゼさんが領主として信頼されているからだろう。

「そう……品目を減らすわけにはいかないのかしら？」

「ディーブ様からお許しをいただけなくて……」

オーナー様としては誰でもいいからお客さんが欲しい、ということらしい。

広くない店内にテーブルを詰め込んだのも、ディーブ伯爵の要請だったそうだ。

「大きいテーブルに、沢山料理を載せたら客が来るらしいわ。『豚』からすると」

オリビアさんという女性は、歯に衣《きぬ》着せぬといった感じの女性みたい……。

一方のイルゼさんは、含みのある笑みを浮かべた。

「男性はそうかもしれませんわね。勢い良くお食べになりますから」

きっと初日の夕食のことを言っているんだろうな……美味しくて、ついがっついちゃったし。

「アリストって『子豚』もそうなの？」

なるほど、俺は貴族の息子だからね……。

「ふふ……会食では健啖《けんたん》でいらっしゃったわ」

楽しそうに笑うイルゼさんは、ふとカウンターの奥を指差す。

「そういえば、さきほどからパンのいい香りがしますけれど……」

「あ、えと、たまたま悪くなりそうな材料があって、リオナちゃんが……」

捨てるのはもったいなくて、夜に店員が食べる分のまかないとして焼いているらしい。

イルゼさんは笑みを浮かべ、ぱんっと手を叩いた。

「焼き立てのパンは大歓迎ですの。ミミちゃん、もしよかったらそれを頂けません？」

「えっ……でも……イルゼ様に店員用のまかないというのは……」

「焼き立てのパンですもの、むしろ贅沢なお願いですわ。わたくしの我儘《わがまま》、聞いてくださらない？」

「ミミ、あたしもそれがいいわ。初めての『昼食』に重いもの食べたくないし、どう？」

流石は領主様とその友人。ミミさんの負い目をフォローしつつ、上手い提案をしてくれた。

「は、はいっ！　材料は一杯余ってるので……リオナちゃんに言ってきます！」

注文を受け入れ、嬉しそうに駆けていくミミさん。

ただ、その後ろ姿は際どいスリングショットなわけで……ぷるんっと揺れる小さなお尻は、中央の谷間以外ほとんど丸見えだ。

無邪気な雰囲気と小柄さで隠れていたが、彼女が持つ身体も色香もしっかり『女性』。

色濃く性を振りまく後ろ姿から、俺はしばらく眼を離すことができなかった……。


その後しばらくして、ミミさんはバターロールのようなパンを持ってきてくれた。

「ど、どうぞ。お召し上がりください」

白い皿にはパンが三つ並べられ、ふわりと焼き立ての香りが漂う。

「お昼に何かを食べるってちょっと新鮮ね」

「ええ、本当に。では早速頂きましょうか。礼者さんもご一緒に」

イルゼさんの言葉に頷いて、彼女達と一緒に俺もパンを口に入れ。

「……！」

俺は飛び出しそうになった『美味《おい》しい！』という声を、パンと一緒に飲み込んだ。

熱々でふわふわの生地は、口に入れると自ら解《ほど》けるように広がって。

焼き色の付いたさくさくとした食感の外側と、もちもちの内側との対比が非常に心地よい。自然な甘さと、鼻孔から抜ける香りも抜群だ。

このパン、本当に美味《うま》い……！

「素晴らしいお味……！」

「リオナがこんなに美味しいパンを作れるなんて知らなかったわ……！」

同席した二人も衝撃を受けたようで、瞳を更に大きくしている。異世界的にもこのパンは相当に美味しいということなんだろう。

その反応にミミさんは嬉しそうにしたけれど、すぐに表情を暗くした。

「ありがとうございます！　……わたしもそう思うんですけど……」

彼女が言うには、オーナーであるディーブ伯爵に、店で焼くパンは手間の割に儲からない、ということでメニューとして却下されたらしい。

なので普段の料理の付け合わせには、わざわざ別途に買ったパンを使っていたそうだ。

「とっても美味しいですのに……もったいないお話ですわ」

「男にはこの良さが分からないんでしょ。あいつら豚だから、舌も人間とは違うのよ」

なんと手厳しい……。

でも、この素晴らしいパンを出さないのは愚策だ。

「『アリスト様』は男性でいらっしゃいますが、いかがですか？　お口にあいませんか？」

だから唐突なイルゼさんの言葉に。

「いやいや凄く美味しいです！　もう少し食べたいくらいで……」

俺は素直な気持ちを……ついつい言葉にしてしまっていた。

「あっ……！」

しまった、と口を塞いだけれど、もう遅かった。

――からんからんっ！

という派手な音とともに木製トレーが落ち。

「ひぇっ……!!」

「は、はぁっ……!?」

オリビアさんとミミさんが、目を白黒させていたからだ……。


「驚いていただけて?」

「お、驚くわよっ!」

時が止まったかのような室内が動き出したのは、それからしばらくしてのこと。

イルゼさんの得意気な一言に、オリビアさんが食って掛かったからであった。

「あ、あっ……ありっ、アリしゅと……しゃ、しゃまッ……う、うちのみせにっ……きゅう……!」

後ろへそのまま倒れそうになるミミさんを、すっと現れた宮殿のメイドさんが受け止める。

「お見舞いってそういうことだったのね……ったく……」

恨めしそうに赤い瞳を向けるオリビアさん。

「ふふっ、オリビアったらそんなに慌ててしまって」

ひそやかな声のまま、けれどもかなりの勢いで食って掛かる褐色美人に、豊満美人は嬉しそうな様子であった。

俺はどうにも気まずくなって辺りを見渡す。すると気づいた。

エフィさんと、いつの間にか店内に入ってきたニュートさんが、通りから俺が見えないように壁として立っているのだ。

加えて、どこからともなくミミさんを支えるメイドさんが現れたこと。

イルゼさんがわざわざ俺に『アリスト様』と呼びかけたこと。

……どうやら、予め仕組まれたイルゼさんなりのサプライズだったらしい。

「ミミちゃん、大丈夫かしら？」

「は、はいぃぃぃ……」

メイドさんにゆっくりと元の体勢に戻されたミミさんは、まだふらふらとしている。

「では改めてご挨拶をお願いいたしますわ、アリスト様」

イルゼさんに促され、俺は目隠しを外して挨拶をした。

「オリビアさん、ミミさんはじめまして。宮殿に厄介になっています、アリストと申します」

無難な内容であったが、二人の女性は再びぱくぱくと口を動かしている。

そして……先に立ち直ったのはオリビアさんであった。

「お、おっ……オリビアよ。しょう……商業ギルド長をやってるわ」

お願いします、と手を出したがギロリと睨《にら》まれたのでおずおずと引っ込める。

……怖い。

で、でも美人は睨んだ顔まで綺麗だ……現代ならこれはこれで人気が出そう……。

「み、ミミでしゅ……ごらいてん、ありあとうごじゃいましゅ……」

一方のミミさんは全然立ち直っていなさそうだったので、ひとまず会釈を返しておく。

「ミミちゃん、アリスト様もこちらのパンがお口にあったそうですわ」

ですわよね、というイルゼさんに俺は頷いた。

「はい、すごく美味しかったです。ふわふわで甘くて、焼き立てで香りも良くて」

このパンなら、冷えても充分美味しいと思う。

「だ、だだだだ男性が、こ、ここここれを……あ、ありがとうございましゅ……！」

ミミさんは噛みつつも、顔を赤くしてお辞儀をしてくれた。

その動きは可愛らしいんだけど、お辞儀が深いので胸元が見えてしまう……。

少しだけ膨らみを見せる彼女のおっぱい。

その乳首だけをなんとか隠すスリングショットがやはり刺激的であった……。

「き、今日は、パン記念日にしましゅ……！　り、リオナちゃんもよ、よろこぶでしゅ……！」

「どうか美味しかったとお伝えくださいな」

優しい領主様が、カウンターの奥へ聞こえるように言うと、ガタガタッと大きな音がしていた。

「リオナも出てくればいいのに。ごめんね、イルゼ。彼女相当人見知りだから」

「ふふ。可愛らしい方ですわね」

笑みを浮かべたイルゼさんだったが、すぐに彼女は訝しげに眼を細めた。

「他の店員の方はいらっしゃいませんの？」

その言葉を聞いて、ミミさんは一転、どんよりとした雰囲気で口を開いた。

「い、今は二人だけになっちゃいました……」

な、なんと……！

聞けば、ディーブ伯爵の横暴によって複数の店員さんが逃げ出してしまったそうだ。

毎月の売上から一定額を彼が持っていくらしく……。

「ほとんど残らない月もあるのです……他の店員さんも頑張ってはくれていたのですが……」

給金が安いわりには、対応しなくてはならない料理が多い。見た感じ設備投資もされていないし、掃除もそこまで行き届いていない。

これは『どきおさ』シリーズなら完全に閉店パターンだ。

イチャラブシーンにはたどり着けない。

そもそもオーナーがあれでは、美少女がバイト募集に来てくれないであろう……。

「その……営業時間は？　どれくらいミミさん達は働いていらっしゃるんですか？」

つい興味が湧いてそんなことを聞いてしまう。

コンビニではバイト歴が長すぎて、新卒社員に店舗の回し方を教える側だったわけで……。

他店のこととはいえ、なんとなく気になってしまったのだ。

「ひゃっ……！」

突然口を開いたせいで驚かせてしまったらしい……。

ただそれでも、彼女は再びトレーを取り落としそうになりながら答えてくれた。

「え、ええと……。あ、朝から晩までやっていましゅ……お客さんの人数が予定に達するまでは閉めてはいけなくて……」

要はノルマのようなものがあって、聞けば休日もないそうだ。

そりゃあ店員さんも逃げるよなぁ……。

今後は相当大変そうです、とミミさんが更に暗い顔をすると、オリビアさんの深い赤色の瞳が突き刺すように俺を捉えていた。

「……金持ちにはおわかりにならないのでしょうけれど。女の暮らしなんてこんなものよ」

こ、こわい……！

「オリビア。あまり無礼を重ねると、わたくしから処分を下しますわよ」

「ほ、本当のことを言っただけよ……」

珍しく冷たい声を出すイルゼさんに、彼女はぷいっと顔を逸らす。

と、今度は言いにくそうにミミさんが口を開く。

「そ、それで。首都からは私達に処分が下るって……イルゼ様、このお店はもう閉店するしかないんでしょうか……」

俺がかつて見た騒動のことだ。

ディーブ伯爵はいちゃもんをつけるだけ付けて、それを首都に報告すると言い残して去ったのだという。

男性の申し立ては大抵通ってしまい、罰金が科せられるそうなのだ……。

「課徴金《かちょうきん》に関してはわたくしから撤回させるようにいたしますわ」

「ええ。もちろん商業ギルドからも補助は出すつもりよ」

二人の女性は力強く返事をする。

けれど、ただ……とイルゼさんは辛そうに眼を伏せた。

「……店舗の存続は難しいかもしれませんわ」


陽が落ちるとともに降り出したのは雨。

こちらの世界へ来て初めて経験するそれは、客室の窓にぽつぽつと音を立てている。

慰労訪問はあまり芳しくない雰囲気で終わってしまった。

オリビアさんは俺のことを警戒したままだったし。

ミミさんは罰金についてはほっとしたようだったが、お店の存続は難しい、という話を聞いてやはり悲しそうにしていた。

俺はといえば感謝こそされたものの。

それはただただ男という珍しい生き物が来た、というだけであった。

「……ううん……」

女性が——というかエフィさんとイルゼさんが——エッチなことに積極的なことは分かった。

これは単純に嬉しい。

エフィさんはお仕事として『親身なおもてなし』、イルゼさんはある種の『お戯《たわむ》れ』の可能性があるけれど……ひとまず、悪くは思われていない……ということにしておきたい！

また男性は相当優遇されていることもわかった。

何しろミミさん達をあのように扱《あつか》っても、彼らは平気でいられるわけで。オリビアさんが男に良い感情を持たないのもよく理解できた。

「それでも俺、税金で暮らしてるんだよな……」

この素敵な部屋も、エフィさん達から良くしてもらえるのも。

基本的にはすべて税金なわけである。

ミミさんみたいな人々の頑張った証《あかし》を、俺は何の気なしに使ってしまっているのだ。

それはどうもいただけない。

ただでさえ申し訳ないと思う状況なのに、あんな可愛らしい人を悲しませているとすれば。

それはもっといただけない……！

「あのパン、食べられなくなるのは寂しいな」

あの過激な格好が見られなくなるのも……相当に惜しい……！

殊勝な気持ちと、すけべ心が半分半分となった時。

――コンコン。

客室の扉が音を上げ、俺は扉を開けた。

「アリスト様、お食事でございます」

夕食を載せたワゴンを持ってきてくれたのはニュートさんだ。

美味しそうな香りが漂うそれを、部屋にある美しいテーブルに配膳してくれる。

「ありがとうございます」

いえいえ、と柔らかい笑みを浮かべるニュートさん。

「あの……ニュートさん。今お時間ありますか……？」

そんな紳士的な姿に、俺は一つ相談をしてみたくなった。

とはいえ聞いてみたものの、考えてみればニュートさんも食事をとるはず。

「お、お話ししたいことがあるんです。よかったらご一緒にお食事できませんか？」

「なんと……お客様からお食事を誘っていただけるなど、初めてでございます」

眼を大きく見開き、彼は嬉しそうにしてくれた。

「実は、私どもは手早く食事を頂いているのです」

「あ、そうなんですか！」

普通は主のお世話が終わってから、となるそうだがイルゼさんの計らいなのだそうだ。

ちょっとしたまかないのようなものを、夕食時間より早めにとっているらしい。

「普通のお屋敷ではありえないのですが、こんな光栄なことに繋がるとは思いませんでした」

「光栄だなんて……あ、是非座ってください。俺、そのほうが話しやすくて」

再び嬉しそう頷いたニュートさんは、ゆっくりと対面に腰を降ろしてくれた。


「なるほど、あの店の件ですね……」

ひとしきり、俺が今感じていることを話すと、老紳士は興味深げに頷いた。

「はい……俺は世間の事情に疎《うと》いのですが、何か自分ができることはありませんか？」

全てに関与できるわけではないし、必ずしも良い方向に行くか、と言われれば分からない。

ただ辛そうな状況を眼にして、

『みんなにいい顔できるわけじゃないから』

と物分りの良い顔をして通り過ぎるのは、転生の時に決めた「積極性」ではない気がする。

当然あの水着エプロンを見たい、という欲もある。

ただそれでも彼女達にとってプラスになることができるのなら。

こんな贅沢な生活をただただ享受するだけじゃない暮らしにしてみたい。

そんな話を――店員二人の過激な姿に関しては濁しつつ――ニュートさんにしてみたところ。

「な、なんと……素晴らしいです……！　まさかそこまでお考えだったとは……！」

な、何か感動されてしまった……。

もう言えない。

実はミミさんとリオナさんが目に焼き付いて離れないとか。色々言ったけど、結局はあの衣装が無くなってほしくないな、って欲求が八割くらいなのだとか。

い、言えない……っ!!

「アリスト様にそのご意思があるのであれば、もちろん方法がございます」

ニュートさんが少し身体を前に乗り出すようにする。その表情はとても情熱に満ちていた。

……過激な店員さんの姿に目がくらんだ部分は、お墓まで持っていくことにしよう！

「まず直近のお話としまして、ディーブ伯爵はあのお店を売りに出されると予想できます」

どうやら魔法が使える貴族には通信手段もあるそうで、既に首都で手続きは進んでいるだろう、とのこと。

「しかし建物も古いですし、通り沿いとはいえ商店としては小規模。買い手がすぐにつくことはないでしょう」

買い手がつくまでは当然店が無くなる。

だからこそ、ミミさん達は転職せざるを得ない。

新規に開店した場合も、潰れた店で働いていた女性は縁起が悪いとして敬遠されがちだそうだ。

「そこでアリスト様ご自身が店をお買い上げになる、という手段がございます」

「えっ……俺が経営者になるってことですか……?」

ええ、とにっこりと頷くニュートさん。

「いやいやいやいやいや！」

俺は必死で首を横に振る。

それは全然『できること』に収まっていないです……！

「だ、第一そんなお金……」

と言い出してみて思った。

そもそも俺……お金って持ってるんだろうか……。

「アリスト様ご自身の資産に関しては……」

なんだか随分言いづらそうにするニュートさん。も、もしかして俺一文無し……？

「実は現在凍結されておりまして……お父上のペレ様からのご指示がなければ……」

「え、えぇ……」

まだ見ぬお父さんに口座が凍結されてました……！

アリストくん、君本当に何したの……？

「ただ、ご自由になさっていただける資金もございます」

「じ、自由にできる資金……？」

そんなものあったかな……。いや、アリストくんが持ってたのか？

「別棟の工事費用でございます」

「そういえば……」

転生してきて早々そんな話があった。まあ即断ったけど……。

「でも、それは領地の税金なんじゃ……」

「いいえアリスト様。その資金は、ペレ様からアリスト様への補助金なのでございます」

「えっ？」

俺を追い出したというお父さんから……？

ニュートさんによると、俺が暮らす環境を整えるための資金提供があったのだとか。

ペレというお父さんは、それくらいの気遣いはしてくれたようである。

「そしてその資金を、別棟の建築費にあてていたのですが」

「そっか……それを俺が断ったから……」

「ええ。アリスト様は現在お住まいを持っていない、ということになっております」

そこでその資金を使って、あのお店を『家』として購入するのはどうか、ということらしい。

「ず、随分大胆なご提案ですね……」

「当然ご自宅は『暮らす環境』そのものですから、資金の用途としても問題ございません」

な、なるほど……。

「それに大きな利点もございます」

「利点ですか？」

俺の質問に老執事は深く頷く。

「別棟建築費よりも例の店のほうが随分とお安いでしょう。となれば購入後の浮いた経費は、経営を始める際の初期資金となります」

建物そのものが古い、ということはさっきも話が出た通りだ。

腫れ物の貴族子息を入れる別棟より安い、というのはなんとなく分かる。

要するに、個人資金がほとんどない俺が、名目を立て補助金――この場合は仕送り？　――を上手く流用してしまおう……ということだ。

確かに金銭面での問題はなんとかなるのかも……。

とはいえ、それは買うまでの話。その後、経営ができるのかは別問題だ。

ミミさんや、美味しいパンを作ってくれたというリオナさんをそのまま雇ったとしても、すぐに店を潰すようでは何の意味もない。

「俺、経営なんてやったことないんです。この街の文化もまだよく知らないし……」

中身はただのフリーターで、経営なんて、『どきおさ』シリーズでゲームとしてやっただけ。現実とゲームが一緒なはずがない。

「ご心配はいりません……とはいえませんが。一つ私の知る事実をお伝えいたします」

俺の様子を見て、ニュートさんは真剣な表情のまま続けた。

「店舗をお持ちになる貴族のほとんどが、経営の経験をしておられません」

当然従業員の経験もございません、と彼は続ける。

「ですから店を持つことは大抵の貴族にとって、ほとんど道楽なのです」

ど、道楽って……。

流石異世界、つくづく俺の世界の常識が通用しないことを実感した。

まともに回っているお店は女性が所有するものか、良くも悪くも女性に任せきりのところだけと言っていいらしい。

「アリスト様は今『ご心配』をしていらっしゃる。その感性こそが私は貴重なものかと存じます。他の貴族経営者は、そういった考え方をかけらも持ってはいませんから」

「い、いやそれはそうかもしれませんが……だからといって経験が無い人間がいきなりは……」

ゲームなら失敗してもやり直せるが、現実では人に多大な迷惑がかかるのだ。

いくらお金があるからと言って……。

「そのご不安は当然のものかと存じます。もちろん私も協力いたしますが……実はもう一人、非常に適任の協力者のあてがございます」

「適任の……協力者？」

ニュートさんは協力を申し出てくれただけでなく、協力者のあてまであるそうだ。

一人では無理かもしれないけれど……心強いサポートがあれば、どうだろうか。

可能性があるなら考えてみるべきかもしれない。

『無理そう』というだけで手を引くと、前世と同じになってしまう。

「ど、どんな方なんですか……？」

だから、俺は思い切って彼に続きを聞いてみた。

するとニュートさんは満足そうに頷き、意外な人物の名前を挙げたのだ。

「本日同席した、商業ギルド長のオリビアです」

第四章　お会計は快感とともに

あの夜から数日降り続いた雨がやんだ、昼のウィメ自治領。

額に流れる汗を拭いながら、俺は労働に勤《いそ》しんでいたのだが、どうも彼女はそれが気に入らなかったらしい。

「ど、どういうつもりよ……」

褐色白髪美人の彼女、オリビアさんがこうして俺のもとを訪れるのは今日で二回目である。

「いや、自分の家くらい自分で掃除しようかなって」

自分の家を自分で掃除しないのは、お金持ちくらいだと思う。滞在先の客室はメイドさんに掃除してもらっていますが……！

「だ、誰の家よ！　誰の！　ここ店でしょ！」

「まあほら……一応『家』ってことで買ったわけだし？」

そう。

俺は結局ニュートさんに促されるままに、お店を買ってしまったのである。

決断の理由は二つ。

一つはオリビアさんが、本当に協力してくれることになったからだ。

「あ、あたしはまだ納得できてないんだけど……」

「そう言われてもなあ……それに、お店も綺麗なほうがいいよね？」

買ったはいいものの、当然まだまだお店は綺麗とは言い難《がた》い。

正面側はもちろんのこと、店内の掃除もよく見てみれば割と行き届いていなかった。

日本のブラック企業もニッコリの労働環境だったし……手が回り切らなかったんだと思う。

珍獣である男性がひょこひょこ働いているのを見られてはいけないので、今は割れた窓に大きな板を張って中の掃除をやっているところである。

服装は宮殿からお借りした、Tシャツ短パンのようなラフなやつ。女性の作業用だそうだが、華奢《きゃしゃ》な俺なら問題ない。顔も——自分でいうのも変だけど——中性的美男子なので、家着の女子高生に近い見た目かもしれない。

「そ、そりゃあ綺麗なほうがいいけど……。そもそも、貴方《あなた》がやる必要あるの？　メイドでもなんでも引っ張ってくれば？」

「……ううん……それはちょっとね」

商業ギルド長自ら経営支援をしてもらえることになった、とはいえ。

自分で買ったお店のことだ、俺自身が汗水垂らさないのは違うと思うのだ。

掃除一つできない経営者なんて、俺が従業員だったら嫌だしね。

ちなみにミミさんとリオナさんの続投は決定。心身ともに疲れているだろうから、現在は有給休暇をとってもらっている。

もちろん、あの過激な服装も続投！

「今はただお金を出しただけなんだ。経営に関しては色々な人に知恵を借りないと無理だし。それじゃあちょっと情けないなって思ってさ」

そのお金だって自分で稼いだものじゃない。

「それに、オリビアさんだってお店が繁盛したほうがいいんでしょ？」

「『さん』って言うのやめなさい。男にそう言われると鳥肌たつわ」

こ、こわいっ！

きりっとしたスーパーモデル的な美人だけに、赤い瞳で睨《にら》まれると結構迫力がある。

そんなオリビアさ……オリビアの男性への対応は、前世の女性に近い。

なんだか落ち着いて話ができて、実は意外とありがたかったりもするのだ。

「はあ……まあそうね。商業ギルドの実績にはなるわ」

ため息混じりに肩をすくめる彼女。

「ったくあの執事も痛いとこつくわね……」

商業ギルドはイルゼさん肝いりの領地政策。しかしまだ開始したばかりで、実績は乏しい。

現状やっていることといえば、徴収した資金を使っての支援がほとんど。

要するに横暴な経営に巻き込まれた人へ補助金を出しているわけだ。

ただそれだけではまだ足りない。

『経営支援の観点でも、ギルドの有用性を示す必要があります。ですが、若いオリビアは加盟店の店長達に見定められている状況でして。ですから彼女にとっても、この件は実績を上げる機会としても活用できるのではと……』

これはニュートさんの言葉。

つまるところこの店の再生をやってのければ、オリビアも嬉しいし、政策を推《お》し進めているイルゼさんも嬉しい。

そんな状況に、俺は幸運にも提供できる資金があったわけだ。

魔法はもらえなかったけれど、せっかくこんな素敵な暮らしをさせてもらっているのだし。

その幸運を誰かのために使えるなら、これは相当有意義で嬉しいことなのでは？

そう考えたのが、店の購入を決めた二つ目の理由であった。

「……はあ」

オリビアはもう一度ため息をつくと、そのまま雑巾を手に取った。

「おお！　手伝ってくれるの？」

「……これも経営支援よ」

膝をついて一緒に掃除を始めてくれる彼女。

不服そうな顔が少しだけ赤くなっていて、なんだか可愛らしいな、と思ってしまった。

「んっしょ……」

ただ、俺はじょじょに集中力を欠いてきてしまう。

理由は……彼女である。

服装は今日もタイトなワンピース。

膝丈くらいの服だし、露出に関しては――領民に比べたら――少なめである。

ただ……身体のラインがくっきり浮き出る服なのだ。

大きめで形のいいおっぱい、くびれた腰、そして美しい形のお尻……。

「……っと……なかなかとれないわね……」

彼女は頑固な汚れと戦っているらしい。

こちらにお尻を見せるような状態で、ごしごしと床を磨く。

そのたびに……ぴっちりと浮かび上がったお尻がフリフリと見せつけるように揺れる……。

「ううん……これはもうとれないのかしら……」

ノーブラの果実が左右にゆさゆさ揺れるのも見えるのに加え、ワンピースの裾も上がっていく。

となれば、美味しそうな褐色の内ももが露《あら》わになり、今や下着が直接見えそうなほどまで……！

「ちょっと、アンタ動きが止まってるわよ？」

「へっ……！」

オリビアの脚に見とれて、あわよくば下着を見ようとしていました……とは流石《さすが》に言えない。

俺がもごもごとしていると。

「普段なんにもやらない男が、妙に張り切るからよ。ちょっと気分転換でもしてきなさい」

彼女はそう言って、俺に聖職者の衣装と目隠しを放り投げてくれた。

「ありがとう、オリビア」

イルゼさんから聞いた通り、彼女は優しい女性なんだと思う。

あと、俺のすけべ心に気づかないでいてくれてありがとう！

「い、いいから。周辺のお店を知っておくことも営業には必要なの。真面目に経営をやる気があるなら、ちゃんと見てきなさい」

少し照れたようにしつつ、しっしと手を振るオリビア。

俺はなんだか暖かい気持ちになりながら、ありがたくご厚意に甘えることにした。


昼を少し過ぎた頃の第三商店街は、さほどにぎやかではない。

先日の混雑は、たまたま売出し日が複数の店で重なった影響があったのだとか。

そんな商店街にも、まもなく『ルナ族』という獣人の方々がやってきて、更ににぎやかになる時期がくるらしい。まずはその時期に開店することが目標といえるだろう。

「二本足で歩く狐さんらしいけど……どんな感じなんだろう」

もふもふで友好的な方々だそうなので、ちょっと楽しみだ。

「ランチ営業が無いって新鮮かも……」

飲食店が軒並み閉まっている街を歩いていると、時々聖職者の格好をした人が視界に入る。

おそらくだけど……あの一部は俺の護衛をしてくれている方々だ。ありがたい。

「……そういえば、『どきおさ』では客層ってかなり大事だったよな」

第三商店街に並ぶお店を見ていると、中流層向けといったものが多い印象だ。

行き来する人達も、薄着でも飾りの入った洋服や、場合によってはちょっとしたアクセサリーを付けている人も見える。流行にも敏感なのかもしれない。

「客層といえば、お客さんが女性しかいないいって凄《すご》い条件だなあ」

ターゲットを女性に絞る、というのは前世ではありがちな戦略だったが、そもそもこの都市ではお客さんが女性しかいないのだ。流石にゲームでもそんなのは無かった。

「……ゲームといえば……ここって『どきおさ』に似ている世界だったっけ……」

それなら、少しは『どきおさ』の知識を役立てることはできないだろうか。

もちろんゲームと現実は違うのは分かる。

けれど、プレイしている上での納得感というものは、面白さにきっと結びつくはずで、メーカーの人も大切にしていたと思う。

経営ゲーム部分の高評価も、『どきおさ』シリーズの人気を支えていたのは間違いないしね。

となれば……簡略化されていても、大枠の考え方は使えるんじゃないだろうか。

……と、自身のゲーマーよりの脳を擁護しつつ……。

「もう少しこの世界の女性について知りたいな」

お客さんになるであろう彼女達の趣味嗜好なんかを知りたい。

何が好きなのか、何が流行っているのか、そんなものも知っておくべきだ。

となれば、まず行くべきは……。

「いらっしゃい」

店内に入ると、入り口からは奥まった場所にあるカウンターから、妖艶《ようえん》な女性の声がかかる。

異世界でも『いらっしゃいませ』的な文化は変わらないようだ。

ここは中央が真っ赤なカーテンで仕切られた、前にエフィさんと一度来た本屋。

お店の名前は『リブラ書店』という。

前回はカーテンの奥ばかりに集中してしまったが、今日用事があるのはカーテンの手前だ。

ありがたいことに今は誰もお客がいないようだし、ゆっくり見て回れそうだ。

「……！」

俺はのんびりと棚を見て回ると、会計どころの近くで目的のものを見つけた。

その表紙には――

『真夏の休日、ルナ族の出店はここがおすすめ！　食べ歩きの着こなし特集！』

と、大きな文字で見出しがついている。

やっぱりあった！

要するにこれは女性誌、つまるところ彼女達の生活が一番表れる雑誌だ。流行を知るならこれは外せないだろう。

よしよし、とそれを手に取ろうとすると……。

「そんなに女性に興味があるのかしら？　……アリスト様？」

「わあっ!?」

耳元にふうっと息がかかるほどの近くで女性に囁かれた。

俺は思わず声をあげ、手に取りかけた本をお店の床に落としてしまう。

「……うふふ」

囁いてきたのはスケスケ紫ローブの妖艶な店主さんだった。

確か……エフィさんとこの書店へ来た時にも会った人だ。

紺色の艶やかな髪。

ロングだとは思うが、それを髪留めでまとめている。

そして同じく紺色の、吸い込まれそうな瞳。少し垂れた目尻も合わさって色気が凄い……。

イルゼさんよりも年齢的には上だと思う。

でも少し濃い目の肌の張りとツヤはまったく負けていない。

「アリスト様……なんでしょう?」

「え、えっと……」

しょ、正体がバレてしまっている……!

でも何で……?

「若い娘《こ》は意識しないのかもしれないけれど、香りでわかるのよ。素敵な匂いがするもの」

少し低めの艶《なま》めかしい声。

腰の高さほどの会計用カウンターを出た彼女は、俺が落としてしまった雑誌を拾い上げようとしやがむ。

「んしょっ……と……」

出るとこが出ている、全体的に肉付きの良い身体。

ゆさっと実った両乳の先端は模様に隠れているが、大きめの乳輪は完全にはみ出してしまっていた。

「これ、お買い上げでいいのかしら？」

カウンターに戻った彼女が、俺が手にしていた雑誌を紙袋に入れて渡そうとして……止まった。

あ、支払いか……！

つい魅惑の身体に見惚《みと》れてしまった自分を叱りつつ懐を探ると、彼女はゆるゆると首を振った。

「ねえ、アリスト様。……この間、奥で女性のお尻触っていらっしゃったわよね……？」

「っ!!」

そ、それもバレてたのか……!!!

「……は、はい……」

こういう時は誤魔化すとどツボである。下手なことは言わず、こくりと俺は頷《うなず》いた。

「……アリスト様って、女性の身体……お好きなの？」

彼女はおっぱいの下で腕を組み、ぐっと持ち上げるようにする。

当然二つの豊満な丘はせり上がり、スケスケの紫ローブがぴったりと張り付く。

透けている大きめの乳輪がいやらしく俺の視線を奪う。

な、なんてエッチなおっぱい……っ！

俺は生唾を飲み込むのを隠すことができず、こくりと頷いてしまった。

「おばさんの身体は……私の身体はお好きになっていただけないの……？」

彼女は乳の下で組んだ腕を、わざとらしく揺らす。

「す、好きです……！」

この数分で好きになりました！

エフィさんともイルゼさんとも違う、熟れた肉体。

すけすけのローブの下はほとんど全裸……触りたい！　むちゃくちゃにしゃぶりつきたい……！

「アリスト様は、これからもこちらの商店街をお使いになるの？」

「その……つもりです」

むしろ本屋は積極的にここを使います……！

「じゃあその格好で歩いているって広まってしまわないほうが、ご都合がよろしいのよね？」

再びカウンターからゆっくりと出た女店主は、固まる俺の左腕にすり寄る。

「……私に口止め料をいただけません？」

「く、口止め料……」

ふうっと耳にいやらしく息が吹きかけられた。

「あんなものたくさん扱《あつか》っていますとね……男性が欲しくて、たまらなくなるの……」

切なそうな声色で店主は続ける。

『あんなもの』というのは赤いカーテンの奥の品のことだろう……。

「お金なんていらない……」

そこで俺の右手が取られ、ゆっくりと彼女のローブの胸元に誘われていく。

「んっ……♡」

そのまま……それは彼女の左の生乳に到達してしまう。

しっとりと手に吸い付くようなおっぱい……乳肉のほうから俺の手のひらを迎えてくれる……！

「あんっ……♡」

たまらず、俺はその極上の乳を鷲掴《わしづか》みにした。

イルゼさん、エフィさん……これはやむを得ないんです……口止めに必要なんです……！

揉み込むと、紫のローブに乳輪が押し当てられて浮き上がり、よりくっきりと姿を現す。

けれど……その先端だけは見えない。それがより一層劣情を煽《あお》る。

「嬉しいわ、おばさんのおっぱい……こんな風にしてくれる人がいるなんて夢みたい……♡」

絡みつくように身を寄せる店主さん。

彼女は自身をおばさんだというが、どう見たって二十代後半にしか見えない。

ちっともおばさんなんかじゃない……美しいお姉さんだ……！

そんな彼女の身長は俺より頭半分くらい低い。

だからその口元は肩に当たっていたが。

「んちゅ……んちゅうっ♡……んはぁ……はあ……ちゅっぢゅるうう♡」

背伸びするような格好で、俺の肩口から首元に情熱的に唇を這わせ始めた。

身体半分に彼女の圧倒的な色香をぶつけられ、ぞくぞくと官能が身体を走る。

「うはっ……」

唐突に左のお尻に彼女の手が這い回る。

ねっとりと割れ目をなぞるように指が進み、優しく揉まれる。

「ああ……素敵♡アリスト様♡んちゅぱッ♡」

性に飢えた彼女の匂いも強くなり、そのおっぱいもじっとりと汗ばみ始めた。

その感触と、店主さんのいやらしい身体遣《づか》いに耐えられず、俺はさらに指を進めた。

「あああんっ♡」

美しく咲いた乳輪の先端はもうコリコリだ。

模様に隠れたままのそこを、指の感触だけで弄《いじ》くり回す。

「はあっ……はあっ♡んはあっ……ちゅううっ♡」

吐息が多く混じる、彼女の嬌声《きょうせい》。

耳元でそれを聞かされてしまったら、もうたまらない……！

若さに任せた肉棒は、もうがっちがちだ。

「いやあ♡すごいの見えてる……♡……歳下の男の子のっ……♡」

悦楽の声をあげ、店主さんは俺のお尻の下にも手を入れ始める。

されたことの無い愛撫に、俺は腰をひくっひくっと動かしてしまう。

「こっちへいらして……♡」

自由になっていた左手を引いてくれる彼女。

潤んだ瞳と、火照った頬が、俺を惹《ひ》きつけてやまない……！

狭いカウンターの中に二人で収まると、彼女は正面から俺の首に腕を回す。

思い切りキスをしようとして、彼女の名前をまだ聞いていなかったことを思い出した。

「お、お名前を教えてもらえませんか……んぷっ」

しかし彼女は感極まった表情のまま有無を言わせず、唇を押し付けて舌を滑り込ませてきた。

「んちゅっ♡んんっ……ぢゅるるるっ……ぢゅっ♡」

応じるように舌を押し込むと、彼女はそれを思い切り吸い、更に身体を俺に擦りつける。

豊満で柔らかな身体、巨乳と言って差し支えない美しい乳がひしゃげ、がちがちのペニスは太ももによって舐《な》め上げられる。

「ぢゅうっ……んぷはぁっ♡嬉しい……名前をお聞きくださるのね……ちゅぱっ……んちゅっ♡私、ロセーヌって言います……お金より『これ』を求めてしまう強欲な女です……♡」

言いながら彼女は身体を脈打たせ、自身の下腹部と太ももを肉棒に擦りつける。

しっとりと吐息の多い嬌声といい、下半身を絡ませるような腰使い。

いやらしすぎる……！

再び強く口づけをしようとした時――

「あれ？　ここでもないのかしら……」

入り口方面から聞こえたのは、オリビアの声だった。

「⁉」

激しく絡み合っていた俺達はぴたりと動きを止める。

「ロセーヌ？　休憩中かな……」

足音が少しずつ近づいてくる。

や、やばいな……せっかく気を遣ってもらったのにこんな所見られちゃったら……。

「アリスト様……ここへ……」

冷や汗を垂らす俺に、ロセーヌさんは小声でカウンターの下を促す。

え……もしかして。

「お早く♡」

ちょっぴり楽しそうな彼女に流されて、俺はカウンターの下に潜り込んだ。

目の前にはロセーヌさんの脚。

彼女は俺を隠すように立ってくれているようだ。

「あ、ロセーヌ。ここに白ローブの人来なかった？」

『白ローブ』というのは、俺が変装で使っている聖職者のローブの俗称だ。

やはりオリビアは俺を探しにきたのだろう。

「あ、あらオリビア。いいえ、相変わらずこの時間は閑古鳥よ」

ロセーヌさんはまるで何事も無かったかのように受け答えをしている。女性ってすごい……。

「まあここはね……そ、その……そういう店だしね」

「ふふ……オリビアも欲しい物があるんじゃないの？」

恥ずかしそうに言葉につまるオリビアを、妖艶な店主はからかう余裕さえあるらしい。

「あ、あたしはいいわよ。そ、そういうの興味無いし……」

まあ彼女は男性嫌いっぽいしな……と話を聞きながら思う。

こんな世界だし、女性が好きな女性が現代の地球より多くても全く不思議ではない。

「そう？　ああ、そう言えばイルゼ様と学生時代に――」

「わあああ!?　な、なんで知ってるの!?」

ん……？

「一応私店主よ？　挙動不審な若い子が、こっそり奥へ入るのを見るのは一度や二度じゃないわ」

くすくすとロセーヌさんは笑っているようだ。

なるほど、興味はあるんだな……なんか、男子中学生の話を聞いてるみたいだ……。

「も、もういいから。それで、最近はどうなの？」

と、オリビアは経営状態についての話を始める。

これは長くなりそうだな……と全身の力を抜くと、俺の目に映ったのは……。

くっきりと浮かび上がる、紫のローライズパンティ。

ただのローライズなだけではない、布面積が少なすぎて大事な所が上半分はみ出している。

しかも僅《わず》かにある布の部分だって全部透けていて、ぬめったスジは見えているし。

彼女の髪と同じ色の陰毛が誘うようにはみ出ている……。

そんなものを眼前に見せつけられるように晒《さら》されてしまえば、お預け状態にされていた情欲の火が激しく燃え上がるのは必然だった。

俺は劣情に煽られるまま、ローブの下から手を入れ、極上のお尻を両方鷲掴みにする。

「そうねえ……ッ……」

一瞬ロセーヌさんの声が上ずりかかったが、我慢できない。

「さ、最近は……ぁ……♡」

彼女の声が僅かに甘くなった。

俺はそれにますます興奮し、ローブの裾から頭を突っ込む。

ムワッと香る牝《めす》の匂い。

そして改めて、淫らにはみ出す陰毛と、ぬめる秘裂と相対する。

「日中のお客さんは右肩……下がり……んッ……かしらね……」

「そう。今は第二商店街のほうが勢いがあるもんね……」

カウンターの上では真面目な話が進んでいる。

そのことに興奮が高まり、俺は彼女の下腹部にピッタリと顔をつけ、パンティの間にそおっと舌を差し込む。

「夜はじゅんちょ……んひぅッ♡……」

「ろ、ロセーヌ？　だ、大丈夫……？」

ついに声を上げるロセーヌさん。

でも……俺はもうどうにも止まらなくなってしまった。

彼女の尻を揉み込み、じゅわっと溢《あふ》れる愛液をすすっていく。

「だ、大丈夫よ……ちょっと熱っぽくて……はぁっ♡」

鼻の頭には彼女の陰毛が当たっている。

無造作に生えているわけではない、ちゃんと整えられているけれど……剃りきってはいないそれ。

彼女のいやらしい牝の香りが漂ってくるようで、俺は目一杯息を吸いながら舌を動かす。

「ぉっ♡……そ、それで……例のお店の、ほうはどうなの？　……ぁ♡」

「あ、ああ……あれね。奇特な男がいたものよ」

オリビアが、はあ、とため息をついているのがわかる。

「アッ♡アリスト様の、こと？　……ぉッ……♡」

舌を花びらに沿わせるように前後に、その後は思い切り彼女の香りを吸い込みながら左右に動かし、ロセーヌさんの下の唇を味わう。

するとぷるぷるっと尻肉を揺らし、彼女はぷしゅっ……とよだれを垂らすのだ。

小さく絶頂しているのかもしれない。いかがわしい雫《しずく》は絶妙な肉付きの太ももを伝って足元に滴り落ち、小さな水たまりを作ろうとしていた。

「店を家として買うとか……一体何考えてるんだか……」

「そ、そう？　私は……そ、そこッ♡……が……イイッ♡っと思うけどぉッ♡……ぉっ……♡♡」

がくがくっと下半身全体が震えるロセーヌ。

「ちょ、ちょっと……!?　本当に大丈夫？」

流石におかしいと気づいたのか、オリビアが焦った声を上げた。

ほとんど彼女の入り口にむしゃぶりつくようだった俺も、流石に我に返り顔を離そうとして。

「……んぷっ!?」

できなかった。

ロセーヌさんの手に後頭部を押さえられ、彼女の秘部にぐりぐりと押し付けられたからだ。

顔一杯に香るいやらしい牝の香り。

「だっ、大丈夫よ……ちょっと今日はお腹が痛くって……」

俺の鼻で自慰をするかのように腰を動かすいやらしい女店主も、もう止まらなくなっていた。

するするっと音がして、彼女が少しパンティを降ろし、ねっとりとぬめる雌しべを再び顔面にこすりつけてくる。

ロセーヌさん、凄いすけべ……！

俺は猛烈に情欲を煽られ、そのまま舌を伸ばし彼女の動きに合わせて愛液を貪る。

「そっ……そう？　なんかくねくねしてたのはそのせい……？」

「そうなの……こうやって擦るとね、痛みが随分……イッ♡イイのッ♡」

俺の後頭部をねっとりと撫《な》で回し、押し付けた秘所からはじゅわっ、じゅわっと淫猥な嬉し涙を溢れさせるロセーヌさん。

ぱたぱたっと彼女の布切れとも言えるパンティにそれは落ちるが、もはやそのパンティもずぶ濡れで意味をなさない。足元と彼女の内ももはびしょびしょだ。

「ねえロセーヌ……顔も真っ赤だよ……？　ほ、本当に大丈夫、なの……？」

オリビアが随分と小さくなった声で彼女に聞いている。

びくびくとももを震わせたまま、ロセーヌさんは返事をした。

「ほ、本当にイイの……ぉッ♡……ぁ……痛みがね……ひっ……♡ひ……ィクのぉッ……♡」

彼女の腰の動きは止まったが、代わりに下腹部は水面のように脈打ち始める。

俺はその感触すら愛おしく、更に彼女のお尻を揉み回した。

「そう、なんだ……。じゃ、じゃあ……具合も悪そうだし。また改めて来る……ね？」

オリビアの足音が遠ざかっていく。

「え、ええ♡……んッ♡またッ……キてね♡」

お大事に……という声とともに、店の扉が開いた音が聞こえた。

足音はさらに遠ざかっていく。

「まッ♡たっ来てッ……キてッ……き、キてるッ♡キちゃうッ♡凄いのッ……ぉっ……♡クるッ♡クるッ♡」

そして……ぱたんっと扉が閉じた瞬間。

ロセーヌさんの脚がぴんっと伸び、俺の顔にぐりっと彼女の秘所が押し付けられた。

そんなおねだりに応えるために、筆舌に尽くしがたい淫猥な香りを目一杯に吸い込み、ひくつく膣内に舌を押し込むと。

「クるッ♡ま×こクるッ♡ま×こいくッま×こイクッ♡いぐいぐイグゥゥゥゥッ♡♡♡」

ロセーヌさんが淫語を叫びながら、大きく身体を痙攣《けいれん》させた。

びゅううっと吹き出す愛液に負けないように、豊満な尻肉を引き寄せ更に膣口に吸い付く。

「だめえええええッ♡♡ま×こイグのおぉぉぉッ♡ぉおッ……ぉッ♡♡♡」

——ぶしゅあああああッ！

彼女は再び大きく愛液を吹き出し、ぺたんっと目の前に座り込んだ。

「っ♡……はっ……んっ……はぁっ♡……ぁっ♡」

絶頂の余韻に浸る熟れた女性、そんな彼女の香りと愛液をたっぷりと感じた俺。

当然その肉棒はいきり立ち、ローブを突き破りそうな勢いであった。

「……す、凄い……ッ♡」

ロセーヌさんはその膨らみを確認した後……震える脚でカウンターを出ていく。

バタバタッと音がして、戻ってきた彼女は愛液を滴らせながら蠱惑的《こわくてき》な笑みを浮かべる。

「お店、閉めちゃったわ……きょ、今日は閉店……おま×この具合がすごく悪くて……♡」

いやらしい汁が止まらないの、と誘うようにロセーヌさんは言う。

「アリスト様に見てもらわないと、良くならないの……。奥まで♡一番奥まで、面倒を見てくださる……？」

俺は熱に浮かされるまま、猛烈に何度も頷いた。

「んちゅうっ……じゅちゅっ♡ンはっ♡ちゅううッ♡」

赤いカーテンの奥のフロア、そこにある休憩用のソファに腰掛けた俺。

その脚の上に、大きく股を開いて乗った彼女と口づけを楽しむ。

「んんちゅっ♡ぷはぁっ……♡すごく興奮したわ……はあっ……すごく……ちゅっ♡」

「だ、大胆なんですね、ロセーヌさん」

舌を絡ませ合いつつも、彼女の腰は前後に動き俺の剛直に下腹部がこすりつけられている。

まるで対面座位で繋《つな》がっているかのよう。

「だって……気持ちいいんですもの……♡夢だったの、アリスト様みたいな歳下の男性に……ちゅっ♡……すけべなことしてもらうのが♡」

ロセーヌさん歳下が好きなんだ……良かった、若い身体に転生できて……！

と、ちらりと辺りを窺《うかが》うと、ちょうどその辺りには歳下男性との密会を思わせるタイトルが並んでいた。

どうやら、こういったものが好きな人は一定数いるようだ。

俺も……歳上女性に求められるのはとても好きです……！

「アリスト様……お願いです……♡今だけでいいの……『アリストくん』って呼ばせていただけませんか？　ちゅっ♡」

「是非呼んでください！」

そんな嬉しいお願いを断る理由などあるわけがなかった。

「あぁっ♡アリストくぅんっ♡ちゅううぅっ♡」

さらに情熱的になった舌が、俺の舌を捉える。

首に回された腕がきゅっと少し強めに締まり、深い愛情と欲情を感じた。

「アリストくん……もう我慢できないの……頂戴♡本よりずっと凄いそれ……頂戴……ッ♡」

彼女はいつの間にか膝を立て、俺の肉棒を雌しべにぴったりと付けていて。

――ずちゅうううううッ♡

言うが早いか、俺の剛直はあっという間に彼女の膣内に迎え入れられた。

「んはあああああああッ♡」

「くぅうっ……！」

とろとろに潤んだ膣中《なか》は、ぎゅううぅっと肉棒を締め上げる。

「ううっ♡はあっ……奥までっ♡キてる……ッ♡」

俺を最奥へ迎え入れたことで彼女はびくびくっと身体を震わせる。

「わ、わたし……おもちゃで自分のその……んっ♡膜破っちゃったの……」

そ、そんなことあるのか……！

俺はエッチな女性の秘密を披露され、驚きつつも少し興奮してしまう。

「そうするとね……ァっ♡運気が下がるって話なの、でも……迷信だったみたい♡」

「……！」

「アリストくんみたいな子と……初めてのセックスできちゃうなんてっ……♡」

ふふっと照れくさそうに笑った彼女。今までの妖艶さとはかけ離れた可愛らしいそれに、熱い気持ちがこみ上げる。

「すみませんッ……俺……！」

——ずっちゅずっちゅずっちゅッ！

「あっ♡あっ♡あああああっ♡」

彼女への気遣いを放り出し、我慢できずに腰を突き上げてしまう。

「アリストくんのおち×ちん……はあっ♡すッ……すごいのっ♡セックス凄いぃいいッ♡」

嬌声《きょうせい》を漏らすロセーヌさんに、俺は嬉しくなる。

そんな彼女をもっと見たくて、俺は自身の目隠しを取り、紫のローブも乱暴に脱がせた。

「あっ♡アリストくん……ッ♡」

ぶるんっと溢れる大きな乳房。

大きめの乳輪と、ぴんっと立った乳首は綺麗なピンク色だ。

ほんの少しだけ左右に広がって実る果実は、美味しそうに俺を誘う。

「ロセーヌさんっ！」

我慢なんてしない。

彼女に誘惑されてから、ずっと触ってしゃぶりつきたかったおっぱい。俺は右の乳首を舐め回しながら、更に腰を揺さぶる。

「ああああぁッ♡あっ♡あっ♡おくっ奥に来てるゥッ♡おっぱいッ♡気持ちイイッ♡」

髪を振りながら乱れる彼女。じゅぷっじゅぷっと突くたびに涙を流す膣奥。

目の前で上下に誘う双丘がじっとりと汗ばんでいく。

――ぢゅるるるるッ！

「ちくびぃ♡ちくびイイッ……！　すってッ♡アリストくんッ♡」

先端に吸い付くと、彼女は嬌声を上げながら俺にぐいぐいと乳を押し付ける。

顔全体を乳肉に包み込まれながら、俺は欲望に浮かされるまま彼女の乳首を舐め回す。

「あはぁっ♡はあッ♡はあっ♡あああああああっ♡」

悦楽に腫れ上がった彼女の乳首を舌で転がすと、きゅっきゅっと膣中が肉棒を締め付ける。

「うっ……すごッ……！」

膣の奥がまるで吸い付くかのように、俺の亀頭にキスをして、じゅくじゅくの膣壁が搾り取るように撫で回す。

こみ上げてくる射精感に負けじと、俺は彼女の乳に顔を埋《うず》めながら更に突き上げた。

――パンパンパンッ！

お互いのももが当たるごとに響く、乾いた音に合わせて。

――じゅぷっじゅぷっぐぷっぷしゃっぷしゃっ！

彼女のいやらしい蜜が混ざり合う音が響く。

「だめぇ♡つよいっ♡アリストくんっ♡おま×こほじられてッ♡ばかにッ♡ばかになるぅっ♡」

色っぽい声で淫らな嬌声を上げるロセーヌさん。

だめ、と言いながらも彼女の蜜壷は、肉棒をぐっぷりと咥《くわ》え込み、いやらしい唇でぢゅるぢゅると俺をすすっている。二人の間には、そんな唇が零《こぼ》した愛液が糸を引いてすらいる。

「んっちゅっ♡ちゅっちゅっ♡ぢゅうるるるッ♡」

そしてフェラチオかと思うほどの口づけ。

同時に俺のローブを捲り上げ、彼女は俺の乳首を指でなぞる。

今日が初めてなはずなのに……どこまでも淫乱な彼女に、俺はついに追い詰められた。

「ううっ……ロセーヌさん、俺ッ……！」

つま先から昇ってくる抗《あらが》えない射精の予感。

それに急《せ》き立てられ、俺は濡れそぼった蜜壺を突き上げることに夢中になった。

柔らかい牝の身体が跳ね上がり、乾いた音が再び激しく響く。

「あっあっ♡イクのッ？　ああっ♡アリストくんっ……ンンンッ♡おち×ぽイク？　イク？」

彼女の言葉にさらに煽られ、俺はこくこくと何度も頷いた。

「うれしいっ♡射精してっ♡ま×こにッ♡お精子っあっあっ♡ほしいッ♡せいしちょうだいッ♡」

――パンパンパンパンッ！

「ああつよいッ♡ち×ぽつよいッ♡ま×こむりっ♡ま×こいくっ♡奥でいぐぅッ♡クる……ああっクるッ♡イグッいぐいぐま×こイグゥうううッ♡♡♡」

――ドプドプッ！！！　ビュルルルルッ!!!　ビュルルルッ!!!

淫語混じりの嬌声にとどめをさされ、俺は彼女の膣中に精を放った。

「ああああぁッ♡せいしっ♡せいし熱いッ♡あっ……あぁっ……あついッ♡」

びくびくびくっと何度も痙攣しながら、おとがいを上げ身体を大きく反らせるロセーヌさん。

彼女の美しい乳が目の前に差し出され、俺は瞬間的に彼女を抱きしめてむしゃぶりつく。

この女性を逃したくない、奥まで自分を刻みつけたい……！

本能的な独占欲を、未だ硬いままの肉棒で彼女に伝える。

じゅるるるるッ！　パンパンパンパンッ!!!

「あああッ♡凄いのぉぉぉッ♡ち×ぽ凄いィィッ♡♡」

濁った嬌声を上げながらも、俺に乳肉を強く押し付けるロセーヌさん。

「ダメエッッ♡お乳とま×この奥はダメえぇっ♡いぐぅッからぁっ♡あっすぐイクっ♡あぁッ♡ま×こまたすぐッ……イッ……イグゥゥゥ♡」

ぷしゃっぷしゃっと愛液を吹き出し、彼女の膣は俺の肉棒を強烈に絞り上げる。

「ううぅっ、ロセーヌさん！　また、出るッ!!」

「きてぇえぇぇッ♡せいしでイかせてぇえッ♡」

ぎゅうっと乳に包まれ、そのいやらしい乳首を吸い上げながら、俺はもう一度精を放つ。

――ドビュルルルルッ!!!　ビュクッビュック!!!

「あひぃッ♡ま×こあついッ♡イグゥッ♡んひぃッ♡んおッ♡♡♡……っ♡……ぉッ♡」

激しく痙攣する彼女の尻肉を鷲掴みにして押さえ、俺自身も射精の快楽にまかせて奥へ奥へと腰を突き入れる。

亀頭が彼女の一番奥へ何度も口づけし、膣奥は亀頭を逃さないように吸い付くかのよう。

「んはぁ……くるッ♡いくッ♡……っ♡……はあっ……ッ♡」

耐えきれず、ビュクッビュクッ……と最後の射精をすると、彼女はそれにも小さく絶頂を迎え、幸せそうなため息をついた。

「はっ……あっ……♡ありすとくぅん……ッ♡んっちゅ……ちゅううっ♡」

ふにゃりとした笑みを浮かべた彼女と、熱いキスを交わす。

「素敵でした……アリスト様……」

キスを終えた彼女に『様』と呼ばれるのは寂しくて。

「こ、これからは『くん』で呼んでいただけませんか……その、普通の時でも……」

そんな我儘《わがまま》を零《こぼ》すと。

「……っ♡♡♡」

彼女との濃密な口づけは、もう少しだけ延長になったのであった。

……本が欲しい時は絶対ここに来よう。

俺は幸せすぎるキスを味わいながら、そんなことを思った。

さて、俺は今、人生最高の気まずさを味わっている。

それは前世も含んだトータルの人生経験上、第一位のものだ。それはなぜか。

「……」

顔を真っ赤にしたオリビアに、鬼のような目で見下されているからである。

どうして彼女がそんな態度なのか。

「……こ、こんな時間までロセーヌのお店で何してたの？」

「うッ……」

俺は呻き声を上げてしまう。

何をしていた、どころかナニをしていたのだ……。

当然彼女に向ける顔など持ち合わせておらず、俺は自分のものになった店内で正座していた。

「あたし、息抜きしてきなさいっていったわよね？」

その通り。

ヌキヌキしてこいとは一切言われていませんね……。

俺は彼女のご厚意に甘えて、聖職者のローブを着て昼過ぎに休憩に出かけた。ありがたいお気遣いには感謝しかない。

だからこそ、夕方まで『ご休憩』してしまったことは、お詫びのしようもございません……。

こういう時は誠心誠意の謝罪しかない……！

「ごっ……ごめんなさいッ！」

はっきりと声に出し、俺は土下座した。

正直おかしくなっていた。

だってあの時、書店には心配したオリビアが来てくれていたのだ。

どう考えても俺を探してくれていたのに。ロセーヌさんの色香に惑わされ……気づけばエッチな下腹部に飛びついていたのだ……。

でも許して欲しい。最近ムラムラを発散できていなかったのだ。

色々な手続きで忙しく、自分でも抜けていなかったし。

かと言ってエフィさんに『ご奉仕』を強要するのも変だし、イルゼさんの『お戯《たわむ》れ』なんてもっとありえない。

若い性欲がただでさえ暴走気味なのに、メイドさん達の衣装は『夏だから』とか言って更にスカートが短くなっているし……。

「あ、ああいう時は、成すがままにならないようにしなさいよ……！」

俺の謝罪にオリビアは顔を赤くする。

や、やっぱりバレてたんだね……。

「あんたはね、初日の訪問からやらかしてるのっ！　あんなにニコニコ手を振っちゃって……！」

い、いや、あれはやれって言われたんだよ……？

「そうやって愛嬌《あいきょう》を振りまいたら、お、襲われても仕方が無いでしょ！　ふらふらと人の少ないお店にまで入って！」

……あ、あれ？

「お、襲われた……っていうのは？」

微妙に……そして致命的に何かが噛《か》み合っていない気がする……。

違和感を流せずに聞き返すと、オリビアは大きく目を見開き、さらに鼻息を荒くした。

「アンタが襲われたんでしょッ！　ロセーヌにッ！　じゅ、じゅぽじゅぽされてたでしょうがッ！」

た、確かに一杯しました……もっと言えば、ちゅうちゅうぱんぱんもしてたと思います……。

でも襲ったのは……ああいやいや、ロセーヌさんにねっとり妖艶にお誘いをされたのだ！

凄く嬉しかったけど！

美人で時々可愛らしい、素敵な女性に誘われて嬉しくないはずがない。いい匂いだったし、お尻もおっぱいも最高だったなあ……。

と思い返している俺はそのままに、オリビアのお説教は続く。

「首都じゃどうか知らないけどね……ここは女性都市よッ！　わかる？　アンタみたいな男がふらふらしてると、今日みたいなことになるの！」


——アンタ皆に狙われてんのよっ！


「……えっ!?」

オリビアの言葉に、俺は一瞬呆《ほう》けてしまう。

狙われてる……？　俺が女性に……？

いやいやそんなまさか……。

「世間知らずにも程があるでしょっ！　なによ『そんなまさか……』みたいな顔して！　馬鹿にしてんの!?」

「ばっ、馬鹿になんてしてないですッ！　ごめんなさいッ！」

烈火のごとく怒鳴る彼女に、俺は再び土下座する。

「ちょ、ちょっとは身をもって知るべきなのよ……」

まるで自分に言い聞かせるようにぼそぼそと言い出した彼女。

「……ったく、もう……あたしが一体……どんな……」

そこで俺は改めて現状を整理する。

この世界には男性が少ない。

この世界の女性はかなりエッチなことに興味がある。

そして。

――ウィメの女は皆こうですの。

――メイドも領民も待っていますの。

馬車の中でたっぷり吸い取ってもらった後のイルゼさんの言葉を思い出す。

つまりこの世界の女性は、あのイルゼさん達やロセーヌさんに限らず相当に積極的で。

その積極性は、男性を性的に襲ってしまうほどってこと……？

ま、待っているって……俺がエッチなことをするのを、待ってくれてるってこと……!?

「よく分かったでしょ、今回のことで。アンタの立場ってものが」

「た、立場……」

たどり着いてしまった信じられない答え。

俺は混乱したまま、彼女の言葉をオウム返しのように繰り返してしまう。

オリビアはそんな俺に再びため息をつく。

「いい？　アンタは男だけど、魔法が使えないから貴族じゃないの。ただペレ伯の息子ってだけよ。だからアンタを護衛して大事にするのは、ペレ伯の手前ってわけ」

親の七光りで、今の環境を得ているのは承知しているつもりだ。

俺が頷くのを見て、彼女は俺に言い聞かせるように語る。

「男で、若くて、女でも勝てそうなくらい華奢。その上首都からも疎《うと》まれているから、お咎めも無いかもしれない。護衛すら首都から派遣されなくて、女の護衛が見張ってくれてるんでしょ？」

オリビアはそこで腰に手をあて、しかもね、と更に続けた。

「変装してるとはいえ、不用意に女性にふらふらと近づく。そうしたら、悪いことを考える女もいるわよ。護衛にも気の迷いがあるかもしれないの。今日だって助けてはくれなかったわよね？」

呆《あき》れ混じりの彼女の言葉に、俺は気が遠くなりそうであった。

おいおい……すごいことになってるよ、この世界。

まるで、男子中学生の妄想じゃないか。

護衛さん達は、エフィさんに手を出したのを知っているだろうし、イルゼさんとの『ご休憩』もあった。俺がこの世界において異端であることはバレてるんだと思う。

だから彼女達は乗り込んでこなかったのだ。……た、多分見てたんだろうなあ……。

「もちろん全員が全員ってわけじゃないわよ。あっ……あたしだって何とも思ってないし！　それに、実際行動に起こす人なんてそうはいないけどね」

まあ、そうだよね。

女性が好きな女性だっているんだろうし、性欲があるって言ったって個人差があって当然だ。

それに本で読む分にはいいけれど、実際に男とするのは怖いって人もいるはず。

エッチに憧れがある童貞だって、がっつくか、オロオロするかの二択なんだし……。

「当然！　男が嫌、男が怖いって女だって少なくないわ。要するにアンタは珍獣みたいなもんなの」

だろうなあ。

この辺りは俺の見立ては間違っていなかったようだ。

「ロセーヌはああいうお店をやっているし、やっぱりその……そういうこと好きだし。それに、アンタが女性の身体が好きな変なやつかもって、イルゼから聞いてたから、さっきは見逃したけど……」

だ、大丈夫よね……？　と急に不安そうな顔になって聞く彼女に、俺は大人しく頷く。

気持ちよかったので、全然大丈夫です！

「そ、その……さっきは混乱してもいて……声をかけるのが怖かったの。あたしも、色々聞いて判断したつもりだけど……もしすごく嫌な思いしてたらごめん……！」

オリビアが少し涙ぐみ始めたので、俺は慌てて立ち上がる。

「い、いやいや大丈夫だって……っ！」

そっか、本当の意味で無理やりってことだと、相当問題だもんね……。

目の前で――正確にはカウンターの下で――いきなり始められたんだから、オリビアは驚いて恐怖を感じてしまったところもあったらしい。

俺が異端であるってことは分かってるけど、今回の行動が正しかったのか、きっと色々考えたに違いない。

「なのに帰ってきたら割とひょうひょうとしてたから……なんか、かっとなっちゃって……」

ひっくひっくと涙を流す彼女。

多分支援が決まってから、俺のこと色々聞いてまわってくれたりしたんだ。これは相当心配かけちゃったんだな……。

「心配してくれてありがとう。あ、あの全然嫌じゃなかったから！」

随分《ずいぶん》おかしな弁明だとは思うけど、彼女が妙に気負わないようにしたかった。

「そ、そうよね……嬉しそうにシてたし……」

……ん？

「たくさん……どぴゅどぴゅしてたし……」

……あれ？

オリビアは察してお店を出ていったと思ったけど……ま、まさかね。

確認したら叱られそうな気がしたので、俺は黙っておくことにした。

なんだかんだと、やっぱり彼女は優しいなと、そういうことで今は良しとしよう！

夕陽《ゆうひ》も随分傾いてきて、もうすぐ夜……しかし俺とオリビアはまだ店内に残っていた。

俺は叱られて、彼女はちょっぴり泣いてしまったけど。

なんだかそのことで、むしろ距離が縮まった気がして、そのまま二人で今後のお店についての話を始めていたのだ。

「光石って言うんだっけ……これ」

暗くなってきた店内に明かりを二人で灯す。

この世界では『光石』と呼ばれる発光する石が、照明の代わりだ。

魔打石《まうちいし》という別の石を、光石が付けられたものに軽くぶつけることで発光が始まるのだ。

「どうせほとんど馴染みがなかったんでしょ？　貴族って自分じゃつけないらしいじゃない」

「あはは……」

転生したせいで、馴染みがないどころか存在すら知らなかったのは黙っておいた。

明るくなった店内で、窮屈に詰め込まれたテーブルの一つを、オリビアと二人で囲む。

「で？　『これ』は、ロセーヌからのお詫びってこと？」

「あ……ううん、そういうことになるのかな……？」

テーブルの上には、俺がもらってきた大量の女性誌が置かれていた。

たっぷりと気持ち良くなった後、彼女が人気の雑誌を一冊ずつプレゼントしてくれたのだ。

「やっぱり流行とかあるんだ。服装とか、食べ物も……」

パラパラと色々な女性誌を見てみると、美麗なイラストでいわゆる服装のコーディネートや注目のお店のことなんかも書かれていた。

女性の興味の方向性は、前の世界とおおよそ同じなようだ。

「まあ首都関連が好きよね、皆。憧れがあるのよ」

「なるほど」

確かにほとんどの女性誌で、最新の流行として首都のトレンドが取り上げられている。

日本で言ったら都内のスポットや、街行く人の格好が特集されるのと似たようなものだろう。

「となれば……」

やっぱりそういったものに乗っかるのが一番だ。

安易かもしれないが、流行の力は本当に凄い。お店の営業に活《い》かさない手はないだろう。

コンビニでもそうだった。

マスメディアで煽られた商品はあっという間に売り切れ、下手をすると関連雑誌も即完売。

一時期のコンビニスイーツブームの時なんて、信じられないくらい入荷したのに、午前中で在庫切れになってしまうほどだったのだ。

もちろん『どきおさ』でも店の成長にあたって、『流行』は絶対に外すことのできない要素だ。

「『昼食』、俺はこれが使えるかなって」

「昼食ねぇ……。まあ確かに首都の流行りみたいだけど、ちょっと安易じゃないの？」

訝《いぶか》しげにするオリビア。

まあ確かにそうなんだけど、今はタイミングがとても良いように思うのだ。

「この間、イルゼさんが昼食をここで食べたことを利用したい」

イルゼさんの領内での人気は抜群らしい。

上品なのに愛らしさもある彼女は、女性にも好かれると思うし、その人気は頷ける。

「だからさ、イルゼさんが興味を持った昼食って、普通の女性も気にはなってるんじゃないかな」

自分が素敵だな、と思っている人のやっていることには誰しも興味を持つものだ。好きなアイドルや俳優さんの趣味の話だって、そういう心理が働いて盛り上がるんだと思う。

「それで、あのパンを出したいってことね？」

「そう！」

イルゼさんも褒《ほ》めたパンだ。

『首都』で流行していて、『イルゼ様』も認めた昼食。

女性の気を引くにはピッタリじゃないだろうか。

「なるほどね……上手に人気や知名度を利用してしまおうってわけ。アンタなかなかいやらしいこと思いつくわね」

悪そうな笑みを見せるオリビア。

けれど納得したように頷いて、悪くないわ、と褒めてくれた。

貴族の邪魔がなければ、それだけで充分に売りになったはずの美味しいパンだ。

その存在を知り、一度でも手に取ってさえもらえれば、かなり可能性はあるはずだ。

「でも……パンだけじゃ売上が厳しいんじゃないかしら。店員も足りないし……」

パン以外もとなれば、流石に二人じゃきつすぎる。それに売上がなければ店員も増やせない。

ただ賭けになるけれど……一つ策があるのだ。

「「……昼食だけ営業する……？」」

オリビアも同じことを思いついたらしい。自然と、俺達の声は重なる。

「ちょ、ちょっと真似しないでよ……！」

「あはは……」

顔を赤くした彼女が可愛いらしくて、俺はつい笑ってしまう。

「あ、あたしは、その。普段食べない昼食だから、軽いものでいいかなって思ったの」

その通り、この世界の昼食は定食みたいな食事である必要がない。

異世界生まれのアリストくんの身体で実感しているが、基本的に昼食が無くても平気なのだ。

「俺も、あのパンを中心とした品だけでいいと思ったんだ。種類はゆくゆく増やせたらいいけど」

「そうね。となれば材料費も抑えられるし、従業員だって沢山はいらないわ」

「ミミさんとリオナさん。基本はあの二人でいいんじゃないかな」

当然、俺も入るつもりだ。

「楽観的に考えれば、ね。そもそも『昼食』そのものが受け入れられるかわからないし、売上によってはミミ達の給与は相当厳しくなるわ。挽回の機会を自ら減らしているのだし」

昼しか営業しない、というのは尖《とが》っているだけに今は諸刃《もろは》の剣だ。

ミミさん達を抱えた状態で、賭ける、ということになってしまうのは避けられない。

「でも見込みはあると思うわ。そろそろやってくる『ルナ族』は食べることが好きだし、好奇心もあるわ。いつも良いお客さんなのよ」

そうか、そういえば狐の獣人さん達が来る時期だって言ってたな！

お客さんの絶対量が増える時期というのは、お店にとって確実に追い風になるはず。

「挑戦するにはいい機会ってことだね」

ええ、と頷くオリビア。

ただ、ミミさんとリオナさんを巻き込むという点がどうしても心配だ。

経営支援を受けているとはいえ、いきなり賭けに出て良いものだろうか……。

「……意外とまともなこと考えてるのね」

いつの間にか俺は自分の考えを口に出していたらしい。

それを聞いたオリビアは、ちょっと驚いたような表情を見せていた。

「絶対に上手くいく商売なんてないわ。だからどこかで『賭け』になってしまうのは必然よ」

大小はあるけどね、と彼女は俺の眼をまっすぐに見る。

「加えて『賭け』をするかどうか決めるのは、お金を出したアンタの権利でもある。でも自分だけのお店ではない、という感覚があるのなら、一緒に賭けをするか話をするべきだと思うわよ」

つまりミミさん達とお店の方針について話をして、ちゃんと理解を求めてみろってことだ。

「そうか……」

まったくその通り。考えてみれば当たり前のことをすっ飛ばすところだった。

コンビニでは俺じゃない人が方針を決めて、俺はそれに従って上手く回すだけだったけど……なるほどな、立場が違うとこうも見えるものが違うんだ。

俺は今まで感じたことのない責任感と、静かな高揚感、恐怖や期待……色々なものが混ざった感情を覚えた。

「やるなら日取りを決めるけど……？」

彼女の提案に俺は頷く。

ただその前に、大事なもう一人にも確認をしておかないとね。

「オリビアは、どう思う？」

「え……あたし？」

一緒に戦うのは従業員だけじゃない。支援をしてくれる彼女だって、自らの立場をもってこうして協力してくれるのだ。

「オリビアも、一緒に賭けをする側だと思ってるんだけど……」

そんな俺の気持ちを伝えると、オリビアははにかむように笑った。

「……あたしはアンタじゃなくて、あの美味しいパンに賭けることにしてるの」

少女のように無邪気に笑うオリビアに、俺は少し見惚《みと》れ。

結局、一緒になって笑ってしまうのだった。


ウィメ自治領の一角。

大通りからは随分と奥まり、石畳の舗装もややまばら。

昼過ぎのそこは、人通りが少なくなった商店街よりもさらに人気《ひとけ》がない。

「リオナちゃん！　そろそろ行こう！」

そんな裏通りの、あまり綺麗とは言えない集合家屋の一つに、ミミの声が響く。

その集合家屋は三階建て。

家の中央に共用の廊下と階段があり、左右に賃貸の部屋が用意されている。

家賃がとても安いのが特徴で、その分オンボロである。

その証拠に最近降り続いた雨のせいで、部屋の雨漏りが酷《ひど》かった。

「……わかった、今準備するから、待ってて……」

リオナは雨漏りを受け止めるために設置したバケツを片付けつつ、ミミに返事をする。

「わたしも手伝うよー！」

しかしミミは当たり前のように部屋へ乗り込み、リオナの部屋の中の窓を開け放った。

昼下がりの陽射しが、薄暗い家屋の中を明るく照らしだす。

スリングショット姿のミミは、ツインテールを揺らして元気に振り返った。

「雨やんでよかったねー」

ずんずんと部屋を歩き回り、いくつかあるバケツをさっさと片付けていくミミ。

部屋の主であるリオナは、そんな彼女に軽くため息をついた。

「ミミ……勝手に……もう……」

ミミも似たような集合家屋に住んでいるので、雨漏りの一つや二つ、彼女にとっても日常茶飯事なのである。

「いよいよ今日だね。新しい店主さんとの面接!」

『面接』という言葉にリオナは嫌そうな表情を浮かべた。

世界で一番嫌いな響きだ、と彼女は思ったからだ。

「……やっぱり、やめる……」

「ええっ!?」

リオナが零した言葉に、ミミはぴょんっと飛び跳ねるように声を上げた。

「……行きたくないもの……」

面接など世界で一番嫌いなものだと言っていい。職が無くなるのは痛手だが、知らない人と話すのはもっと辛い。

「ダメだよ! 約束したよね! あの本買ってあげたら一緒に頑張るって!」

ミミの言葉にリオナは顔をそむける。

「し、知らない……」

「あっ! ずるい! わざわざ本屋さんの奥まで行ったのに!」

面接を渋ったリオナは、『アリストもの』の本を買ってきてくれたら一緒に行ってもいい、と条件をつけたのだ。

例の外遊訪問《がいゆうほうもん》で一躍人気となった貴族の息子。その手の本を読むのが好きなリオナにとっては、彼をモチーフにした本は喉から手が出るほど欲しかった。

何しろ自身のパンを美味しいと言って、笑みまで浮かべてくれたらしいのだ。実際には目にすることはできなかったが、その様子を想像するだけでも濡れてしまう。

けれどその絶大な人気ゆえ、『アリストもの』はどこでも軒並み売り切れ。

だからきっと手に入らないだろう、リオナはそう高を括《くく》ってミミに頼んだのだ。

「は、恥ずかしかったけど！　買ってあげたのにぃ！」

ところが予想に反して、彼女はアリストものをしっかり買ってきてしまった。

「……うう……ありがたかったけど……」

そのこと自体はとても嬉しかったし、最近の夜が大変充実したとはいえ。

結果としてリオナは、新しい店主との面接に行くことを約束させられてしまった。

「ほらほら！　着替えてリオナちゃん！　今度の店主さんはきっといい人だよ、そんな気がするの！」

イルゼとアリストが来た日も、ミミはいいことありそう！　と言っていたことを、リオナは思い出す。

今回も当たればいいけれど……と彼女は着替えを手に取った。

「……どうかな……」

ミミとリオナが出会ったのは数ヶ月前のこと。食事処『レテア』で同僚になってからの付き合いである。

話すのは苦手だが、人の話を聞くのが好きなリオナ。

元気すぎて煙たがられてしまうこともあるミミ。

歳の近いそんな二人が友人になるのに、さほど時間はいらなかった。

とはいえ、仕事環境は壮絶であった。

休みが無いのは当たり前。おまけに、給与はディーブ伯爵の機嫌で左右されていた。

たまに様子を見に来れば、酷い罵声を撒き散らして帰っていき、そのたびに先輩従業員が一人、また一人と減っていくのだ。

リオナは初めこそ大好きなパン焼きに精を出せたが、それも途中で禁止されてしまった。

ミミは人が少なくなるたびに対応に追われ、品数が増えるごとに頭を抱えていた。

ミミは持ち前の元気さで。リオナはある種の諦めで。

お互いなんとか踏ん張ってはいたが、正直限界であった。

そして、ついにディーブ伯爵の癇癪《かんしゃく》によって、店は売却。

ミミとリオナは路頭に迷うところだったが、奇特な経営者が現れ、彼女達に一時金と、休日までくれたのだ。

正直、状況が今でもよく分かっていない。

とはいえオリビアの勧めと体力の限界もあり、とりあえずここ数日は久しぶりの休暇を楽しんだ二人であった。

……雨が降り続き、雨漏りと戦う毎日ではあったが。

「いいなあ、リオナちゃん。おっぱい大きくて！」

ミミはリオナの着替えをしげしげと眺める。

「……邪魔なだけ……」

リオナの際どいレオタードは、魔法を授かるための露出が多いことと、パンを捏《こ》ねやすいことを彼女なりに重視して選んだ服だ。

とはいえ乳肉がはみ出てしまうのは、リオナにとってはやや邪魔であった。

「お尻も綺麗だし……羨ましいよ……！」

「……普通のお尻だよ……」

ほとんど丸出しの、肉付きの良い尻。

ハイレグの角度がきつすぎて、前から見ても下腹部のほとんどは露出し、秘所だけが辛うじて隠れるくらいである。

とはいえ、リオナにとって、女性都市にとって。この程度の露出は日常であった。

「わたしも、リオナちゃんみたいなもちもちの身体になりたい……っ！」

お互い白い肌は共通しているが、幼い体型のミミと豊満体型のリオナは対照的だ。

「……私は……ミミみたいな身体のほうがいい……」

互いに無いものねだりをしつつ、リオナは靴下に脚を通す。

服は気に入ってはいないが、膝上まであるそれは奮発して買ったもの。

白のレース生地に彩られたそれは、リオナとしては勝負靴下である。

「ふふ……リオナちゃん、意外とやる気！　わたしも落とされないように頑張るぞー！」

しっかり面接を意識しているリオナに、ニンマリと笑みを浮かべ、ミミは元気よく腕を振り上げた。

「いこいこ！」

足取り軽く進むミミに、リオナはひっぱられるように集合家屋を後にする。

休暇前より確実に青さが増した空が、そんな二人を見下ろしていた。


「わ、わあ……！」

従業員用の出入り口から見慣れた店内に入った途端、ミミは声をあげた。

「リオナちゃん、なんだか凄い綺麗になってない？」

ミミの言葉に、リオナもこくりと頷く。彼女は無言ではあったが、店内の変化には驚いていた。

大きすぎると感じていたテーブル、こびりついた汚れがあったカウンターはピカピカに磨き上げられているし。

修理費を捻出できず割れたままだった大きな窓も、大きな板が張られて暫定的な対処が成されている。

「あら？　二人とも随分早かったのね」

と、後ろから聞き慣れた声がして振り返ると、美しい白髪の女性が立っていた。

「オリビアさん！　おはようございます！」

「……お、おはようございます……」

二人で彼女に挨拶をすると、オリビアは嬉しそうに笑みを見せる。

「良かった、ゆっくり休めたみたいね」

「はい！　雨でしたけど！」

ミミの元気な返事に、ギルド長はくすくすと笑う。そんな彼女に、ミミは疑問を口にした。

「そ、それで、オリビアさん。凄くお店が綺麗なんですけど……これは？」

リオナもミミも出勤していなかったし、先輩従業員が戻ってきたとも思えない。

「あ、それね。今から犯人が来るわよ？」

オリビアが悪戯《いたずら》っぽい笑みを零すと、店の裏手、さきほど通ってきた従業員用入り口のところが騒がしくなった。

がたがたっと扉が開く音がして、ミミ達の前に一人の人物が現れる。その人物はミミやリオナも着たことがある作業着を上下に着て、目隠しをしていた。

貴族様の訪問が無いのに目隠しとは変だ……とリオナが思っていると。

「遅刻よ？」

オリビアはその女性と知り合いらしく、ニヤッと笑い親しげに声をかける。

商業ギルドの人だろうか、などと考えていたミミとリオナであったが、次の瞬間。

「い、いや皆がこんなに早く来るとは思わなくって……」

「「!?!!!????」」

応じたその人物の声に、二人とも硬直することになった。

「はっ……ひっ……!」

まるで過呼吸になったかのようなミミ。

「……ぁ……ひっ……」

瞳を見開き、ぷるぷると震えるリオナ。

「えっ……な、なに……俺何かした?」

「あはは……ま、とりあえず奥へ行きましょ」

かちこちになった二人の背中を押しつつ、オリビアは新しく奇特な店主に声をかけ、外からは見えない調理場へ入るのだった。


「改めまして、オーナー……じゃなくて、新しい店主のアリストです」

店主の正体をもう一度確認したリオナは、身体中が沸騰するような感覚を覚えていた。

「ぁ……ぁ……」

経営側が男性になることはおかしなことではない。ただし、それはほとんど名目上の話だ。

それがまさか、面接に、しかも男性一人でやってくるとは。

本で見るよりずっと端整な顔立ちに、リオナはいまにも心臓が爆発しそうであった。

「あ、ありしゅとしゃま……っ！」

そして、一方のミミは最初から頭が沸騰していた。

パンを美味しいと言ってくれた時の笑みを見てからというもの、アリストのことを想わぬ日は無かったと言っていい。

リオナの分にかこつけて、こっそり自分の分も『アリストもの』を買ったのは言うまでもない。

なんとなく良いことありそう、と思ってはいたが、まさか憧れのアリストと面談で会うとは思ってもみなかった。

「もしかして……オリビア。言ってなかったの……？」

「ええ。そのほうが面白いかな、って」

混乱する二人の従業員を放って、オリビアは悪戯っぽく笑う。

「いやいやいや……面白くはないって……」

アリストは軽く頭を振り、ため息をついていた。

それから二人が少し落ち着いたところを見計らって、オリビアが状況の説明を始める。

「実はね――」

アリストが店主になって、お店は昼食専門のパン屋にしたい。

端的にそんな説明をされた後、肝心の店主も口を開く。

「前に食べさせてもらったパン、凄く美味しかったんだ。あれは……リオナさんが作ってくれたんいた。

リオナは——若干都合の良い解釈の入った——その素敵な響きに、今度こそ卒倒しそうになって
ただでさえ容姿が格好いいのに、声までいい。

「香りも凄く良かったし、あれならきっと皆喜んでくれると思うんだ」

香りが凄くいいのは貴方のほう……！

さきほどからふわりと漂う若い男性の香りに、リオナは自分でもわけのわからないことを言いそうになるほどであった。

しかも彼は、自分の大好きなパン作りをまたやっていいと言う。

彼女は夢ならどうか覚めないでほしい、と懇願したくなった。

ただ、彼の視線が、さきほどからはみ出した横乳を見ている気がする。

男性はだらしない肉を嫌う、と聞いたことがある。おそらく自身のだらしないこの胸が、気に食わないんじゃないだろうか。

リオナはその一点において、今起きていることは現実だ、と判断するに至った。

アリストからすれば、とんでもない勘違いであることなど知るよしもない。

「それで、ミミさん」

なんとか返事を絞り出すミミ。

「は、はひぃ……」

失礼な反応なのに、彼から返ってきたのは神々しいまでの笑みだった。

もうミミは頭の中がぐしゃぐしゃである。無論幸せすぎて、だ。

「ミミさんも凄く愛想が良くて、元気があって。お店の印象をとっても良くしてくれていたから、是非引き続き接客を――」

「やッやりましゅ！　やりますッ！　ミミがんばりますッ！」

彼女はスリングショットがはちきれんばかりの勢いで、手を上げる。

男性の話を途中で遮るなど、到底考えられないことだが。

こうしてお話しできることだってありえないのだ、とミミは混乱の中でも理解していた。

だからこそ、彼のお願いにはあっという間に反応したのである。

「い、いやいや……！　落ち着いて……！」

アリストはそんな彼女を一旦落ち着かせようとする。

ミミの背中をオリビアが撫で始め、しばらくすると彼女も落ち着いた。

「それでね。さっきも言ったみたいに、お昼しか営業しないってことで考えてるんだ」

アリストの声にうっとりしながら、ミミとリオナは頷く。

当然、一言一句聞き逃さず、寝る前に鮮明に思い出せるくらいにしておくつもりである。

「でも上手くいかないかもしれない。朝も夜もやっているところに比べると儲からなくて、二人のお給料も安くなってしまうかも」

と、彼は二人の前に数字の書かれた紙を出す。

そこにはかつての給与の二倍の数字が書かれていた。

「これがオリビアに教えてもらって試算したお給料の最低額なんだ。随分少ないみたいなんだけど……どうだろう……やっぱり納得できないかな？」

ミミとリオナは素敵な声でこの人は何を言っているのか、と思った。

これが『最低』……？

雨漏りが簡単に直せて、出勤用の服も変えられるかもしれない。

二人は目を丸くしながら、顔を見合わせる。

「あと、俺は表に出られない分、パン作りで手伝えるところは手伝うつもりなんだ。片付けとか、掃除とか！　もちろん営業日は必ず来るよ！」

調理場に彼が毎日来て、片付けや掃除……？

とんでもない美男子にこうして褒められて、あまつさえ毎日会える……!?

何故《なぜ》お給料が出るのかわからない。ミミとリオナはいよいよ目がチカチカし始めた。

「どうかな、リオナさん。上手くいく保証はないんだけれど……」

上手くイク……今夜もアリスト様で上手くイケそう……。

リオナはだんだんとわけがわからなくなりつつも、とにかく頷く。本来なら詐欺を疑う領域の話だが、オリビアが同席している。もはや断る理由などどこにもなかった。

「ミミさんも接客をお願いできるかな……？」

「やりましゅ！　じゅっとやりましゅッ！」

ミミも当然同じ気持ちであった。

男性と一緒に働けるなんて、そんな素晴らしいお店は聞いたことがないのだ。

「ふふ……よかったわね、アリスト」

現状を唯一正確に俯瞰《ふかん》できるオリビアは、頭が沸騰する二人の従業員を見て、頬を緩ませた。

ディーブ伯に悲しい思いをさせられた二人に、彼女は沢山驚いて喜んで欲しかったのだ。

だからアリストには。

彼が提示したお給料が、彼女達にとっては嬉しい額であること。

同じ部屋でお話をするだけでも本当は凄く喜ばしいこと。

そういったことは伝えていなかった。

彼が特別と感じないことは、彼女達に提供されるこれからの日常なのだ。二人にはその幸せを味わってほしい。

それがオリビアの思惑であり、願いであったのだ。

その発想こそ、彼女がアリストに対する考え方を変えたことの証左《しょうさ》なのだが、オリビア自身はまだそのことに気づいていない。

「よかった……！　ありがとうっ！」

そしてほっとしたアリストが、大きく感謝を述べ笑みを零すと。

「「ふあっ……」」

その笑みを間近で見た二人は嬉しさが限界を超え、ついに意識を手放してしまったのであった

――


夕陽に照らされる、路地裏の集合家屋群。

ミミさんとリオナさんが住んでいるという一角は、低所得者向けの住居だそうだ。

「ふぅ……助かったわ」

オリビアがその一棟から出てきて一息つく。

「まさか、ご子息自ら運んでくれるなんてね」

「いやいや、気絶させちゃったのは俺のほうだしね……」

俺が苦笑を見せると、オリビアもまた苦笑を浮かべていた。

ミミさんとリオナさんが一緒にお店を頑張ってくれる。

一生懸命頷いてくれた二人に、俺は普通にお礼を言ったつもりだったのだが。

男性慣れしていない二人にとって、そのことは中々に衝撃的だったらしい……。

結局卒倒した彼女達を家へ運ぶことになってしまった。

「あたしが妙なことを考えちゃったから……」

オリビアが申し訳なさそうにする。

店主が俺であることを隠していたのは、彼女としてはサプライズということだったようだ。

「二人とも一応アンタに一回会ってるし、そこまで舞い上がらないかなって思ってたんだけど……

ちょっと甘かったわ。迷惑かけてごめんね」

彼女の言葉に俺は首を横に振る。

彼女なりの思いやりの結果だし、まったく文句はないし、それに……。

「まさかアンタも運んでくれるとはね……」

意識を飛ばしてしまったミミさんを、大手を振っておんぶさせてもらったのだ。

文句どころか、商店街裏の人通りが少ないことに感謝しているくらいである……！

ちなみにリオナさんは、オリビアがおんぶして運んでくれた。

「俺も一応男だし！　女の子の一人や二人、おんぶくらいするよ！」

「男だから普通はしないのよ……」

俺の返事にオリビアは呆れているが、構うことはない！

女の子をおんぶするのが、こんなに素晴らしいことだとは知らなかった。

ミミさんのかなり控えめな胸がぽよぽよと……大変素晴らしかったです！

きっと俺が一言お願いすれば、護衛してくれているであろうメイドさんがやってくれたとは思うのだけど。下心には抗えず、そのままおんぶさせてもらった……というわけである。

「ひとまず、二人は納得してくれたってことでいいんだよね？」

「あれで納得してないわけないでしょ」

破顔するオリビアに、俺はほっと息をつく。

前オーナーの振る舞いはろくでもなかったみたいだから、男性自体を嫌いになってしまっていたら……という懸念が現実とならなくて本当に良かった。

「ルナ族が来るまでには少し期間があるし……アンタが言う通り、事前の営業はしてみるべきね」

彼女の言葉に俺は頷く。

ちょっと意味は違うかもしれないが、とりあえずプレオープンというのをやってみようと思っている。

オープン直後なんて、どんな店もてんてこ舞いになるものだ。お客さんが多い時期に営業したいからこそ、その前に少しでも営業に慣れておきたい。

特に俺がね……！

だからこそ、最大の営業チャンスの前に、予行演習的な意味でもパンを売ってみることにしたわけだ。

「二人には一日休んでもらって、明後日は準備。その次の日から営業にするのはどうかな」

「いいと思うわ。最初はあたしも面倒見てあげる」

「おお！　ありがとう！」

商売慣れしているオリビアが助けてくれるならありがたい。

「アンタも本当に出勤するの？」

「そりゃね！　俺はほら、給料のいらない人材ですから！」

何しろ生活は保障されていて、しかもメイドさん付き。給料をもらう理由がない。

店にとって俺の存在は――有能かはともかく――完全にズルなのだ。そしてこのズルのおかげで、ミミさんとリオナさんにも給与として還元できる。

「いずれは宮殿を出たいとは思うけどね……それが正しい在り方だとも思うし」

結局税金のお世話になっちゃってるわけで。

本当はその辺りもちゃんと自立しないとなあ、とは思うんだけど……。

思わずううむと唸る俺に、オリビアが口を開いた。

「平等なんてこの世にないわ。誰もが手元にあるものでやりくりするのよ。アンタはその手元がとても恵まれているだけ」

世知辛いことを言いつつも、彼女は優しい表情を浮かべている。

「商売なんだから、利用できるものは利用しなさい。そして」

――まずはミミとリオナに与えてほしい。

彼女の一言は、俺の胸の深い所にすとんと落ちるようだった。


食事処『レテア』の営業開始日は、早朝から晴天に恵まれた。

転生した日より色濃くなった青空を見れば、夏が近い、というのも頷ける。

「よっと……」

人気《ひとけ》の無い第三商店街の裏手で、俺は六本うさぎの背から降りた。

六本うさぎというのは、名前の通り六本の足を持ち、丸うさぎより二回りほど大きな種だ。

御者を含め、三人乗りくらいまでなら平気で、異世界版タクシーといったところ。

これからレテアへの通勤は、この丸うさぎを使うことになる予定だ。

御者は、お世話係であるエフィさんが務めてくれることになった。

「アリスト様、いってらっしゃいませ」

目隠し装備のエフィさんが、口元に笑みを浮かべて俺を送り出してくれる。

「ありがとう。行ってくるね」

そんな彼女との通勤は最高だった。

六本うさぎの背に乗っている時は、揺れますからお手はこちらです♡と、おっぱいに掴まるように誘導されたし。

「んちゅっ♡……ぇろっ……だんなさま……ぢゅうう♡」

いってらっしゃいの濃厚ベロチューで元気づけてくれる。

加えて、甘い声の「だんなさま」付き……！

初めて出会った時より綺麗に、ちょっぴり——かなり？——エッチになったエフィさんが、愛おしくてたまらない。

ああ……幸せ……。現世でこれやってもらえたら、仕事頑張れすぎて社長になってたと思う！

いや……俺が急に優秀になるわけじゃないし……それは無いか……。

よ、よーし！　お店頑張るぞ！


——と、思ったのだが。

「えっ……パンが焼けない……!?」

「……は、はい……」

俺より早くに出勤していたリオナさんが、小さな声で肯定する。

昨日一緒にパン生地を捏ね、一晩寝かせた……までは良かった。

「も、もしかして俺、作り方間違えてた？」

そもそも料理なんてほとんどしなかった男である、何かミスがあっても不思議ではない……。

「いえ！　……そ、その……排気管が……詰まってしまったらしくて……うぅ……」

リオナさんによれば、問題は生地ではなかったようだ。

今日になってパンを焼く機材に問題が発生してしまったらしい。

「……こ、この窯は……外から空気を入れて、焼いた空気を外に出します……」

……そしてその空気を排出する管が詰まったと。

このまま窯を動かしてもいいが、味にかなり影響があるらしい。

「まっ……『マネア』が無くなった白い空気が調理場に沢山出てしまうんです……」

「『マネア』……？」

聞き慣れない言葉を教えてもらおうとした時、我が店舗の看板娘達がやってきた。

「来てあげたわよ」

「お、おはようございますッ……！　アリスト様！」

ミミちゃん――昨日の準備で『ちゃん』と呼んでいいことになった――と、オリビアだ。

「二人ともおはよう。ミミちゃん、俺のことは『店長』でよろしくね」

「あっ！　す、すみません！」

『店長』というのは、『アリスト』の名前を出してしまわないようにする保険みたいなものだ。

これは、オリビアからのありがたいアドバイスを呑《の》んだ結果である。

男が店にいるのがバレると、商売のために男を見世物として扱ったとして、首都からお叱りを受けることもあるのだとか。

「で……何かあったのかしら。あまり顔色がよくないけれど」

察しの良いオリビアに促され、俺が今の状況を説明すると――

「そんなぁ……」

分かりやすく肩を落とすミミちゃん。

一方の俺は、コンビニで教わったトラブル対応法を思い出していた。

「それで……オリビア。『マネア』って何のこと……？」

こういう時、まずやるべきはトラブルの内容をしっかり把握することだったはず。

理解なしに焦って行動すると、大抵の場合トラブルは悪化してしまう。

幸い、仕込みの時間を含めてもまだ開店までは余裕がある。

「そ、そう……アンタ本当に魔法知らないのね……」

なんとも言えない表情になったオリビア。

どうやら魔法絡みの常識的な知識らしい……。

ふう、と息をついた彼女は、ざっくりだけど、と説明を始めてくれた。

「空気には『マネア』っていう眼に見えない……粉？　って言ったら良いのかしら、そういうのが入っているらしいのよ」

ふむ……なんか粒子みたいなものが飛んでいるってイメージかな。

「で、この窯もそのマネアを使ってパンを熱するのね。照明と一緒で、コンコンッて魔打石を叩くと使えるわけ」

魔打石は、この世界の色々な設備を動かす際のスイッチみたいなものだ。

設備の中に『魔導路《まどうろ》』と呼ばれる電気回路のようなものが刻まれていて、それを魔打石で叩くことで起動させる……という仕組みになっている、とニュートさんから教わった。

「このパン焼き窯《がま》は、マネアを熱に変えるっていう魔導路を使うの」

「じゃあその熱でパンを焼く……？」

「そ。でもそのうちに窯の中にマネアがなくなるから、逐次窯の中の空気を入れ替える必要があるの」

「で、それを手動でやってるってことか」

「そういうこと。でも排気が詰まると、空気が出ていかなくて上手く焼けないのよ」

現代で言うと、燃料が足りなくて焼けない……みたいなイメージか……。

加えて、マネアを窯で消費したことで発生する白っぽい煙で、調理場がモクモクになってしまうのだとか。

「……し、白っぽい煙が多いと、やっぱり……パンの味も落ちちゃうので……」

リオナさんが悲しそうな表情を見せる。

「ううん……素人には直せない？」

俺は窯から天井に向かって延びた真鍮《しんちゅう》っぽい色の管を指差す。

オリビアはふるふると首を振った。

「管そのものが詰まってるわけじゃなくて、空気を外へ追い出す魔導路が壊れてるって思ってもらうべきね」

魔法の素養が無い人間には、魔導路というのは直せないのだという。

「予備の排気筒はありますけど……これ……」

ミミちゃんが手に取って見せてくれたのは、排気管が詰まった時の非常用だという筒。

両手で持てるくらいの、蛇腹状のホースにクランクのようなものがついている。このクランクを手で回して、応急処置的に空気を排出するのだそうだ。

「……ミミ……それは、窯の中に空気が詰まった時に使うやつだよ……」

「そ、そっかぁ……」

排気はできるといっても、例えば窯が開かなくなったとか、設置時の動作確認用に使われる程度のものだそう。

「で、どうする？　修理にはそれなりの金額と時間が必要よ」

「どうしましょう、店長……」

窯を直すとなるとルナ族の皆さんが来る時期までに間に合うかどうか。ギリギリ間に合ったとしても、かなり慌ただしいオープンになる。

男性に来てもらわないといけないなら、色々面倒な手続きもありそうだし……。

「ううむ……」

一日営業を取りやめる？

でもそうなればミミちゃんとリオナさん、ギルドの評判がかかるオリビアも困るだろう。

お客さんにも迷惑をかけたくないし……。

「厨房の天井を取っ払えればいいけど、流石に無理よね……」

と、そこでオリビアが言ったことが、俺はとても気になった。

「それって、白い煙を店外に出せさえすればなんとかなるってことでいい？」

「まぁ一応はそうね。でしょ、リオナ」

「……は、はい……。厨房の中に籠《こ》もらなければ……」

なんだ、それなら簡単じゃないか。

「厨房の壁にさ、穴空いてたよね？」

「ああ……あれね。あれもなんとかしないと……って、アンタまさか」

オリビアの驚いた顔に、俺はニンマリと笑みを浮かべてしまう。

そうだよ、排気って悪いことばっかりじゃないはずだ！

色々なお店が現代だと利用していたじゃないか！

「いらっしゃいませ！」

食事処レテア改め、『昼時パン屋レテア』は熱々の焼き立てパンを並べ、見えるところは万全の状態でお客様を迎えた。

「店員さん、これ一つください」

「はーい！」

俺からすれば、大変過激な衣装の看板娘が笑顔で注文を取り。

「イルゼ様が美味しいって言ってたパンはどれ？　食べてみたいわ」

「それならこっちね。お一人様二つまでよ」

褐色美人のオリビアがそのサポートに大忙しだ。

それもそのはず、なんと初日から我が店は大盛況であったのだ。

古ぼけた店舗に多くの女性が集い、飛ぶようにパンが売れた……らしい。

というのも、俺はその様子を見ている余裕など無かったからである……。


「あぢっ!!　あ、あづいッ!!!」

作業着の俺が握っているのはミミちゃんが教えてくれた、緊急用の排気筒。

ホースの先が向いているのは、老朽化した厨房の壁に空いた穴だ。

「て、店長……大丈夫……ですか……？」

情けない声を出した俺に、窯の熱を調整しているリオナさんが声をかけてくれる。

「だ、大丈夫！　やってくれていいよ！」

それに、なるべく笑顔で応《こた》えると。

「……じゃ、じゃあ店長……いきます……」

彼女は窯についた大きなレバーを横に倒した。

ぶしゅうううっ！

すると窯が空気を吸い込む音が厨房に響き、俺の持つホースに大量の白煙が流れ込む。

「おらぁあああっ……！」

その白煙をホースについたクランクを必死で回し、壁の穴から店外へ排出する。

……それが開店初日の店長のお仕事であった。

「あぢぃッ！」

ただ、窯から伸びた緊急用のこのホース……すごく熱い。

壁の穴に突っ込んで固定できればよかったのだが、穴が微妙に小さい、ホースも強引に延ばさないと微妙に届かない……そんな二つの微妙が合わさった結果。

煙が出るたび、人力で壁に押し付けてクランクを必死で回す……という手法になったのだ。

しかしながらこの白い空気、ただ熱いだけではない。

「なんか、美味しそうなパンの香りしない？」

「あ!?　ここ、この間イルゼ様がいらしてたお店じゃん！……潰れたんじゃなかったっけ？」

通りからお誂《あつら》え向きの声が聞こえる。

そう！　この空気、とってもいい匂いなのだ！

何しろパンを焼いた後の排気なわけだから当然、焼き立てパンのいい香りがするわけだ。

現代を思い返せば、香りに釣られるなんてことは誰もが経験している。

焼肉屋さんの近く、ラーメン屋さんの近く。

もちろんパン屋さんの近く。

毎日豆の補充に追われたあのコンビニコーヒーも、香りを漂わせることが一つのマーケティングだったのでは……と考え。

この白い空気を思い切って道に出すことで、お客さんにいい香りに触れてもらう。

そうして集客に繋《つな》げてみよう、と思い立ったのだ。

「……よしよし……！」

店舗に入って左手がカウンター。さらにその奥が厨房というこのお店。

つまり店舗の左半分の外壁の奥は、まさにここ厨房なのである。

その壁に——しかも通りに見えるほうに——穴があいていたからこそできた、この作戦。

白い空気を、オンボロ壁を利用して通りに逃がすのだ！

「いい匂いだね～」

「お昼に何か食べるって凄い贅沢な感じじゃね」

人が——薄着の女性が——沢山来てくれている気がする！

見えないけど！

声しか聞こえないけど！

「よーし、いいぞ……！」

カウンター側もにぎやかだし、ひとまずは成功と言っていいだろう。

『どきおさ』なら、店長すごい！　と好感度上昇間違いなし。

可愛い店員さんとのエッチシーンも期待できる……というところだけど。

似ていても、ここは『どきおさ』の中ではなく現実だ。

「あぢぃッ!!!　ゲホッ！　ゴホッ!!!」

「て、店長っ!?」

「だ、大丈夫、平気だよ！」

手動排気になったことで、一度に焼けるパンの量は非常に少なくなった。

けれどパンは沢山売れてくれるから、何度も何度も排気は必要になるわけで。

焼き立てパンを随時店頭に出せるのはいいが、そのたびに熱風と戦ったせいで、もはや顔が痛い。

ホースを壁の穴に固定したかったが、その時間もなく、今日だけは付け焼き刃。

この昼を乗り越えるまではと、俺は矜持《きょうじ》にかけてやせ我慢をするのであった。

「リオナちゃん、まだ焼ける？　お客さん沢山来てくれてるの！　今日使う分の生地って、もうちょっと仕込んでたよね？」

俺が空気と格闘していると、厨房へミミちゃんが顔を出した。

沢山お客さんが来てくれたことは彼女にとっても好ましいらしく、朝よりずっと明るい声色だ。

ミミちゃんが元気で、かつ横から見るとセクシーすぎる格好で、店長は嬉しい……！

お店買ってよかった！

「……う、うん……仕込んでる……けど……」

一方のリオナさんは、すごく言い辛《づら》そうにしている。

そしてその視線の先は……俺。

「て、店長……!?」

ミミちゃんは俺の格好悪い状況に眼を見開いた。

そこに続いて駆け込んできたのはオリビア。

「ミミ？　追加のパン焼くならお客さん待ってくれるって……ってアンタ顔真っ赤よ！」

彼女もまた、俺の状況を見て目の色を変える。

「準備の時は、大丈夫って言ってたじゃない……！」

「店長……！　し、死んじゃいますよ……！」

二人の心配そうな表情は嬉しいけれど、ここは格好いい店長を見せてやりたい！

だから……俺は、大きく見栄を張ることにした。

「熱いけど平気だよ!!　顔が赤いのは……ちょ、ちょっと興奮してるだけだから！」

しかし、俺の強がりはあっという間に看破されてしまった。

「ば、馬鹿なこと言ってないで、すぐに休みなさい！　今からお店を閉めてもいいから！」

咄嗟《とっさ》に放ったセクハラめいた言い訳も台無しである……。

「いや、まだ頑張る。今日は最後までお店をやろう」

確かに熱い。でも……熱いだけだ。

「オリビアがせっかく宣伝もしてくれたんだ、今日を無駄にしたくないよ」

商業ギルド長の立場を上手に使って、今日の開店については彼女が宣伝してくれていた。香りも集客には貢献しているだろうけれど、この客足は彼女の宣伝が大いに関係しているに違いない。

そもそも、まずはお店を知ってもらわなければ話が始まらないのだから。

「確かに宣伝したけど……。でも……」

オープン日という二度は無い大事な日。こういうのって雰囲気が大事なのだ。

コンビニ店員として、新規オープン店舗のヘルプに行って体験したからよく分かる。

てんてこ舞いでも雰囲気の良いお店。

逆に焦りとイライラが募っていく雰囲気のお店。

初日のその差が、結局店舗の行く末に大きく影響してしまったりする。

何しろ予想外が一番起きるのが初日というもの。そこを皆で乗り越えられたら、それはきっといい店の第一歩なのだ。

「今日はオリビアが……皆が準備した大事な日だ。だから、俺も踏ん張るよ！　まずはお客さんに美味しいパンを提供して、お店を好きになってもらおう！」

そしてその雰囲気を作るのも……店長の仕事なんじゃないだろうか。

このお店なら楽しく働けそうだ、そうちょっとでも思ってもらうこと。

これからの毎日に期待してもらうこと。

お客さんはもちろん、店員さんだって大事にするべきなのだ。

それはきっとコンビニでも『どきおさ』でも異世界でも、大切なことだと俺は思うのだ。

「て、店長……！」

「……わかった！」

「……はい……！」

しっかりと頷いてくれた三人。

それぞれの持ち場に戻り、再びお客さんの相手を始め、パンが焼かれ……。

「ぐぅうっ！　お、おらぁああっ！」

俺も……もうしばらく白い煙と、クランク片手に格闘を続けたのであった。

うん、ランチのみの営業にする……という判断は、色々な意味で大正解だったな！

第五章　異世界領主による、爆乳意思確認

「いらっしゃいませー！」

ミミちゃんの元気の良い声が今日も響く。

ドタバタだった初日を乗り越え、約二週間。

夏まっさかりの雲ひとつ無い空の下、ベーカリーレテアは順調に営業を続けていた。

「……店長、焼けました……」

最近少しずつ眼を合わせてくれるようになったリオナさんが、窯《かま》からパンを取り出す。

「ありがとう！」

それを分類して、調理台の上に用意されたプレートに載せていくのは俺の担当となった。

排気筒を壁になんとか固定することができたので、排気用のクランクを回す時以外は手が空いたからである。

「おお、今日も美味しそう！」

「あ、ありがとう、ございます……」

あくまで感覚的にだが、異世界のパンというのはとても早く焼き上がる気がする。

だから生地さえしっかり用意しておけば、昼だけの営業でもかなりの数を提供できた。

このことが昼食時のみという特殊な営業を、経営面で力強く支えてくれている。

「あ！　できたわね。じゃあ、こっちから持っていくわ」

俺がプレートへパンを並べ終わると、丁度よくオリビアが顔を出し店頭へ。

「わー！　いい匂いです！」

「焼き立てですっ！　やったです！」

するとカウンター側で、にわかにお客さん達が騒ぎだすのが聞こえた。

ありがたいことに、今日も客入りは上々だ。

ただ、昨日までと今日とでその客層はがらりと変わっていて。

「買う前のパンに触っちゃだめですよー！」

「こらぁそこ！　順番守りなさい！」

今日からは黄色くて、もふもふで、無邪気な方々が押し寄せていた。

「はは、賑《にぎ》やかだね」

「……ミミも、オリビアさんもルナ族に慣れてるから……大丈夫……」

そう。ついにウィメ自治領に、二足歩行の狐獣人『ルナ族』の皆さんがやってきたのだ。

ぴんっとたった耳。

もふもふわさわさと動く可愛らしい尻尾。

カラフルな民族衣装のようなものを身に付けて、短い足でトテテと歩く彼らは、好奇心旺盛でちびっ子みたいな人達であった。

「きゃー！　おっぱい大きいほうが怒ったですー！」

「分かったです！　きっと『よっきゅうふまん』なんですよー」

「ごらぁああッ！　だまらっしゃいぃ!!　パン売ってあげないわよっ！」

「あああ！　オリビアさん！　落ち着いてぇ！」

そのためか、今日の店頭はきゃいきゃいと大変楽しそう？　である。

オリビアが凄い声を出してるけど……あれお客さんに対する態度じゃないと思うなあ……。

「本当に慣れてるの？」

「……た、多分」

リオナさんと二人で苦笑を浮かべつつ、一緒に焼き窯に生地を入れていく。

「……じゃあ、焼きますね……」

彼女は表情を引き締め、カンカンッと調理場に金属がぶつかるような音が響いた。

リオナさんが焼き窯の一部に魔打石をぶつけて、窯の魔導路を作動させる音だ。

大変そうだな、と思うのと同時に、そのたびにぶるんぶるんと揺れるおっぱいをありがたく拝見させていただく。

ありがとう……ありがとう……！

しばらくすると今度は熱の調整のため、リオナさんが金属製のレバーを操作した。

「店長、最初の空気……出ます……！」

――ぶしゅううッ！

レバーが倒されると大きな音がして、排気筒に白い煙が入っていく。

「ふっ……ふっ……！」

俺が排気筒のクランクを回して、可能な限り排気を促す。

手間はかかるけれど、薄着巨乳美少女と毎日一緒なのだ、まったく文句などない。

むしろリオナさんと少しずつ話せるようになってきていることが、嬉しくてたまらないくらいであった。

「美味しそうな匂いがするです！」

「パンです！　焼き立てパンですー！」

通りに排気している白い煙が、また仕事をしてくれたらしい。

ルナ族の皆さんの可愛らしい声につられて。

「……ふふ……」

「あはは」

なんともアナログなパン屋の俺達は、額の汗を拭いながら笑うのであった。

「今日もお疲れさまでした！」

片付けを終え、調理場へ戻ってきたミミちゃんが、元気よく挨拶をしてくれる。

用意していたパン生地をあっという間に使い切り、いつもよりかなり早く閉店となった。

「ミミ、貴女《あなた》元気ね……」

そして、ふらふらと後から入ってきたのはオリビア。

どうやらルナ族に相当遊ばれてしまったようだ。

混雑というのはお店の売上にとってはありがたい。

けれどそれは経営側からの話。店員にとってみれば、できたら混雑なんて無いほうがいいのだ。

「二人ともありがとう」

お疲れのオリビアと、ぴんぴんしているミミちゃんにお礼を言うと、二人は少し照れくさそうにしていた。

「リオナちゃん、ルナ族の皆さんも美味しいって言ってくれたよ！」

「……そ、そう……」

ミミちゃんに嬉しそうに報告されると、リオナさんは頬を緩める。

やっぱり美味しいって言われれば嬉しいよね。店長としても、味が伝わってほっとした。

「明日以降もしばらくはこの調子でしょうね」

ルナ族の一団は二週間ほどこちらに滞在するらしい。

その間は広場に市《いち》を出したり、あちこちを観光したりして楽しむそうだ。

見た目も性格も可愛らしいので、領民の皆さんもこの時期を楽しみにしているのだとか。

「で、窯はどう？」

オリビアが少し心配そうに見るのは、初日に騒動を起こした古い窯。彼女のツテで窯に詳しい方に一度見てもらった結果、当分は大丈夫とのことだった。

「……パンの焼き加減には問題、ないです……店長がすごく頑張ってくださっているので……」

「いやいや、俺は大したことしてないって」

俺達の言葉に、オリビアがほっと息をつく。

「パンの前に店長が焼けるのはやめてね。寝覚めが悪すぎるわ」

「店長がいなくなっちゃったら困りますっ!!　すっごく困りますっ！」

「あはは、大丈夫だって」

おかげさまで初日のような地獄は見ていない。とはいえ、いずれ本格的な修理は必要だろう。

「ルナ族の騒ぎが終わる頃には、修理工に来てもらえるようにしておいたわ。その後は工事でしばらく営業ができないでしょうけど……普段の客足も上々だし、問題ないでしょうね」

『昼食』という目新しさと、イルゼさんの知名度を活《い》かした戦略は間違いではなかったようだ。

収益も思った以上に上がっていて、窯の修理代はもちろん、とある目的のための金銭も確保できそうである。

と、ミミちゃんがぱっと手をあげて、俺のほうを見る。

スリングショットが彼女の身体に少し食い込む様は、相変わらず素晴らしい……！

「あの、店長。今日はイルゼ様にお呼ばれでは……？」

「あ！」

って、そうだった！

営業を開始してここしばらくの様子を報告するように言われていたんだった……！

「領主からの呼び出しを忘れるなんて、流石《さすが》に大物ね」

オリビアに笑われつつ、俺は聖職者のローブを作業着の上に来て、いつもの町外れまで急ぐのであった。


「二人とも、忙しいのにお呼び立てして申し訳ありませんわ」

深い色の赤絨毯《あかじゅうたん》が敷かれた執務室で、俺とオリビアはイルゼさんと対面していた。

もちろん、ニュートさんも一緒である。

「いえいえ！」

「ったく、本当よ。こっちは尻尾付きのお子様を相手してて疲れてるの」

オリビアの冗談に優しい領主様はふわりと微笑《ほほえ》む。

「ふふ。では二人とも、こちらへ」

宮殿の二階に位置するイルゼさんの執務室。

ソファと応接机、奥には綺麗に整えられた執務机がある。そして、その更に奥には大きな窓。

ぱっと明るくて、品が良くて、しかもいい匂い。

まるでイルゼさんの人柄を表現したような部屋た。

「どうぞ、こちらへお掛けください」

と、ニュートさんに促された応接ソファもふわふわで素晴らしい。

「ふぅ……極楽。流石領主様、良いもの使ってるわ」

隣に座ったオリビアが、そんな冗談を言う。

「中古の値引き品なのは内緒にしてくださいまし。領主の面子《めんつ》に関わりますわ」

イルゼさんは備品の秘密を披露しながら、対面のソファに腰を降ろした。

「それで、早速ですけれど。レテアの経営はいかが？」

興味津々といった様子の彼女に、俺とオリビアは現在の店の様子を説明した。

概《おおむ》ね順調な資金繰りや、不安点とすればパン焼き窯であり修理の予定があること。

ルナ族の皆さんにもパンは好評であることなどを聞いたイルゼさんは、少女のように手をあわせ喜んでくれた。

「まあ！　随分と順調ですわね！」

「素晴らしい滑り出しですね。この経営方針に関してはお二人で？」

続いたニュートさんの問いかけに、オリビアが首を振って俺を指差す。

「基本はこっち。あたしは帳尻をあわせる役目ね」

「貴女、少しは遠慮をするべきですわよ……アリスト様はお優しいですけれど……」

貴族子息を指差す大胆さに、イルゼさんとニュートさんはくすくすと笑っている。

「いやぁむしろ、オリビアが経営をしてくれていると言ってもいいかも……。経理面はかなり支援してもらってますから」

「あ、あたしはそれが仕事だし、ギルドの業務としてお給料もらってるんだから普通よ、普通」

店舗の買取から準備、開店、営業ときて、ここまでが一ヶ月あまりの出来事。

現代日本じゃ考えられないスピードだ。

そんな中、店員二人に危なげなく初任給を支払えたのも、数字面での管理を支援してくれている彼女のおかげである。

加えて店の準備期間に、一時金という形で生活支援をするように勧めてくれたのもオリビアだ。

「オリビアに言ってもらわなきゃ気づかなかった。ミミちゃん達も凄く喜んでくれてるし、修理の手配とかもしてくれてるしさ。俺よりずっと店主らしいよ」

「け、謙遜しなくていいの。昼だけにしたのも今の所正解だったし、おまけのやつも上手くいったじゃない」

照れ隠しなのか、少し大きめの声になったオリビア。

彼女が話す内容にイルゼさんが興味を引かれたらしく、こちらを見る。

「おまけ、とはなんですの？」

その大きな瞳が期待に輝いているけれど、そんなに凄《すご》いものではない……。

「今、うちの店ではパンを渡す時に、紙に包んでお渡ししてるんですよ」

沢山お客さんが来てくれても、店内席には限りがある。

なので、コンビニで肉まんを包むように、安い紙に包んで売ることにしたのだ。

異世界には食べ歩きの文化が無かったようだが、思いの外受け入れられ、今ではレテアパンは『食べ歩いてこそ』という認識が広まりつつあった。

「ま、いよいよ店内が無駄になり始めたわよね」

「そうなんだよなあ……」

オリビアの指摘通り、店内はただお客さんが並ぶ場所と化してしまったが、まあそれはそれだ。そもそも大きなテーブルも処分しちゃったし。

「あれはアリスト様のご提案だったんですね。それで、その紙がおまけ、ということですの？」

「あ、いえそうではなくて。そのパンの包装紙に、毎回数枚だけ印をつけてるんです」

「印を？　何に使うんですの？」

「印がついてる紙を持って来たお客さんには、パンを一つ半額にしてあげるのよ」

「ほお……！」

「まぁ……！」

ニュートさんとイルゼさんが関心しきり、といった顔をしてくれるけれど……これもなんのことはない。

前世で当たり前に行われていた『アタリ商法』である。

「それは、アリスト様がお考えになったの？」

「あ、あはは……前に本で読んだことがありまして……」

キラキラとした眼で見ないでください……よくあるやつなんです……！

「最初は『無料にする』とか言い出したから驚いたわ。でも、パンそのものの価値を落とすのは問題があるしね。あたしがやめさせたの」

ニュートさんが何度も頷《うなず》く。

「さすがに無料、というのは注目は集めるでしょうが、混乱も起きたでしょう」

アタリが半額というのはちょっとセコいかな、と思ったけれど。

この世界にとっては、それでも相当な衝撃だったようだ。

「目新しさとか、ある種の運試しみたいな感じでやってくるお客さんもいてね。ルナ族はパンを食べたら大急ぎで探してたわ」

「ふふ……楽しそうですわね」

あの子達はね……と苦笑するオリビア。

無邪気で好奇心旺盛な彼らには、このアタリ商法はとっても気に入ってもらえたみたいだ。

「メイド達から人気店になっている、とは聞いていましたけれど。経営的にも実験的で、大変おもしろいお店になっていましたのね」

「昼だけの営業っていう時点で十分変な店よ。でもミミもリオナも楽しそうに働いているわ」

朗らかな表情を見せるオリビア。

従業員にもしっかりと目を配ってくれる彼女ならではの意見だろう。

「素晴らしい成果です。私もお勧めはいたしましたが、ここまで経営に意欲を持たれていたとは思いませんでした。これもアリスト様の手腕ということですね」

ニュートさんに褒《ほ》められて、俺は照れくささと同時に、少しの居づらさも感じていた。

まだまだ至らないところだらけなのは事実なのだ。

「そ、そんなことは……」

そんな俺の心中を察してくれたのだろうか。

「アンタがお金を出すって言い出さなきゃ、そこで終わってたのよ？」

「逞《たくま》しいアリスト様でも、お店はお一人で出来るものではございませんわ」

それでも二人の女性は優しい笑みを見せてくれていた。

くすぐったいような、でも凄く心地良いような。

どこか深く存在を認められている、そんな温かく嬉しい気持ちで俺の胸は一杯になる。

「あ、ありがとう……ございます」

宮殿の皆と女性達がいつも……神様も温かく俺を支援し、背中を押してくれて。

エッチなことも、いつも女性達が最初に温かさと愛情を見せてくれた。

だから俺も恐怖心を乗り越えて、お店に挑戦できたし。

二十八歳まで貫いた童貞を乗り越えて、女性に触れられたのだ。

「……よし」

だからこそ日に日に、もっと変わりたい、という気持ちが俺の中で大きくなった。

『特異な男性だから』じゃなくて。俺だから、と慕ってもらえるような人に。

今度は俺から愛情を示せるように。彼女達みたいに、誰かの背中を押せるように。

「実は一つお話をしたいことがあって。オリビアにはもちろん、イルゼさん、ニュートさんにも聞いてほしいんです」

転生したといっても、有能になったわけではない俺。

気を抜けば前世と同じ、ぼんやりとした人生になるだろう。

そうならないためにも、提案や相談をしてみる積極性を忘れたくない。

「お話……ですの？」

可愛らしく小首をかしげたイルゼさんに、俺は頷く。

もしかしたら余計なお世話、と言われるかもしれないのだけれど……。

けれど、何事も言ってみなければ分からない。

転生後に学んだことを噛《か》み締めながら、俺は最近考えていたことを伝えることにした——


イルゼさん達への報告を終えて数日後。

ルナ族の皆さんが楽しげに駆けていく街中を、ゆっくりとキャリッジが進む。

暑さを感じる最近のウィメ自治領も、朝一番のこの時間帯は非常に爽やかだ。

「だ、大丈夫かな。ルナ族の人轢《ひ》いちゃったりしないかな……」

「相変わらずお優しいですね、アリスト様。大丈夫です、ケイトは特に優秀ですからね」

ハラハラする俺に、同乗してくれたニュートさんが笑った。

今日は久しぶりの公務のため、レテアもお休みだ。

かねてから依頼されていた外遊訪問《がいゆうほうもん》の日である。

ただ今日はそれだけではなく、その後もう一つ催しに参加することになっている。

むしろ、本日の公務の本番はそちらだ。

「随分前のことのように感じますね。こうしてアリスト様をお連れしたことが」

「あはは、確かにそうですね。この貴族っぽい服も久しぶりに着せてもらいました」

転生したばかりの自分を落ち着かせてくれたのは、間違いなくニュートさんの穏やかな雰囲気だったと思う。

その後も折りに触れ、色々と支援してくれている彼には感謝してもしきれない。

「では、アリスト様。女性達に……」

「あ！　そうですね！」

ついついルナ族ばかり目で追ってしまう自分をたしなめ、俺は笑顔を忘れずに手を振る。

ちなみに今日は俺の我儘《わがまま》で、皆さんには目隠しを外してもらっている。

レース生地の目隠しをつけた女性というのもそれはそれで素敵だけれど、なんだかお人形さんに手を振っているみたいで寂しかったのだ。

「ふふ……」

相変わらず、露出過多の美女ばかりの風景は、俺にとっては目の保養である。

加えて、今回は控えめに手を振り返してくれる人もいる。

照れくさそうな表情がたまらないし、腕に釣られて動くおっぱいも最高だ……！

「首都に戻られることがあれば、ウィメの女は暴動を起こすかもしれませんね。はは、アリスト様、愛想もほどほどにしてください」

「あはは、どっちもないですって」

冗談めかして笑うニュートさんに、俺もくすくすと笑みを返す。

こんなやり取りができるようになったことが嬉しい。

と、そこでキャリッジが停まる。

「アリスト様、会場へ到着いたしました。どうぞこちらへ」

エフィさんがキャリッジの扉を開けてくれる。

そんな彼女も、業務中だけれど目隠しはつけていない。

「ありがとう」

お礼を言った俺と視線が合うと、彼女は嬉しそうに笑みを返してくれた。

可愛い……！

たまらずこっそりとお尻を触ると、

「やんっ♡だ、旦那様……♡」

小さく声をあげ、頬を赤くする彼女。

けれど彼女は嫌がらないどころか、エッチなおねだりまでしてくれた。

「ま、また後でお願いします……♡」

……今すぐ結婚したい。まぁこの世界ではそんな仕組み無いと思うので、できるだけ長くお世話係をしてもらえたら嬉しい。

「で、ではこちらでございます」

ぱっと仕事モードに戻ったエフィさんが、先導してくれる。

案内されたのは噴水が美しい例の中央広場。

広場ではルナ族の市が連日女性達を楽しませているが、今日は一時的に交通整理が行われ、まだ一般の領民は通行止め状態だ。

しばらく歩くと、ぽっかりと空いた広いスペースで、イルゼさんがお嬢様的なお辞儀をしてくれた。

「ごきげんよう、アリスト様。お待ちしておりました」

今日は初めて出会った時と同じ、おっぱいが零《こぼ》れそうなドレス……!

俺は吸い込まれそうになる視線を無理やり引き離して、彼女の顔を見る。

「今日はよろしくお願いいたしますわ」

「こちらこそ、よろしくお願いします」

交通整理がされているとはいえ、珍獣と人気領主様がいるわけで。

当然張り巡らされたロープの向こうから沢山の女性達が見ている。

それを確認した上で、イルゼさんと俺は握手をした。

「ふふ……一番乗りですわね。どうかご無理をなさらずに。メイド達も総動員で警備いたしますわ」

嬉しそうに手のひらを撫《な》でるイルゼさん。

握手するだけでそんなにしてもらうと、照れくさいな……。

「あはは……ありがとうございます。夕方くらいまで頑張ります」

「承知いたしましたわ。それと……最後にはまたわたくしと握手してくださいませ」

花が咲くような笑みを見せられ、俺は幸せな気分になる。

これからのことに対する緊張も随分と軽くなった。

俺の心境が伝わったのだろう、イルゼさんは用意された台に登り、もう一つの公務の開始を宣言した。

「大変慈悲深いアリスト様からのご厚意です。ウィメ自治領の皆さん、深い感謝とともにお手をいただくように」

今日俺に課せられた公務は二つ。

一つは、外遊訪問。街道沿いの女性達に手を振って応《こた》える、あれである。

そしてもう一つの公務は、『御手会《ごしゅかい》』――そう、まさかの握手会であった。

「危険ですから、前の方を押さないようにしてください」

「順番をしっかり守るようにお願いします。皆さん一人ひとりの番はありますからね」

メイドさん達の言葉に従い、神妙な様子で女性達が俺の前に列を作っている。

なんでも事前抽選を勝ち抜いた方々が並んでいるそうだ。

「……こ、これは……すごい人数だな……」

ロープで整理された専用の通り道を、ずらりと女性達が並ぶ。

ぱっとしなかったコンビニ店員が、握手会の握手を求められる側になるなど、一体誰が予想しただろうか……。

「アリスト様、ご準備がよろしければ……」

「う、うん。大丈夫！」

先頭で列整理をしているメイドさんに頷くと、いよいよ最初の女性がやってきた。

「あ、アリストさま……そ、その、あの……」

ぷるぷると震えながら手を出す女性。とても緊張されているので、ゆっくりと手を握る。

すべすべの手は強く握ったら壊れてしまいそうなほど。

あまり強くしないように両手で包むようにしてみた。

人気の出る女性アイドルはこうする、みたいなのをテレビで見たのを思い出したからだ。

「こんにちは。えっと……」

しまった、何を話したらいいか分からない……俺の握手会の知識はもう尽きてしまった……！

「あ、ああ、アリストさまぁ……！」

しかしそんな心配をしている間に。

彼女は涙を流しながらがくがくと脚を震わせると、幸せそうな顔でメイドさん達に支えられて去っていった。

「え、ええと……喜んでもらえたのかな……」

「ふふ、充分でございますわ」

「……ちょ、ちょっと長いくらいかと」

隣に控えてくれているイルゼさんと、エフィさんがそれぞれ感想を述べてくれた。

どうやら、これで良かったらしい。

「そ、そっか」

俺はほっと胸をなでおろしつつ、次々とやってきてくれる女性達と握手を続けていった。

「アリストさまっ……」

「はあ……素敵な手のひらですぅ……！」

「あ、ありがとうございます……もう洗いません……！」

手はちゃんと洗ってくださいね……。


しばらくそうして握手を続けていると、よく知る女性がやってきた。

「き、来てあげたわよ……」

顔を真っ赤にした商業ギルド長さんだ。

「あらオリビア、興味無いって言っておりましたのに」

イルゼさんにくすくすと笑われ、オリビアの頬は更に赤くなった。

「そっ、その、付き合いだから。同僚として、様子を見に来ただけだから！」

初めて挨拶した時、彼女は握手をしてくれなかった。

そんなオリビアが、こうして並んでまで顔を見せてくれたことが、俺は言い表せないほど嬉しかった。

「オリビア、いつもありがとう」

他の人より少し強めに手を握る。

男性にも勝ち気な彼女の手は、思った以上に細くて。

水仕事もするはずなのにしなやかで、すべすべで。

オリビアの女性らしさが詰まったような手のひらだった。

「……っ！」

こくこくと壊れた機械のように頷いた彼女は、一度だけぎゅっと握り返してくれて。

「あっ、ちょっと……!?」

ずんずんと去っていってしまった。

なんだか小学生の照れ隠しっぽい動きに、俺は思わず頬が緩んでしまう。

「あらあら……ふふ……」

「オリビアさん、可愛らしいですね」

両隣の女性達も同じだったらしく、楽しそうな声をあげる。

「あ、アリストしゃまっ……！」

と、お次に顔を見せてくれたのは、エプロン無しのスリングショットが眩《まぶ》しい看板娘。

ミミちゃんだ。

「いつもありがとう、ミミちゃん」

「～～っ♡はいぃいっ♡」

小柄な彼女らしい小さな手のひらを握る。

ミミちゃんはぱあっと音がしそうなほどの笑顔を咲かせ、何度も何度も腕を振ってくれた。

反応が可愛らしくて、少し長めに談笑してしまう。

「……ミミ……ずるい……長い……」

「だ、だってぇ……」

そこへ後ろから、ずいっと顔を出したのはリオナさん。

「リオナさん、来てくれたんだ！」

「……は、はい……」

どちらかと言えば人混みを避けそうなタイプなのに。

わざわざ足を運んでもらえたことが嬉しい。

「美味しいパンをいつもありがとう、リオナさん」

「……っ♡♡」

顔を真っ赤にした彼女と握手をすると、そのまま俺の手を抱きしめるように胸元へ……。

「っ！」

手の甲に幸せな感触が……！

しかも、手がおっぱいに沈んだせいで、タダでさえ面積が足りないレオタードが中央に引っ張られて……にゅ、乳輪がはみ出してる……っ！

「……はあっ……はあっ……お、お店、がんばります……！」

「う、うん……よろしくね……！」

はみ出した蕾を一切気にすることなく、リオナさんは決意を述べてくれた。

「さ、お二人ともお時間ですよ」

心なしか鼻息を荒くした彼女は、ミミちゃんともども時間切れでメイドさんに連行されていく。

イルゼさんはその様子に楽しそうに目を細めていた。

「随分慕われておりますのね。流石ですわ、アリスト様」

「あはは……そうだといいんですけど……」

一方の俺は、リオナさんの刺激的な姿で大きくなりかけた息子を叱りつつ、次の方との握手を始めるのであった。


無事、異世界の握手会『御手会《ごしゅかい》』が終わると、続いての公務として、今度はルナ族の市《いち》にご挨拶回りとなった。

人族男性による視察は、ルナ族の皆さんへの最大限の敬意を示すことになるのだそう。

特別に貸し切り状態となった市を、イルゼさんやエフィさん、護衛のメイドさんと共に回る。

「いらっしゃいませですー！」

「アリストさまー、イルゼさまー、こっち見ていってくださいですー！」

ずらりと並んだ出店からは、ルナ族の愛らしい声が次々とかけられる。

なんだか小学校の文化祭みたいな感じで、凄く和む。

「アリスト様、気になるお店がございましたら、足を止めてあげてくださいまし」

隣を歩くイルゼさんの言葉に、俺は頷く。

「おお……」

色々な出店の中で、俺が足を止めたのは装飾品を扱《あつか》う小さなお店であった。

用意された木製机の上には、美しく光るアクセサリーが並んでいる。

「アリストさま、どうぞ見てってくださいです！」

可愛らしく椅子に座っていたルナ族の店主が、ぴょんと椅子に立ち上がり耳を揺らした。

日本ならこの愛嬌《あいきょう》だけで、商品が売り切れてしまいそうだなぁ。

「凄い……これは宝石かな？」

品揃《しなぞろ》えの中で特に目についたのは青く透き通った石。大きさは三本の指で持てるくらいだ。

美しく磨き上げられ、石の中央に模様が浮かんでいるように見える。

「それは魔打石《まうちいし》なのです。僕が彫り込んだのです！」

狐さんそのままの顔なのに、表情が豊かなルナ族の店主。

えへんと胸を張る彼が差し出してくれたので、手に取って眺めさせてもらう。

「石のあちこちに彫刻をすることで、石の中に模様を浮き上がらせるのです。ルナ族の伝統的な工芸品ですわね」

きゅっと身体を寄せて一緒に石を覗きこんだイルゼさんが、丁寧に説明をしてくれた。

おお、これ……なんかアクセサリーを見て回るデートみたいだ……！

どうも石の中では複雑に光が屈折するらしく、まるで一輪の花が中にあるように見える。

「こっちは……？」

「それは髪留めなのです！　ルナの民は木工工芸も大得意なのです！」

「あら！　素敵ですわね」

ぶんぶんっと尻尾を振る店主に癒やされながら、そちらも見せてもらう。

花模様や、幾何学模様、立体的な装飾など。これは日本でも充分に人気が出そうだ。

手先が器用なだけじゃなく、彼らはとても美的センスがいいんだろう。

あまりそういうものに詳しくない俺でも、思わず目が奪われるのだから相当だ。

「お勧めはどれかしら。何か特に自信作はお有りでして？」

イルゼさんが聞くとルナ族の店主は、どれも自信ありなのです、と胸を張った後に。

「これがお勧めなのです。イルゼ様の髪の色ともきっと相性が良いのです！」

そう言って、淡い青色に輝く宝石があしらわれた髪留めを差し出す。

こちらの世界でも、髪留めは装飾品としても普及しているようだ。

「まあ……！　素敵なお色の宝石がついていますわね。これは？」

「『ペイル』という宝石なのです。気持ちを前向きにする力がある、と言われていて、きっと領主様のお助けになるのです！」

耳をぴこぴこと動かして、彼は自信満々の様子で語った。

彼が語る石の効果は定かではないが……装飾はとても美しい。

それを見ているうちに、俺は憧れを一つ叶えてみようと思い立った。

女性とアクセサリー店に寄ったなら、あれだ……！

「じゃあ、それをください」

「わあ！　ありがとうなのですっ！」

俺の声に、ぴょんっと飛び上がるように喜んでくれる店主さん。

「あ、包まなくって大丈夫！」

いそいそと――これまたお洒落な――袋に包んでくれようとする彼を止めると。

「？？　……あ！　なるほどなのです！」

店主はにっこりと微笑んで、俺に髪留めを手渡してくれた。

「あ、アリストさま……？」

俺は勇気を出して、イルゼさんに向き直る。

「よかったら、今日の記念に。いつもお世話になっていますから……」

と、俺がそこまで言うと、彼女はもともと大きな瞳を更に見開いた。

「わ、わたくしに……お、贈り物でして……？」

良くしてもらっているお礼にしては安すぎるけれど……と俺が濁すと、彼女はぶんぶんっと何度も首を横に振った。

「そ……その、一つ我儘を言ってもよろしいかしら……」

顔を真っ赤にした彼女が、瞳を潤ませて言う。

俺との身長差的に上目遣いになったその視線の破壊力は抜群だ……！

こくこくと頷くと、彼女は俺に背を向けて恥ずかしそうに続けた。

「と、留めてくださる……？」

もちろん……！

恐る恐る彼女の腰まである美しい髪に触れると、そっと隣からエフィさんが手を貸してくれて、器用に領主様の髪をまとめてくれた。

俺は完全にお膳立てされてしまったそこに、少し震える手を押さえつけながら髪留めをつける。

「凄く……似合ってます」

デート経験すら無い男の、何のひねりも無い言葉だったけれど。

振り返った領主様は、首まで真っ赤にして。

「一生大切にしますわ……」

と素敵なお返事をくれたのだった。

もちろんその後、青髪のメイドさんにも別の髪飾りをプレゼントしたのは言うまでもない。

「うふふっ……ご機嫌ね、エフィ」

「はいっ♡」

髪飾りを撫でる二人の笑顔がとても眩しくて、俺は心底ルナ族の店主に感謝するのだった。

空に少しずつ赤みが差す頃。

俺とイルゼさん一行は公務を終え、再び執務室へ戻っていた。

「アリスト様、今日はお疲れさまでした」

「お疲れさまでした」

応接ソファに向かい合って座り、互いにお辞儀をする。

メイドさん達やニュートさんも仕事へ戻り、珍しく二人きり。

それでもさほど緊張はしていない。これも、彼女が持つ柔らかい雰囲気のおかげだと思う。

「イルゼさんには直前で色々やっていただいて……急なお話だったのに、ありがとうございます」

「いえいえ、いいんですのよ。領地としてもありがたいお話でしたわ」

柔らかい表情で頷くイルゼさん。

例の髪留めでアップになった髪型が、とても新鮮だ。

「あ、あまり見ないでくださいまし……」

「ああいえ！　新鮮で素敵です！」

そんな……と、はにかむイルゼさんはとても可愛らしい。

上品だったり、可憐《かれん》だったり……やっぱり魅力的な女性だ。

「改めて、御手会はいかがでございましたか？」

「凄くいい経験になりました。ちょっと手が痛いですけど」

「ふふ……沢山のお方と握手されておりましたものね」

あの握手会、実は俺の希望を叶える形で準備していただいた公務であった。

「本当に御手会をされるなんて……アリスト様にはいつも驚かされてしまいますわ」

俺としては薄着な女性達を間近で見られるし、皆には感謝されるしで、ちっとも仕事感はなかったけどね……。

そして、この御手会にはもう一つ目的があった。

「さきほどニュートに確認しましたけれど、ふふ……予想以上の額になっていましたわよ」

悪戯《いたずら》っぽい表情を見せたイルゼさんが、綺麗な紙を応接机の上に載せた。

そこには……かなりの金額が記されている。

「い、いいのかな……こんなに。俺握手しただけなのに……」

「握手後に寄付を求めただけですわ。とてもいい笑顔で皆寄付をしてくれたと聞いております」

そう……今回の御手会のもう一つの目的とは、この寄付金であった。

外遊訪問で寄付を集め、懐《ふところ》を温める貴族様もいるらしく、御手会を開催して寄付を集めないのは、むしろおかしい、とさえ言われてしまうほど。

その風潮をありがたく利用させてもらい、今回は寄付を集めさせていただいたのだ。

もちろん、懐を温める予定はない。

「それで、どうですか？　これで、集合家屋はなんとかなりそうでしょうか」

ミミちゃん達から、集合家屋では雨漏りも日常茶飯事と聞いて、なんとかしたいと思っていたのだ。

今後のことも含めて、何か良い方法はないだろうか……と相談した結果。

俺の『異端さ』を活かして御手会で大規模に寄付を募り、自身の懐に入れるのではなく、思い切って集合家屋全体に還元する――という話になったのである。

「もちろん。これなら領地が管理している分は建て替えができますわ」

嬉しそうに頷くイルゼさんを見て、俺も温かい気持ちになった。

修繕が目標だったが、まさか建て替えとは……。

予想を超える事態だが、領地の税金をいただいている身だ。

お世話になっているウィメ自治領へ、第一弾のお返しとなれば嬉しい。

「本来なら領地がやるべきことですけれど……財政的に後手に回っておりましたの。情けないですが、大変助かりましたわ」

改めて御礼申し上げます、と彼女は立ち上がり深々とお辞儀をする。

「あ、ああ……いやいや。そんな……」

先端以外がほとんど見える双丘に目を奪われながら、なんとか返事をする。

「けれど……」

そこで、顔を上げたイルゼさんが憂いを帯びた表情になった。

そしてそのまま執務机の後ろの窓に向かい、俺に背を向けて立つ。

「わたくし……まだ、決めかねていますの。……工事をするかどうか……」

窓にそっと片手をついた彼女は、顔を半分だけこちらに向けて言う。

「えっ……何か問題があるんですか……？」

彼女の深刻そうな声色に、思わず腰を浮かせると。

イルゼさんは、そのままゆっくりと頷き、俺を側《そば》に寄るように促す。

呼ばれるがまま、彼女の隣に立つと、茜色《あかねいろ》が濃くなった空の下、そこには宮殿の中庭が広がり、手入れをする数人のメイドさんの姿が見えた。

「……男性がここまで女性に気を配ってくださるなんて、まだ信じられませんの」

イルゼさんはかすれるような声で言うと、俺に背を預けるように寄りかかる。

例の髪留めが俺の胸に当たり、カチャリと音を立てた。

「……ですから『お気持ち』をしっかり、熱く伝えていただかないと……」

彼女の声が急に艶《いろ》っぽくなり。

その手がドレスの胸元に掛かったかと思うと。

——ぶるんッ！

イルゼさんは、自らその白い爆弾を陽《ひ》に晒《さら》したのだ……！

「アリストさま……こちらにしっかりお伝えくださぃ……♡」

いつの間にか彼女に取られた俺の手は、そのままするするとその双丘へ導かれていく。

あっという間に肉丘に登った俺の手は、直接的な誘惑に辛抱などできなかった。

「イルゼさん……！」

後ろから抱きしめるように、露《あら》わになった二つの果実を揉み込む。

「あんっ♡アリストさま……っ♡」

彼女は嬉しそうに身体をよじり、乳肉を掴《つか》む俺の手に自身の手を添《そ》えた。

「その調子ですわ……♡」

ああ……やっぱりすごく柔らかい……！

豊満という言葉がぴったりな両乳。

重力などないかのように張り出すそれを、俺は両手で鷲掴《わしづか》みにし、揉みしだく。

「あ……はっ♡もっと……お気持ちを教えてくださいましっ……♡」

自在に形を変えるその様さえ、視覚的に情欲を煽《あお》る。

ピンッと勃《た》った乳首はいつからそうだったんだろう。

まさか、真面目な話をしていた時から……？　そう考えると俺の興奮はますます高まった。

「ンンっ♡アリストさま……こちらも……♡」

股間に密着して淫らにくねる彼女のお尻。それによって肉棒は愛撫され、すでに戦闘態勢になっていた。

「お硬い決意を、直に感じさせてくださいまし……♡」

イルゼさんはするするっとドレスの裾をあげ、美しいお尻を露出させる。

そこに現れたのは一糸まとわぬ桃。

「イルゼさん……下着は……」

彼女は頬を染めて、顔をそむける。

「素敵な贈り物をいただいた後に、使い物にならなくなってしまいましたわ……」

帰りの馬車の中で脱いでしまいましたの、と小さく付け加えた彼女に、俺の肉棒はさらに硬さを増す。

「んふぅっ♡逞しいですわっ……♡」

その肉棒は股間に伸びてきたしなやかな指によって、あっという間に取り出され。

「うぁっ……」

「ああっ♡」

彼女のもちもちの尻たぶの間に優しく案内された。

すでに洪水状態の愛液はその谷間さえ濡らしていて、ぬちゅっといやらしい音を立てる。

「あっ♡お乳きもちいいっ……もっと♡もっと教えてくださいましっ♡」

淫らな案内に劣情を煽られ、俺は彼女の硬くしこる乳首を指で転がす。それでも足りずに、普段の髪型では見えないうなじと首筋に吸い付いた。

「んひぃっ♡アリストさまぁッ……♡んんッ♡うンっ♡」

身体を反らせた彼女が俺の首に手をかけて、そのまま唇が繋《つな》がる。

口づけと同時に激しく絡み合う舌。

「んふぅっ♡ちゅぷっ♡ンあぁッ♡……れぇろッ……ちゅぱっ♡」

口づけをしながら乳を捏《こ》ねると、うねる桃尻が肉棒をさする。

お尻の肉がおっぱいみたいに柔らかい……！

嬌声《きょうせい》をあげる領主様は、その股ぐらからポタポタと愛液を絨毯に垂らす。

「ああぁっ♡そこはぁ……っ♡♡」

牝《めす》の唇が潤んでいることを知って、俺はそこへ指を進ませた。

充血した花びらに指が到達すると、肉付きのいい内ももをびくびくっと震えさせる彼女。

「んぉっ♡はぁあっ♡ああっ♡アリストッ♡さまぁ……はぁあッ♡」

もはやその脚にはほとんど力が入っていない。

俺は後ろから抱きつくようにして、震える彼女を支える。

「あ……」

と、太陽が雲に隠れたらしく茜色の陽射しが少し弱まった。

すると……光の加減が変わり、窓にイルゼさんの姿がはっきりと反射し浮かび上がる。

「あ、いや……♡」

腰が砕け、ひくつく両脚。

その中央は牡《おす》の指に支配され、それでも溢《あふ》れる淫らな汁が床に滴る。

窓に映しだされたのは、そんなどこまでも淫靡《いんび》なイルゼさんの姿だった。

「わっ……！」

光の加減が変わったのは室内だけではなかったらしい。

庭の整備をしていたメイドさん達が、明らかにこの部屋を気にしている。

「やっ……やぁっ……みないでぇっ……♡」

窓の構造上、ドレスから放り出した彼女の巨乳は丸見えのはず。イルゼさんは恥ずかしそうな声をあげはするものの……結局は腰をくねらせるだけ。

むしろ愛液はさらに溢れ出し……彼女は明らかに感じていた。

「あっ♡アリストさま、お指をぉっ♡おやめになってっ♡あっ……ぉんっ♡」

「イルゼさん……見られていますよ……」

高まる情欲にまかせ、彼女のいやらしい下の口を更に指でこね回す。

「ぉっ♡……だ、だめなのっ……♡おま×こおやめになってぇ……♡」

見られて明らかに欲情したイルゼさん。

彼女のいやらしい反応に、俺の指は止まるはずもなかった。

「いじわるなさらないでぇっ♡ぉッ♡おま×こ弱いのおッ♡あっ♡はっ♡ああっ♡」

上品な執務室に響く、媚《こ》びるような甘い声。

窓に映る、悦《よろこ》びと羞恥が入り混じった表情に煽られ、俺は尻肉にはさまれた肉棒も彼女の膣を突くつもりで動かしてしまう。

「あっ♡だめっ♡出るっ♡ありすとさまっ♡おしる出るっ♡イクっ♡イかせてくださいましっ♡」

おねだりの間もびちゃびちゃっと愛液を吹き出すイルゼさん。

こんなエッチなおねだりに応えないわけにはいかない……！

俺はそのままイルゼさんの唇を奪い、左手で大きな乳肉を絞り、右手の先で彼女の可愛らしい淫豆を軽く引っ掻いた。

「んんんっ♡ぷはぁっ♡でるッ♡おしるでるッ♡見られてるのにぃッ♡おま×こ汁でるぅッ♡いッ♡いくいくイクイグゥウウウウッ♡♡♡」

――びしゃあああぁッ！

不安になるほど腰と脚をひくつかせ、イルゼさんは背筋を大きく反らせて大量の愛液を吹き出す。

むっちりとした脚が小刻みに絶頂に震え、肉棒をはさんだ尻肉がぎゅっと締め付けを強くした。

「んはぁッ……あッ……ぉッ……はぁ……っ♡」

絶頂の余韻に身体を震わせる彼女。

外からは全てが見えなくとも、イルゼさんに何が起こったのかは分かってしまっただろう。

ちらちらと気にしていただけに見えたメイドさん達が、今や完全に主の痴態を凝視している状態だった。

「いじわるですわ……アリストさま……♡」

「イルゼさんだって、すごくいやらしくて……うっ……！」

肉棒を擦《こす》られる感触。

イルゼさんの細い指が、自らの尻肉からそれを解放し、激しくしごき始める。

――にゅちゅっにゅちゅっ……。

先走りでぬめる肉棒は、そんな手淫ですら、まるで肉壷を突いた時のような音を立てた。

「まだ……まだ足りませんわ……♡もっと、もっと熱くて、粘っこくて……白いもので教えてくださらないと……♡」

「あっ……くっ……！」

――じゅちゅっじゅちゅっ！

上下に動く親指がカリを責め立て、四本の細い指達が裏筋をじっとりとこすりあげる。

絶頂で火がついたイルゼさんの指が、俺の肉棒を這い回る。

「……♡」

「あ……!?」

ところが、その手は急に止まってしまう。

俺が情けない声を出すと、彼女は窓に手をついてこちらへお尻を突き出した。

ドレスのすそは脇へ流れ、シミひとつない白い桃が惜しげもなく見せつけられる。

「……どうかお願いいたします……。メイドに見られて濡らしてしまう淫らな領主に、アリストさまを……初めての男性を、奥まで教えてくださいませ……♡」

じりじりっとイルゼさんは自らの脚を開く。

ぽたっぽたっと床へ落ちる甘い汁。

だらしなく……いやらしくよだれを垂らす秘裂が露わになる。

「い、いいんですか……？」

「ええ……アリスト様のものにされてしまう所を……見せつけてくださいまし♡」

ああ……なんて嬉しくて、いやらしいお誘いなんだ……！

「イルゼさんッ……！」

「いらしてッ♡」

上品な領主様の、淫猥な本性と。

部屋中に振りまかれた牝の香りにあてられ、俺は彼女の熱い沼に肉棒を突き刺した。

——ずぢゅぶぶぶッ！

「おっ♡大きいッ♡はあんッ♡そんなおくッ!?　奥すぎッ……おくッ♡おくッ……だッ♡だめだめだめぇぇぇぇッ♡」

ぷつりと柔らかな膜を貫き、そのまま最奥へ到達した瞬間。

イルゼさんは尻肉を激しく揺らしながら、身体を反らせて震えた。

「イルゼさん……」

きゅんきゅんっと締め付けてくるぬかるみに驚きつつ、彼女を後ろから抱きしめる。

「イキましたの……ッ♡奥までいただいただけで……ぁっ……またイクッ……♡♡」

びくんびくんっと再び身体を揺らすイルゼさん。

彼女は相当敏感になっているらしく、ゆったりと両乳を撫でるだけでも嬌声をあげる。

「はあっ……♡ああっ……♡アリストさま……ぁっ♡」

「ぐっ……ふっ……！」

しばらく動かずにいると、彼女の膣壁がじょじょに俺の肉棒へ吸い付き始めた。

愛液の海のようだったそこは、ぎゅうっと締め付けを増していく。

気を抜けば、あっという間に精を絞られてしまいそうだ……！

「お気持ち……くださいっ……♡もっとお気持ちおしえてくださいまし……っ♡」

「はい……っ！」

――パンパンパンッ!!

――ばちゅっばちゅっずぢゅっずぢゅっ!!

彼女のおねだりに応え、俺は初めから激しくぬかるみを突き上げる。

バックの体勢の彼女に抱きつき、その魅力的すぎる双丘も欲望のまま揉みしだいていく。

「あっ♡はああっ♡アリストさまのお気持ちすごいぃっ♡イイッ♡おきもちイイのぉおッ♡」

見られていることを忘れているのか。

それともそのことにますます欲情しているのか。

彼女はがくがくっと脚を震わせながら、外に聞こえるのではないかというほど甘い声を上げる。

「あっあっあっ♡おち×ぽッ♡たくましいっ♡おちちイイっ♡おちちもおち×ぽもイイのぉッ♡」

奥を突き上げるたび、ぶしゅっ、びゅびゅっと愛液が吹き出すのが分かる。

牝壺はますますうねり、肉棒を締め付け、なで上げていく。

「ううっ……！」

「イイッ♡アリスト様凄いぃッ♡」

快楽に浮かされたイルゼさんの腰は、こすりつけるように動き始め、さらに俺の剛直に甘く媚びていく。

下腹部で跳ね回る白い尻肉。

両手に納めた極上の果実。

そしてその先に咲いた、ピンクの花は俺の指にすり寄るように震える。

ああ……なんて素晴らしい身体なんだ……！

こんな素敵な女性が、俺に全てを許してくれるなんて……！

こみ上げる幸福感と射精感に促されるまま、彼女の腰を押さえつけ、肉棒の突き込みはより深く、激しくなっていく。

「あああッ♡おち×ぽだめッ♡あっあっあっだめですわッ♡おち×ぽッ♡大きいのクるッ♡またすごいのキちゃうッ♡」

――ばちゅっばちゅっばちゅっ!!

彼女が絶頂に昇り始め、反り返った身体が窓に映る。

普段なら絶対に見せない悦楽に浸った顔。

緑の瞳からは嬉し涙が一筋流れ、解放された両乳が跳ね回っている。

庭のメイドさん達はそんな主の痴態を、固唾《かたず》を呑《の》んで見守っていた。

「はあっ♡大きく……ッ♡なってぇッ♡んっんっ♡おきもちだしてくださいましっ♡……熱くてッ粘っこいお気持ちッ……わたくしに教えてぇッ♡」

彼女の気持ちが表れたのか、その脚はもはやガニ股状態で震え、洪水状態の淫らな汁は激しい突き込みで窓にまで飛び散る。

いつも品を忘れない彼女を、俺はこんなに乱れさせたんだ……！

淫らな表情を見せてくれる彼女を独り占めしたくなり、俺は更に激しくピストンをしてしまう。

「ぁあああッ♡すごい、アリストさまぁッ♡」

イルゼさんが嬌声を上げ、窓ガラスに豊満な乳房が押し付けられた。

広がった乳肉が、イルゼさんの背中のラインをはみ出して揺れる様はまさに絶景……！

「そこぉッ♡そこだめですのぉッ♡アリストさまぁっ♡わたくし、イ……くッ♡♡♡」

その絶景と激しい嬌声、強く締まるイルゼさんの膣中に誘われ、煮えたぎる精が駆け上がった。

「……イキますっ……！」

「はいっ……♡はいっ♡おきもちぜんぶ出してッ……膣中《なか》に全部ぅッ♡」

そして……大きく腰を引き、俺は思い切り彼女の沼の最奥を征服した。

「おきもちすごいぃッ♡おきもちでイグッ♡ぜんぶ見られてイぐゥッ♡ありすとさまぁああッ♡いくッいぐッいぐイグゥうぅウウうッ♡♡♡」

――ドクドクドクッ!!!　ビュルルルルッ!!!　ドビュッ!!!

押さえつけられていた精が、イルゼさんの一番奥で爆発する。

音が聞こえそうなほど、放った精液がびしゃびしゃと膣壁に跳ね返っているのが分かった。

「あはああッ♡……んはぁッ……熱いッ……♡……キてる……アリストさまの……クるッ♡」

「っと……！」

絶頂に大きく反り返ったイルゼさんが、ガニ股の脚を震わせながら前へ倒れそうになる。

「ンあッ……♡はあっ……あっイクッ……♡」

後ろから抱きとめると、露わになった乳肉を上下に震わせて、彼女はもう一度だけ達した。

「はあっ……はあっ……ぜんぶ……見られてしまいましたわ……♡」

イルゼさんはゆっくりと顔をこちらに向け、ふにゃりと笑みを浮かべる。

「アリストさまと繋がったところ……全部見せつけてしまいました……あんっ♡」

ぬるっと剛直が彼女の女陰から抜け出し、イルゼさんは甘い声を上げる。

ふと窓の外を見やると、メイドさん達の姿はもう無かった。

気まずくなって撤収してしまったのかもしれない。

「ふふ……きっと一人で慰めるのですわ♡アリストさまのおち×ぽを想像しながら……♡」

「えッ……!?」

悪戯っぽく笑い、彼女はその姿勢のまま俺の首に腕を絡める。

そのまま互いの唇が深く繋がった。

「んちゅっ……♡ぢゅっ♡むちゅっ……ぇろっ……♡エフィばかりお構いになるのだもの……わたくしのことお嫌いなのかと……」

「そんなわけないです……っ！」

「うれしい……♡んちゅっ♡」

淫猥な匂いがじっとりと充満した執務室で、繋がったまま優しいキスを交わす。

すると少し弱まっていた夕陽が、再び室内を照らし始めた。

「俺の気持ち伝わりましたか……？」

口づけの合間に俺が聞くと。

彼女は満足そうにゆっくりと首を……横に振った。

「あ、あれ……？」

俺の首にかかっていた腕を動かし、イルゼさんは髪留めを外す。

さらりとまとめられていた美しい金髪が、ロングに戻る。

「一晩中教えてくださらないと……分かりませんわ♡」

振り返ったイルゼさんの身体から、すとんっとドレスが落ちて。

彼女の美しい肢体が茜色に浮かび上がり――

宮殿で二度目の夕食抜きの晩が、始まったのだった。


「……っ」

オリビアがそれを見るのは初めてではない。

最初はロセーヌの書店で。

赤いカーテンの隙間から見えたその様子。

よく知る店主と、まだよく知らなかった若い男が激しく抱き合う様子は今も瞼《まぶた》に焼き付いたまま。

見てはいけない、と思うほど眼が離せなくなり。

二人が大きく身体を震わせる頃には、もう股ぐらの涙は溢れるほどだった。

あの光景で、どれほど自分を慰めたか、もうオリビア自身でもわからない。

――そして今。

見慣れた扉の隙間から、彼女は再び男女の秘め事を目の当たりにしていた。

「ぢゅちゅるるるッ♡んっんっ……♡ぇろっ……♡」

「あっ……イルゼさん……気持ちいい……っ」

「んふっ♡ちゅぽっ……アリストさまのお汁美味しい……♡もっとください♡んぢゅるるッ♡」

親友とも言える存在が、一糸まとわぬ姿で跪《ひざまず》き。

今はよく知る男性の股ぐらで、卑猥な音を立てながら肉棒をすっている。

自分も座ったことのあるソファで行われるその行為は、とにかく淫猥で。

彼女が頭を動かすたびに呻《うめ》く彼の表情を見ていると、どうにかなってしまいそうだった。

ダメなのに……見ちゃダメなのに……！

オリビアは自身の倫理観とは裏腹に、食い入るようにその光景を見つめてしまう。

「ぢゅるッ……♡ぢゅちゅっ♡ちゅぽっ♡んっんっんっんッ♡」

「ああっ……！」

整頓された室内は、親友の口淫も、熱心にしゃぶられている肉棒も隠すことがない。

学生時代より一回り大きくなったように見える、イルゼの乳房が揺れる様子もよく見えた。

汗ばんでいるそこに、彼の手が伸びる。

「うンッ……んふぅっ♡ぢゅうっぢゅっぢゅぽっ♡……はあっ……ちくびイイのぉ♡」

「こりこりになってます……イルゼさん」

「あんっ♡強いの好きっ……もっとしてくださいまし……んぇろっ……ぢゅぶっ♡」

いつも品を失わない、友人から見ても美しい彼女。

けれど今は牝の喜びに浸りきり、下品さすら感じさせる淫靡な表情を見せていた。

オリビアがこの時間に宮殿に立ち寄ったのはたまたまだった。

アリストが立ち寄ったルナ族の市《いち》。

そこの店主が、アリストから美味しいパンの匂いがする！　なる発言をして、ちょっとした騒動になっていたことを、報告するためだったのだ。

メイドの案内を遠慮して、執務室に直行すると耳に入ったのは、ぱんぱんっという音。

そして、聞き覚えがあるけれど……聞いたことが無かった嬌声が中から聞こえてきたのだ。

ああ……。

「……ずるい……イルゼ……」

思わず小さく声を零してしまい、慌てて口を塞ぐ。

幸いなことに情事にふける二人には気づかれなかったようだ。

同時にオリビアはそこで、自身が零した言葉の意味に気づく。

男なんて……みんな豚だと思っていたのに……。

熱心に肉棒をしゃぶられる彼——アリストだけは、オリビアにとってはもう別の存在だった。

確かに最初から彼は少しおかしかった、とオリビアは思う。

女性が手で捏ねて作ったパンを、躊躇《ちゅうちょ》することなく口に運び、美味しいと頬を緩める男がいるとは想像もしていなかった。

その上、握手まで求められた。世の女性にとって、その行為がどれほどの価値があるのか知らないのか。

彼は危険なほど無邪気で、胸が締め付けられるほどお人好しだった。

いつからだろうか、と彼女は思う。

突飛な方針を言い出すだけじゃなく、一生懸命数字を確認し。

店の準備も片付けも、当たり前のように一緒にやり。

出した成果は、まるごとオリビアの手柄ということにしてくれていた。

彼が頑張る姿。大盤振る舞いと言えるほどに見せる笑顔。少し手を伸ばしたら触れられそうなほ
どの人懐っこさ。

なんでもいい。彼の側《そば》にいたい。あわよくば、触れてほしい。

彼女は思わず零した自身の一言を反芻《はんすう》しながら、自らの心の叫びにたどりついた。

「イルゼさんっ……だめだ……イクッ」

アリストの切羽詰まった言葉で、オリビアは改めて目の前の光景に引き戻される。

「らひてっ♡おしゃせいひてッ♡ありすとさまのッ♡ンンッ♡お汁のみたい……ッ♡♡」

――じゅぞっ！　じゅぞぞぞッ！

肉棒の先を頬が凹《へこ》むほど吸引し、ぬめる竿をイルゼの手が激しく手淫する。

金髪を耳にかけながらしているせいで、その全てがはっきりとオリビアの瞳に映った。

「くっ……はっ……！」

苦しそうに――いや、気持ちよさそうに腰を浮かせ、天井を仰ぐ彼。

イクの……？

出すの……？

生唾を飲み込んだオリビアは、無意識に扉の隙間に顔を近づける。

「おしゃせいくださいましッ♡……ぢゅるるッ♡いっぱい飲ませてぇッ♡ぢゅぞぞぞぞッ♡」

「イクッ……！」

アリストが女を惹《ひ》き付ける表情で、反り返る。

そして。

――ビクッビクッ!!

「んんふぅッ♡♡♡」

激しく腰を暴れさせ、イルゼの喉奥を突き上げるようにする。

よく知る同期の領主は、一切それを拒むことなく彼の太ももをがっちりと掴み、肉棒に吸い付いて離さない。

「んんッ♡ぢゅるるるるるッ♡んっんっん♡んくっんくっんッ♡」

……彼の精液を飲み干しているんだ。

イルゼの頬がうねっているのも……きっと激しく舌でおねだりしているんだ……。

唇の端から飛び出すくらい溢れているのに、それでもまだ……。

オリビアはまるで彼女の口内を覗いているような気持ちになった。

きっと熱くて、白くて、粘っこくて……愛しい精液を、イルゼが味わっている。

彼女の恍惚の表情がそれを分かりやすく証明している……。

「うぅ……ずるい……ずるいわ……」

情けなく漏れてしまった言葉。

そして彼女は、ほとんど無意識に自身の秘裂に手を伸ばす。

ぐっしょりと濡れたそこに、パンティの上から指を滑らせる。

「んっ……♡ふぅ……っ♡」

執務室の前は誰が通ってもおかしくないことなど、湿った吐息を漏らし始めたオリビアの頭には無かった。

彼女が食い入るように見つめる淫らな光景は、艶《なま》めかしさを増していく。

「んぷはぁっ……♡」

「はあっ、イルゼさん……凄すぎです……」

「ふふっ♡女は皆、はしたない本でお勉強と練習ばかりしていますの♡」

にゅちっにゅちっという音は、勉強熱心な領主が彼の剛直を扱《しご》く音。

驚くべきことに、彼の立派な男根はまだ雄々しくそそり立っていた。

「素敵ですわ……アリストさま♡逞しい……♡」

「イルゼさんの手が、いやらしいから……」

そんな、と照れたようにするイルゼ。

そこだけを見ればいつもの彼女だが、今は豊かな乳も全て放り出した全裸だ。

いつものイルゼと、普段絶対に眼にすることがないイルゼ。その倒錯的な光景に、更に拍車がかかる。

「次は前から……『お気持ち』を教えてくださいまし……♡」

彼女はそのまま応接机に仰向けにころがり、自らの脚を大きく開いて見せたのだ。

同性から見てもすけべな格好。

彼女は恥ずかしそうに、けれど嬉しそうに膝裏を自身で抱え――おそらくじゅくじゅくに潤んだ――女陰をアリストに見せつけている。

「……っ……イルゼさん……！」

そんな彼女のいやらしいおねだりに、彼は喉を鳴らして覆いかぶさった。

「いらしてくださ――あああああッ♡♡♡」

オリビアの耳にもはっきりと届く、ずじゅぶっという水音。

それは、愛液の沼をこじ開け男根が女性器を征服する音だった。

イルゼが開いた脚の陰になり、繋がった場所は見えない。

しかしその音と、悦楽に身体をくねらせる親友の痴態だけで、オリビアの蜜を溢れさせるのには充分だった。

「……はぁッ♡……だめっ……なのにぃっ……♡」

彼女は親友が貫かれるのに合わせて、浅く自らの秘所に指を入れる。

当然、今日彼が握手してくれたほうの指である。

ずぶ濡れのパンティは、自身でも気づかないうちに膝まで降りていた。

「ああっ♡あっ♡あっ♡アリストさまっ♡おきもちっ♡イイッ♡硬くて太くてぇッ♡」

覆いかぶさられたイルゼは、甘えるようにアリストの首に両腕を絡め密着する。

前後にゆすられる二人の身体の合間から、大きすぎて零れ落ちた乳が揺れていた。

――パンパンパンパンッ！

――ずぢゅうッずぶぅッぢゅっちゅッ！

牝と牡が絡み合う音は、それだけでオリビアの頭をぐずぐずに溶かしていく。

「んっ♡はあっ♡あっ……♡ありすとっ……♡ありすとっ……♡」

心惹かれてやまない彼の名を呼びながら、彼女は自身の蜜壺を弄《いじ》る。

オリビアの太ももを伝う愛液の量は、どんどんと増えていく。

「アリストさ、んんっ♡ちゅうぅッ♡んむっ♡ぷはぁっ♡すきっ♡ありすとさまっ♡すきぃッ♡」

「俺もです……ッ……イルゼさんっ！」

「ああっ♡うれしぃッ♡んあっ♡ふかいっ♡ふかすぎっ♡ですわぁッ♡ダメェっ♡んひぃッ♡」

隙間なくぴったりと抱きしめあった二人は、熱い口づけと愛を交わし合う。

「あ、あたしもっ♡……ありすと……っ♡あたしもぉっ……♡あっあっ♡」

羨ましさと興奮。

オリビアの頭は完全に背徳的な悦楽に支配され、ますます彼女の指は激しく膣壁の浅い場所を擦りあげる。

「すごいっ……はあっ♡ありすと……牡の顔してるっ♡ああっ♡」

上体を起こし、イルゼの乳を揉みしだき始めたアリスト。

時折すごい音を立てて、その先端を吸い上げ、そのたびにイルゼが身体を震わせている。

ああ、なんて素敵な顔してるのよ……！

普段は中性的で優しげな瞳の彼。けれど今は獣のような、攻撃的で女を狂わせる魅力に詰まった表情をしていた。

アリストの新たな一面に、オリビアの目は完全に釘付けだった。

「あッ♡あッ♡アリストッ♡さまぁッ♡おち×ぽッすごいッ♡おま×こおかしくなるぅッ♡」

「おかしくなって……！　イルゼさん、エッチな顔……俺にだけ見せてください！」

「見てッ♡いっぱいみてぇッ♡わたくしの♡おま×こイクッ♡もうずっとイグのぉおおッ♡」

のたうつ彼女の身体を押さえつけるように、再びアリストが覆いかぶさる。

――パンッパンッパンッパンッ!!!

――ぶしゅっぢゅぶぅっぷしゅッ!!!

逞しい牡を見せた彼が、牝のぬかるみを更に責め立てる。

激しい突き上げに、イルゼはただ背を震わせ嬌声をあげるだけ。

見えない接合部から吹き出す愛液が、夕陽に染まった執務室に撒き散らされていく。

「んふっ♡ふうっ♡んふぅううっ♡」

二人の熱い情交にあてられ、オリビアは更に自身のいやらしい沼をまさぐる。

つま先からじりじりと絶頂の予感が昇ってくるのを必死に耐えながら、あやうく漏れかけた喘《あえ》ぎを堪《こら》える。

「んふぅううッ♡ふーっ♡ふーっ♡んぁッ……ぁあッ♡あっ♡」

情欲に浮かされた行為で、軽く背筋を走った絶頂。

彼女は大きくこみ上げた嬌声をなんとか堪え、淫らに腰を振りながら蜜壺を更に責めていく。

しかし決して奥には進んだりしない。

それ以上奥は彼の場所……最奥は、焦がれてやまない彼に最初に来てほしい。

身を焼くような熱い気持ちに身をまかせ、彼女の手はまた一つ速くなる。

「ぜっ……たいっ……♡ありすとにぃッ……♡あっ♡挿《い》れてもらうからぁっ♡」

うわ言のように決意を述べながら、オリビアはどんどん高まる。

もうきっと我慢できない。

次に会ったら襲ってしまうかも……そんな獣じみた欲さえ感じながら、蜜汁を吹き出す彼女。

けれどまだ絶頂には昇らない。

「クるッ……キちゃうよッ……♡そんな顔見せられたらすぐイクぅ……っ♡ありすとぉ♡すぐキちゃうからぁ……射精してぇ♡」

彼と一緒にイキたい。逞しい肉棒がびゅるびゅる出すあの時に、一緒に達したい……！

「イルゼさんっ……俺……もうっ！」

オリビアのそんな願いに呼応するように、アリストが昇りつめる。

「おッ♡んおッ♡あッ♡ずっとイッてるのぉッ♡ずっとイッてるからぁッ♡おきもちッ♡おしえてぇッ♡膣中《なか》にたっぷりぃぃッ♡」

全裸に汗を滴らせ淫靡に喘ぐ牝が、牡の腰に両脚を巻きつけた途端。

「イクッ!!!」

アリストが一際大きくイルゼを突き上げ、仰向けのイルゼが絶頂に反り返った。

「あああぁッ♡おぐぅすごいッ♡もっと深くイグぅうッ♡おかしくなるのぉおおおッ♡」

――ドビュッドクッ!!!　ドビュルルルルッ!!!

「いくっ♡牡のありすとでいくっ♡いっぱいイクッイクッ♡ありすとイグッ♡イッ……♡♡♡」

一組の番《つがい》と、もう一匹の牝が同時に絶頂に達した。

イルゼの嬌声に、オリビアが思わずあげた声はかき消されていく。

「イルゼさん……！」

「アリストさまのお気持ち……とっても熱いですわ……♡……んんちゅうっ♡」

身体を密着させ、深い口づけを交わす二人。

その二人が放つあまりに淫靡な香りは、扉の外のオリビアを更に追い詰めた。

「あっ♡とまん……ないっ♡だめなのにぃッ♡またクるッ……やだっ♡キちゃうぅッ♡」

二度目、三度目と襲いくる絶頂に彼女は耐えかねて、ついに膝を折る。

執務室前にべたりとへたり込むオリビア。

繰り返し訪れた絶頂の余韻に肩で息をしながらも、再び室内を覗く。

「はあっ……はあっ……♡アリストさま、ご一緒に湯浴みしていただけませんこと……？」

「い、いいんですか……！」

「わたくし、憧れでしたの……。男性と……それもアリストさまとご一緒に……。エフィが羨ましくって……♡」

繋がったまま、甘い会話を交わす二人。

「ず……ずるい……あたしも……」

今日何度目か分からない『ずるい』を発しつつ、オリビアはまだゆるゆると指を動かし、穏やかな悦楽に浸る。

「ああ……はあ……こんなところでシちゃった……♡」

アリストが振りまく香りにあてられて、ただでさえ毎日疼《うず》きを抑えるのが大変だったのに。

と、浅ましい自分にうっすらと苦笑してしまう彼女。

そんなオリビアを尻目に、室内の二人はお互い全裸で奥へ歩いていく。

執務室からつながるイルゼの寝室に行くようだ。

多分湯浴み室があるんだろうな、と彼女は快楽でぼんやりとした頭で思った。

「……いいなあ……」

オリビアからは見えない寝室への扉がぱたんと閉じた音が聞こえた。

きっと二人は、この後朝まで一緒に過ごすんだろう。

あんな素敵な男性を寝室に入れて、みすみす逃してしまう女性なんているはずもない。

何度も何度も精液をねだって、注いでもらって……。

「……イルゼばっかり……うう……」

熱い夜を妄想すると、オリビアはますます悔しくなってしまう。

トゲトゲしい態度を取ってしまった自分に、そんな機会は回ってくるのだろうか。

彼はウィメに来てすぐにメイドに襲われても、朗らかにする男性。ロセーヌに跨《また》がられても一生懸命腰を振り、熱い射精を何度もしてあげていた。けれど、自分にはそんな素振りは一切ないし、あの素敵な表情も見せてくれない。

……と、オリビアは思っていたが。

実際には。

アリストは日本の常識と、異世界の常識の違いに戸惑い。

童貞特有の奥手っぷりと、やましい期待に任せたすけべっぷりを発揮しているだけである。

「はあ……」

座り込んだまま深いため息をつくと。

――パンッパンッパンッ！

――あっ♡あっ♡ありすとさまっ♡お、おくばかりッ♡そこよわいですのぉっ♡

――イルゼさん、出すよっ！

――あっ♡ありすとさまの熱いッ♡イぐッ♡いぐいぐッ♡ま×こいぐぅッ♡♡♡

早速再開されたらしい情交の声が僅《わず》かに聞こえてきた。

オリビアが、ぐぬぬ、と悔しさを抑えて立ち上がり、振り返ると。

「……っ!?」

「……あ、あの……」

そこには顔を真っ赤に染めたメイドがいた。

「……えっ……はっ……そ、その……み、見てた……？」

なんとかオリビアが絞り出すように尋ねると、そのメイドは小さく頷く。

「ぁあぁああ……ご、ごめんなさい……つい……」

頭を抱えながら、オリビアは小声ながらも誠心誠意謝罪する。

宮殿の主の睦《むつ》み合いを覗き見て、廊下で慰めてしまう様子を見られたなんて……申し訳ないやら恥ずかしいやらで、オリビアはそのまま座り込みそうになった。

ところが、そのメイドは少しだけ距離を詰めると小さな声で彼女に問いかける。

「その……オリビア様も……『お手つき』を望まれていらっしゃるのですか……？」

「お、お手つき……？」

相変わらず顔を赤くしたままの彼女が言うことがわからず、オリビアは聞き返した。

しかし同時に、このメイドはいつもアリストといる子では……と彼女は記憶を探り始めていた。

「あ……貴女、もしかしてエフィさん……？」

「は、はい。エフィと申します。アリスト様のお世話係をさせていただいています」

ぺこりとお辞儀《じぎ》をする彼女に、オリビアはどんな顔をしたらいいか分からなかった。

なぜなら彼女にとってのエフィは、優秀でイルゼに信頼されているが、アリストを襲っちゃったメイド……という大変評価の難しい女性という認識だったからだ。

一方で、そんな彼女から発せられた『お手つき』という言葉だからこそ、オリビアは興味を抑えられなかった。

「え、ええと……それで……お手つきって……？」

「その……アリスト様に……触っていただいたり、抱いていただいて、どっ……どぴゅどぴゅ、シていただいたりすることです……」

「え……えぇっ!?」

清純そうな瞳を恥ずかしげに揺らすメイドが言い出したことに、オリビアは思わず声を上げてしまった。

「『お手つき』をもしお望みなら……ご案内できる場所がございます。実績はまだ乏しいですが、アリスト様にお目にかけていただく女性になるための、情報交換会があるのです……」

そ、そんな会があるの……!?

「……っ……」

オリビアは思わず生唾を飲み込む。

つまり……その会は、アリストをどう籠絡《ろうらく》するかを考えているということだ。

そこに入れば……あたしにも……でも……得体の知れない団体に関わるのは……。

淡い期待と、漫然とした不安が彼女の胸中を渦巻く。

だが。

――パンッパンッパンッ!!

――おッ♡ンッ♡おっ♡んほぉっ♡ありすとしゃまのっ♡おち×ぽッ♡しゅごいですのぉっ♡

――イルゼさんの膣中《なか》もすごいよっ……すごい締まるッ……!

――んぉおッ♡おしゃせいすごいぃッ♡お精子でッ♡わらひ、またイギますのぉっっ♡

再び聞こえた情交の音と。

「……イルゼ様が会長でございます」

というエフィの一言に。

「行くっ！　行くわ！　す、すぐ連れて行って！　お願い！」

オリビアは鼻息荒く頷くのであった。

しかし彼女はまだ知らなかった。親友率いる心強そうな会の実態が。

――『宮殿お手つきしてもらい隊』という緩くてすけべな女子会であるということを。


ジェント共和国首都、メンズ。

湖に浮かぶ島の上に広がるその街は、茶色っぽいレンガで仕上げられた建物が立ち並ぶ。

中央にそびえたつ大きな塔から同心円状に壁がめぐらされ、街を大きく二つの区画に分けていた。

そんな都市の一角、レンガ造りの大きな邸宅の一室で、使用人が主に手紙を手渡した。

無論、どちらも男性である。

「ペレ様、ウィメからでございます」

「む……?」

白髪交じりの短めの髪に、明るい灰色の瞳。

ペレと呼ばれた彼は、その瞳を少し大きくして手渡された手紙を開く。

「こ、これは……」

その内容に彼は慄《おのの》くように声を上げた。

「ペレ様……?」

普段そのような様子を見せることのない主に、使用人は思わず声をかける。

初老を迎えようとする主が、ここまで狼狽《ろうばい》するのは珍しかったからである。

「いや……すまぬ。取り乱した。確かウィメに派遣されておるのは、ニュートだったな」

「は、はい。その通りでございます」

使用人は自身の先輩であった執事を思い出し、頷く。

「なるほど……別棟の竣工《しゅんこう》報告が無かったのはこのためか……」

ジェント共和国の大貴族の一人、ペレ。

国の行末を決める公会議と呼ばれる会議に出席を許され、その発言に注目が集まる男性である。

息子と同じく中肉中背で、この世界の貴族としては華奢《きゃしゃ》だ。

しかしそんな彼の弱みが、その一人息子――アリストであった。

魔法が使えない、という事情ゆえ心を閉ざしがちだったアリスト。

その息子を策謀に巻き込んでしまったことを、ペレは深く悔やんでいた。

「別棟に関しては『イコモチ公』の差し金では……？」

「いや、それは無いだろう。そもそも別棟の建築をやめさせたところで、あの男に得は無い」

イコモチ公――ペレにとっては苦い感情しか湧かない男である。

伯爵より一つ上の地位である『公爵』の一人。

魔法による妊娠を可能とした『魔法交配《まほうこうはい》』を生んだ賢者の末裔《まつえい》であり、ペレが推《お》し進める『自然交配《しぜんこうはい》』復活の研究を疎ましがって、何かにつけて妨害している。

実は、アリストの左遷もその一環であった。

「魔法交配に頼る今の状況は危険だということが、公達には分からないのでしょうか」

「権益こそが公の目的だからな。人族の未来になど興味はないのだろう。とはいえ、ウィメは公からも遠い都市だ。公もさほど興味は無いはずだ。加えて、優秀な執事もおるしな」

表立っては話題にはならないが、ニュートは非常に優秀な男だ。

配属になった女性都市の経済規模を必ず拡大させることは、一部の貴族の間では知られている。

あくまで一部、ではあるが。

「それはいい。それよりも……ううむ……」

ペレは改めて手紙の内容を読み返す。

心を閉ざしていた息子が、別棟資金を店舗経営に回し、今ではその商店街でもっとも利益率の高い飲食店となっていると言う。

滞在先があるからという理由で、給金を受け取ることなく、店員に報いていると。

ウィメ自治領に潜入させている諜報員からの情報によれば、その背中を押したのはニュートだとのことだった。

「……驚いたな」

彼はそうつぶやき、手紙を使用人にも見せる。

「……ま、まさか。お坊ちゃまが……！」

アリストを知る使用人の手が、少し震えていた。

ペレも震えこそはしなかったが、同じ気持ちだ。

「ニュートが全て仕切っているのなら、ある程度予想の範疇ではあったが……」

しかしそうではなく、アリスト自身が店に入って働いている様子だと言うのだ。

しかも、大半の経営方針を――ギルドの補助を受けながらではあるが――決定しているらしい。

「店の成功は、商業ギルドの活躍ということに……。お坊ちゃまはお手柄もお譲りに……！」

内情を知らない一般庶民は、店の営業そのものに男性が関わることなど想像もしない。

おかげで商業ギルド、という組織そのものが脚光を浴びている状況だった。

「魔法の素養など、人物の一側面でしかない。我が息子が改めて教えてくれようとはな……父として何もできておらぬのが不甲斐ない」

「しかし……ペレ様。このままですと……」

「うむ。むしろもう手が回っている可能性がある」

彼は別の手紙を手に取る、こちらは首都に忍ばせている者達からだ。

「最近、女性都市向けにパン焼き窯を納品した職人がいる。その男がイコモチ公と連絡をとっていたらしい、という話があった」

主の言葉に、使用人は訝《いぶか》しげに眼を細めた。

「イコモチ公が……？」

「あれの下にはディーブがいる。ウィメで顔を利《き》かせようとしていたが、難航しておった……というより無能を晒しておったはず」

イコモチ公は、魔法の才能を守るため、という大義名分を掲げ『イコモチ財団』を組織している。

だが実態は、魔法の素養による差別を強め、自らの既得権益を守るための組織だ。

そんな財団に、最近多額の献金をしているのがディーブ伯であった。

「権益のおこぼれを狙っている、というところだろうな」

「となるとこの件、ディーブ伯爵が動くと？」

「というより、イコモチ公がディーブを上手く使う可能性がある。こちらも何か手を打ったほうがいいだろう」

再び息子が策謀の標的となってしまった。

そうならないよう、アリストの左遷先を首都からもっとも遠いウィメにしたのだが……。

じりじりと胸を焼くような後悔が、彼の胸を締め付ける。

「……すまぬ……アリスト……」

ペレは届かない詫《わ》びの言葉を零しながら、彼を守る準備を始めた。


同じ頃。

きらびやかな装飾が施された一室で、三人がけの真っ青なソファにはみ出さんばかりの勢いで男が座っていた。

「このたびの貴公、なかなか良い手だったかもしれぬ」

顔に深く刻まれた皺《しわ》の数々、そして側頭部に僅かに残った白髪。

年齢を感じさせるそれらとは対照的に生い茂った白髭《しろひげ》をなでつけながら、その男は語る。

「と、いいますと……?」

語りかけられ、返事をしたのはディーブだ。

とはいえ、男の意図することは分からなかったらしい。

彼のつるりとした頭には汗がにじみ、阿諛追従《あゆついしょう》が張り付いた顔つきが訝しげにしかめられた。

「……まあ、座れ。儂《わし》から話をしてやろう」

「はっ！　ありがとうございます、イコモチ様！」

電気が流れたかのように背筋を伸ばしたディーブは、促されるままに部屋に用意された別のソファに座る。彼の巨体を支えたソファは苦しそうにきしんだ。

真っ青なソファから立ち上がったイコモチも、執務机を迂回して、ディーブの対面のソファに腰掛ける。当然そのソファも、悶《もだ》えるように音を上げた。

「貴公、ウィメにちょっかいを出しておったな？」

アリストから見れば祖父と言っても差し支えないほどの、イコモチ。

しかし彼の眼光は鋭くディーブを貫く。

老いを感じさせないそのまなざしに、男は汗を吹き出しながら言い訳じみた返答をした。

「は、ははあ！　ざ、財団への貢献につなげようと……！」

実際には財団の権益に一枚噛みたい、というだけの話である。

金銭はともかく、女だけでなく男も従えさせる巨大な影響力に、彼は子供じみた憧れを感じていたのだ。

「それは殊勝なこと。女に男の力を見せつけるのは良いことじゃな」

口元だけを歪めて笑うイコモチ。当然ディーブの思惑などお見通しであった。

「あやつらは放っておくと調子に乗るでな。立場を分からせてやるのは大切なことじゃ」

「そ、その通りでございます」

自身の行動を肯定されたことにディーブはほっと息をつく。

甘い汁を吸いたくても、その元締めに嫌われてしまえば元も子もない。

その心配はなさそうだ、と彼は一先《ひとま》ず安心していた。

「第三商店街の店は覚えておるな？」

ディーブは頷く。

本来なら彼は所有する店のことなどあまり覚えていない。ただ、その店は一番最近に売り払った店だったため、たまたま記憶にあった。

「思った以上に早く買い手がつきまして、ほっとしておりました」

「じゃろうな」

店員に覇気もなく、ろくなものも提供できない無能ばかり。

見た目も古く辛気臭い店であった、とディーブは振り返る。

それもこれも、彼が引き起こした事態であったのだが、それを理解するほどディーブに思慮深さはなかった。

「それを買ったのが、アリスト……ペレ伯の息子じゃ」

「!!」

ディーブはイコモチの言葉に顔を真っ青にした。

ペレ伯といえば、セックスなどというお伽噺《とぎばなし》を盲信する愚か者である。

財団が代々守ってきた『魔法交配』を否定しようとするにっくき相手。

そもそも『自然交配』などという命名こそ偉大なる賢者への裏切りでしかない。

まさかそんな男の関係者に店を買われてしまうとは……財団の中心部に絡みたいディーブにとっては大きな失態と言わざるを得なかった。

「し、しかし……なぜ……」

カラカラに乾いた口をなんとか動かし、出てきたのがその言葉。

一体どういうことだ……そもそもあの男の息子は……。

「儂と貴公が苦労して追いやったはず……そうじゃな、その通りじゃ」

イコモチは納得したように何度か頷く。

そうなのだ。

アリストという息子は、愚かにも魔法の素養を持たなかった。だからこそ財団は――イコモチは好機と見た。

神聖なる魔法交配に不埒《ふらち》な考えを持ったことで下った神罰、それがアリストだとする世論を作り出し、捏造《ねつぞう》した様々な悪評とともに首都内で大々的に吹聴したのだ。

『自然交配』の研究は休止状態、アリストは忌み子で、その性格も歪みきった救いようのない男……。そう印象づけることにも成功したわけじゃ。ただ、ペレの小細工で国外追放ではなく、女性都市への左遷《させん》になったのは落ち度じゃった」

ディーブは黙ったまま頷く。

「して、ディーブ。ニュートという執事を知っておるか」

「え、ええ……知っていますが……」

ウィメに最後に出向いた時、自分を案内した執事だ。

腰が低く、女性領主との面会を省略するなど、とても有能であった。

「様々な迂回路を使いおってな。あの息子が買ったとは思わせんようにしておったわ。単に騒ぎを避けたんじゃろうが……貴公が気づかないのも無理はない」

実の親であるペレに伝わったのも最近ではなかろうか、とイコモチは続ける。

「加えてアリストという恥晒しが、妙な動きをしておってな」

イコモチはアリストの現在までの経過を説明する。

その情報は、彼が女性都市に忍ばせた間諜からのものだ。

内容としてはペレに伝わったものとさほど変わらない。

「女の考えたギルドとやらも、ここで妙な支持を取り付けられれば厄介じゃ」

イコモチは、そもそも魔法交配第一主義を脅かす存在を排除したいのだ。

この主義によって生活習慣や持つべきもの、宗教的な教えまで、すべての実権を握ることができているのだから。

妄想ならともかく、自然交配という愚かな考えや、女の影響力拡大などは面倒事でしかない。

「で、では更に『遠く』へ……？」

これ以上障害となるのであれば、今度こそ国外追放……もしくは。

そんな短絡的な考えを見抜いたイコモチは、醜悪な幼さを晒す伯爵を手で制した。

「どちらもあまり現実的ではない。不審死はその後が面倒じゃろうしな。我々は清廉潔白である必要がある。それに……今回ばかりは利用価値がありそうじゃ」

「利用価値……ですか？」

ディーブがイコモチの意図するところが分からず聞き返すと、彼はニヤリと口元を歪めた。

そうに頷いた。

「貴公、例の団体はどうしておる？」

イコモチの問いかけに、ディーブは急いで記憶を探り、『例の』組織について答えると彼は嬉しそうに頷いた。

「あの罰当たりな女は？」

「そのまま閉じ込めております。見せしめとしても、よく機能しております」

「うむ。貴公には随分と手間をかけさせたな。面倒なお守りはもうよいぞ」

イコモチはそう言って、これからの段取りについての話を始める。

ディーブは一言一句聞き逃さないよう、必死になった。

「ウィメの女共は放っておけ、獣人と戯《たわむ》れさせておけばよい。それよりあの男に首輪をかけることが先決じゃ。上手くやれば、財団にも席があるぞ」

既得権益に何よりも関わりたいディーブは、イコモチの最後の言葉に分かりやすく励まされる。

これでいよいよ自分も、大きな権力の一翼となれる……ディーブはニンマリと歪みそうになる表情を必死で引き締めた。

「その命、謹んで承りますっ！」

ソファにもう一度悲鳴を上げさせたディーブは、深々とお辞儀をして退室していった。

下心で動く男が退室した後、イコモチは彼への侮蔑の籠もったため息をついた。

「財団に醜悪な者を並べるなど、言語道断。滑稽じゃな……醜い者ほど自身が見えておらぬ」

手駒にそんな言葉を零す彼も含め、貴族達は誰一人、アリストを正確に掴めていなかった。

というより、何も分かっていなかったと言っていい。

それもそのはず。

異世界からこっそり二十八歳の童貞が紛れ込むなど、発想すらしないのだから。

だからこそ女性との暮らしを楽しむ呑気な『神の使者』は、辺境の領地から少しずつ世界を変えていくことになる——

エフィが教えるメイドの１日

メイドは『微笑みの使者』

私達メイドは領主イルゼ様の使用人であり、
同時にウィメ自治領のため働く職員でもあります。
各種ギルドへも宮殿の代表として出向くこともあるので、
品性のある振る舞いが要求されます。
だからこそ『微笑みの使者であれ』というのが、
宮殿メイドの心得となっているのです。

4:00　起床・使用人朝礼

先輩に起こして
もらったこともあります……

5:00　使用人朝食・領主食事準備や清掃

私の現担当は廊下清掃が主です
食事担当希望を出しているのですが、
何故か受理されません

6:00　領主朝食・全体朝礼

イルゼ様やニュート執事から
連絡等をいただきます

7:00～　宮殿内で担当業務遂行
各所の清掃

窓拭きやお庭の整備も大切なお仕事です

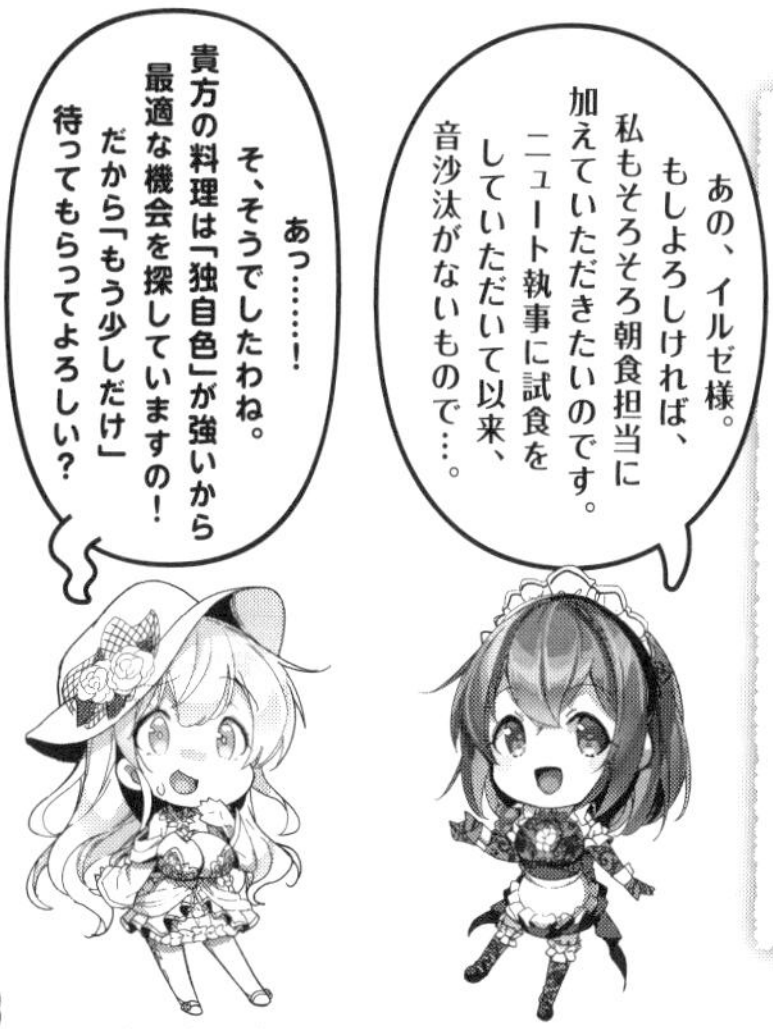
あの、イルゼ様。
もしよろしければ、
私もそろそろ朝食担当に
加えていただきたいのです。
ニュート執事に試食を
していただいて以来、
音沙汰がないもので…。
あっ……！
そ、そうでしたわね。
貴方の料理は「独自色」が強いから
最適な機会を探していますの！
だから「もう少しだけ」
待ってもらってよろしい？

13:00～　客対応・関係各所との
連絡・夕食材料の買い出し

宮殿への来客は多く、
イルゼ様も忙しそうにされています

17:00　業務終了・夕食

イルゼ様も使用人と一緒に
夕食をとってくださいます

18:00～『お手つき隊』定例会

本日の議題は『アリスト様との
理想の一晩』についてです
わ、私はもう理想は満たされて
しまったのですが……

番外編

Extra edition

脳筋メイドの目覚め

「ふぅ……」

宮殿に昼下がりの陽射しが注ぎ込み、磨き上げた窓の仕上げを確認して、私は一息つきました。

私はリジェ、イルゼ様の下で働き始めて三年目になるメイドです。最初の頃は随分とドジを踏んでいましたが、今は同期の中では相当にできる使用人だという自負があります。

その証拠に、私は既にとある新人メイドの教育を任されています。

「せんぱーい！　こっち終わりました〜っ！」

新人の名前はアプレ。メイド一年目の少女で、短めに切りそろえられた茶髪がよく似合う可愛らしい子です。

性格も素直で、周囲のメイド達ともよくやっていますが。

「アプレ、そんなに大きな声を出さなくても分かります。それにその間延びした語尾はやめなさいと注意したでしょう」

「あ、あれ。伸びてました〜？」

「返事は『はい』と短くなさい。はしたないですよ」

やや落ち着きに欠ける言動が目立ちますし。

「それと、窓枠の取手の部分。ここの掃除が行き届いていませんよ。まだ汚れがあります」

「せ、先輩〜、それは金具の錆《さび》なので雑巾だけじゃちょっと……」

「いいえ。こうして……ほら。拭き取ってみればしっかり布が汚れます」

「えぇ!?　どうして取れてるの!?」

仕事ぶりも少々雑で、まだまだ一人前とはとても言い難《がた》いです。

「少し力を入れて拭いただけです」

「い、いやいや！　わたしにはできませんって！　リジェ先輩の力が強すぎるだけなんじゃ……」

「この程度のこともできないなんて、メイドとしての日々の鍛錬《たんれん》を怠っている証拠です」

おまけに口応えまでする始末。これは今後の教育に力を入れねばなりません。

「早朝の走り込み、握力、脚力、腕力増強のための鍛錬は基本です。三桁程度腕立て伏せができれば、まあ合格でしょう」

「それはリジェさんだけですって～！　むしろ同室の先輩が言ってましたよ、力が強すぎてすぐ室内の物を壊すって！　その細腕だから、わたし信じてなかったけど！」

「あれはドアノブのほうが軟弱なのです。週に一回交換すれば問題ありません」

昨日交換したばかりですから、あと数日は大丈夫でしょう。私のお給金から支払っているのですし、何の問題もありません。

「貴女が情けないメイドになってしまえば、イルゼ様の名前にも傷が付くのですよ」

「そ、それは嫌です！」

私の言葉に、アプレは表情を引き締めました。

「わたしを雇ってくださったイルゼ様に、ご迷惑をおかけしたくはないです！」

彼女の緊張感に欠ける語尾が消えています。

イルゼ様に対する忠誠の気持ちは本物なのでしょう。大変良いことです。となれば……。

「では今日から鍛錬を始めましょう。怖れることはありません。筋肉は正直なのです」

「なんで鍛錬!? 怖い！　わたしはリジェ先輩が一番怖いです～っ!!」

教育や愛情とは後になってありがたみがわかるもの、そしてそれは筋肉と同じなのです。ですから、彼女に勤務後の鍛錬を課すのも、私の愛情ゆえなのです。

決して、筋肉で語り合える友人がほしかったわけではありません。ええ、ないですとも。


そんな私の愛情――と日々の鍛錬――が功を奏したらしく、アプレも随分とメイドらしくなってきた……そう感心していたある日、宮殿に大きな変化が訪れました。

アリスト様という御方がいらして、長期的に滞在されることになったのです。

しかし、メイドとしてやるべきことが変わるわけではありません。

というのに、可愛い後輩は大事な鍛錬を拒否しだしたのです。

「今日は鍛錬はやれないんです～！」

「何故《なぜ》です、良いメイドになりたくはないのですか？」

今までは「ひぃい」とか「助けてぇ」などと喜びの声を上げ、嬉し涙を流しながら鍛錬していたはずの彼女です。正直理由が思い当たりません。

「『宮殿お手つきしてもらい隊』の会合が今日はあるんです～！」

私はその言葉に、思わずため息をついてしまいました。

「あのような軟弱な会合に出る必要はありません。色欲に惑わされるなど嘆かわしい。筋肉が足りない証拠です。体幹が鍛《きた》えられていないから、些細《ささい》なことに動揺するのです」

アリスト様という御方が宮殿に入られてから、メイド達はどこかふわふわと浮ついています。聡明なイルゼ様がご注意なさらないのも、メイド達の主体性という筋肉を鍛えるためです。

主のご意向を汲《く》んで、今こそ鍛錬するべきだというのに……。

「し、色欲ってリジェ先輩……。アリスト様を見て、なんとも思わなかったんですか？」

アリスト様を見て、何かを思うなど失礼です。とはいえ……。

「……確かにあの御方は変わっていらっしゃいますが……」

女性かと思うほど華奢《きゃしゃ》で、端整なお顔立ち。廊下ですれ違えば私などにも微笑みを向け、メイドが落とした物を平気でお拾いになる。

そして何よりも、あの御方のお姿を思い浮かべると……。

「……か、身体の内側がきゅうっと切なくなりますし……」

まるで全力で鍛錬をした後のような……。

「リジェ先輩がアリスト様にお夕食を褒められた後、厨房で気を失っていたこと、わたし知ってるんですよ～？」

「あっ、あれは！　その、あまりに突然のことで驚いたのです！」

あれは私のメイド人生一番の失態です。アリスト様に間近で微笑まれた瞬間、身体の内側で何かが弾けて、頭が真っ白になってしまったのです。

「あれ以来、廊下でアリスト様をお見かけすると、下着がびしょびしょになってしまうのです。私もとっても困っているのですよ！」

私は勢いに任せ、最近一番の悩みをつい言ってしまいました。同期のエフィにも言ったことが無かったのに。

「せ、先輩それって〜……」

これでは後輩に示しがつかない。そう思ったのですが、アプレの反応は意外なものでした。

彼女は今までに無いほど真剣な表情になったのです。

「リジェ先輩、正直に教えてください。今までその……すけべな本を買ったことは？」

「す、すけべな本ですか……？」

いきなり何を言うのでしょうか。しかし、アプレの顔は大真面目でした。

それを見て、私もここは真摯に対応しようと思いました。

「いいえ。買うなら鍛錬の本です。色欲の本を読んでいるらしい同級生はいましたが、私は興味ありませんでしたから」

基本的に鍛錬をしていれば男性のことなど考えなくても良いものです。外遊訪問を見に行ったこともない、と告げると。

「リジェ先輩。今日は一緒に行きましょう。本当に情けない会合かどうか、一回確かめるつもりで。一人で悩んでいちゃ駄目ですよ」

緩い雰囲気を一切見せないアプレがそこにいたのです。

私は一種の迫力さえ感じ、ただ頷くことしかできませんでした。

——そして、その日の夜。

軟弱だと思っていた『お手つき隊』の会合で、私は自身の身体に起きていることを正確に認識することになりました。

そして同志となった同僚達に、あの衝動を発散させる方法も教えてもらいました。

じ、自分の……お、お股をいじると……あんなに気持ちいいなんて、思ってもみませんでした。

顔を真っ赤にしながらも、あれこれ丁寧に教えてくれたアプレには、もう頭があがりません。

しばらくして。

私はついに、あの御方のお部屋へお夕食を持っていくことになりました。

毎朝の熾烈《しれつ》なくじ引きで担当の替わるこの仕事は、今宮殿内で……いえ、女性として生まれた人生において、もっとも素晴らしいものです。

「し、失礼いたします……」

室内へ食事を載せたワゴンをお持ちすると、アリスト様は柔らかく微笑んでくださいます。

「あ！　いつもありがとうございます」

いけません……もう下着がじわりと濡れてしまいました。

「どうぞ……」

お部屋のテーブルに、お皿を載せていきます。普段の鍛錬も虚《むな》しく、この御方の前では自身の手が小刻みに震えてしまうのがわかりました。

「どうもありがとう」

なんとかお皿を載せ終わると、アリスト様は軽く会釈をされます。

ここで本来のメイドなら退室し、その後に折りを見てお食事を下げに来るべきなのですが……。

私は、悪いメイドになってしまいました。

「す、少しだけお部屋を綺麗にさせていただいても……？」

アリスト様のお近くにいる時間を増やすための方便です。本当は許されません。なのに。

「あ、ええっと……はい。じゃ、じゃあ……お願いします」

アリスト様は簡単にお許しになってくださるのです。

そのお優しさにほだされて、同志の間ではとある行動が流行してしまっていました。

それは、『乳房押し付け棚掃除』です。

「……では……」

まずはアリスト様に背を向けてなんでもない風を装いながら、透けたブラウスを乳輪が見えるくらいまではだけます。

「……し、失礼いたします……」

そして、お食事するアリスト様の視線に入る、できるだけ低い棚を探し、そこに不自然なほど前のめりになってお掃除するのです。

こうすることで胸元から乳肉をはみ出させ、できる限りアリスト様に見ていただけます……♡

「……♡」

ああ♡ちらちらとアリスト様が、私の無様な胸を見てくださっています♡

硬く凝った乳首が、はだけたブラウスからはみ出てしまっても、私ははしたなくも乳を前後に揺さぶって、もっともっと長く見てもらえるようにしました♡

「……あ、ほ、埃《ほこり》が……」

次はアリスト様に背を向けて、室内の絨毯《じゅうたん》に手を伸ばします。もちろん埃などそこにはありません。けれど執拗《しつよう》に絨毯をいじりながら、お尻をあげるのです。

「……」

ああ……分かる。めくれあがったスカートの下にあるお尻を、アリスト様がじっくりとご覧になっていることが。じっとりと視線が肌の上を滑っていくのが分かるのです。

アリスト様の御手が止まり、室内は妙な静けさに支配されていきます。

——くちゅっ……ぽたっ……ぽたっ……。

「……っ♡」

……男性に聞かせてはならない音が、私のおま×こから鳴ってしまいました。

仕方がないのです。アリスト様に見てもらえただけで、胸の動悸《どうき》も、愛液もまったく止まらなくなってしまうのですから。

あんなに鍛錬をして、メイドとしての自分を鍛えたつもりだったのに。

アプレが提案し、『お手つき隊』で共有された『いけない仕事』をやらないでいられるほど、私は強くありませんでした。

「あ、あの……埃、とれましたか……？」

アリスト様が言いづらそうにお言葉をくださいます。でも、その視線は未だに私のお尻を捉えていらっしゃいました。

「……っ……♡」

ああ……もっと見てほしいです♡アリスト様♡私のいけないところ、鍛錬の足りていないところをぜんぶ見てください♡好きです、素敵なアリスト様……♡

私はいつにも増して、どうかしていました。いえ、アプレに連れられて『お手つき隊』の会合に行ったあの日から、もうどうかしていたのだと思います。

だから、はしたない汁でぐっしょりと湿った、紐《ひも》のような下着をゆっくりと横にずらして。

私は……自らの汚いところを見ていただこうとしたのです。なんたる無礼でしょう。

「……えっ……！」

アリスト様のお声で私の罪深い行為が、壮絶な快楽を伴《ともな》うものになっていきます。

それはもう……下着が尻肉へ移動する刺激が、アリスト様の優しい愛撫かのように感じられるほどでした。

だからアリスト様、すみません。私、イキます♡私の駄目なま×こ、もうイくッ……♡

「あっ、アリストさまっ♡すみませっ……だめ、イッ♡♡いッ……グッ……♡♡♡」

ご覧いただきながらの絶頂は、自主鍛錬のそれとは比べものになりません。そして、あまりの快楽に意識を手放した私は、気づけば自身の寝室に運び込まれていたのでした。

アプレ、下着を見せるだけで我慢できた貴女のほうが、私よりずっと先輩です。
「あっ♡あっ♡アリストさまっ♡すきっ♡お顔もっ♡お優しい声もっ♡すきっ♡」
自身の未熟さに気づいた私は、今日もあの日のことを思い出して、深夜のお手洗いで何度も何度も自分の牝穴を浅くほじくります。
アリスト様に見てもらった下着を握りしめながら、必死の鍛錬です♡
「アリストさ……まッ♡はぁっはぁっ♡リジェのおま×こ、見てッ♡見てくださ……ッ♡♡」
絶頂で飛びそうになる意識を、乳首をつねって耐えます。けれど鍛錬の足りない弱い乳首は震えあがり、私を絶頂へ引っ張るのです♡
「んひぃッ♡あっ♡イグッ♡んはぁあああッ♡♡」
こんなことではいけません。もっと、もっとおま×こを鍛えなくては……♡
「あ、だめっ♡無理ッ♡すぐっ♡ま×こ負ける……ッ♡イグッ♡負けま×こイグのぉッ♡♡♡」
ああ♡また負けてしまいました♡今日もまだまだ鍛錬をしないといけません♡
「はぁっ……はぁっ……」
絶頂の余韻に浸る私。しかし隣の個室から、別のメイドが鍛錬に励む声が聞こえてきました。
――アリスト様っ♡んは……っ♡しゅき……っ♡いくっ……んんッ……♡
喘ぎ声を押し殺す、厳しい鍛錬のようです。私も負けていられません。もっと励まなくては♡
「ぁ……んはぁっ♡」

私は絶頂にすぐ負ける、弱い自分のおま×こへ改めて指を入れます。

「んぉっ♡また……ま×こクるッ♡まらいぐッ♡ありしゅとしゃまっ♡んぉッ♡♡♡」

誇りある先輩メイドになるために。その日も、私は遅くまでおま×こを鍛えるのでした♡

〈了〉

あとがき

この度は『左遷先は女性都市！』をお手にとっていただき、誠にありがとうございます。

仕事や人間関係に疲れた時に読んで、気分良く眠れる。そんなお話にすることを目指して投稿を始めた作品が、書籍として出版する機会を頂けるとは思ってもみませんでした。

素晴らしくエッチで素敵なイラストを描いてくださったアジシオ先生、色々と我儘を聞いていただき、あらゆる面で尽力してくださった編集者さま、出版、書店関係者の皆様、そして『ノクターンノベルズ』にて連載中の拙作を読んでくださっている読者の皆様。

このお話に息を吹き込み、力をくださった全ての方に、この場を借りて深く御礼を申し上げます。本当にありがとうございます！

そして最後に、このあとがきを読んでくださっているあなたに、精一杯の感謝を申し上げます。

この本が少しでもあなたの息抜きになっていたら、作者としてこれ以上の幸せはありません。

二〇二一年 六月　一夜 澄

●本作は小説投稿サイト「ノクターンノベルズ」（https://noc.syosetu.com）にて連載中の『左遷先は女性都市！　～美女達と送るいちゃラブハーレム都市生活～』を修正・加筆したものです。

Variant Novels

左遷先は女性都市！　～美女達と送るいちゃラブハーレム都市生活～

2021年6月25日初版第一刷発行

著者……………………………… 一夜澄
イラスト………………………… アジシオ
装丁……………………5gas Design Studio

発行人…………………………………後藤明信
発行所……………………………株式会社竹書房
〒102-0075　東京都千代田区三番町8－1
三番町東急ビル6F
email:info@takeshobo.co.jp
竹書房ホームページ　http://www.takeshobo.co.jp
印刷所…………………………………共同印刷株式会社